当代著名作家美文自选集

你是一树

一树的花开

窗外风 著

中国社会出版社
国家一级出版社・全国百佳图书出版单位

目录

Contents

第一辑　几点樱花迎早春

第三辑　一树樱桃带雨红

第五辑　粒粒花生总关情

|第一辑|

几点樱花迎早春

一树一树的花开

阳光扑啦啦地在门口铺展开，一出门，金灿灿的迎春花正在那儿晃你的眼。这迎春，当真是浓烈得化不开一样，从头到尾，自始至终。这些小黄花灿烂成一片金色的花带，绵延着，如此的奔放、热烈，如正午的阳光，像不管不顾的人生，如烈火烹油的爱情，让人看着看着就痴了。

一转头，路边人家的院墙上，探出半树雪白的梨花，在路边怎么看都看不够，索性到院门口张望。院主人先是好奇地看我。我说："你家梨花开得真好看。"主人说想看进来看。遂进门，几棵梨树并排立在那里，满树雪白的花儿竞相开放，无比的干净、明丽，幽深的院落衬着，分明是白衣仙子。细微的幽香在空气里弥漫，微醺的感觉涌上来，莫名地想起一句话：白如雪，香满城。一直就是个对白色有偏爱的人，这份爱一直蚀到骨子里，怎样都摆脱不掉。

然后是路边的海棠，我亲眼见它们从绿豆大的花骨朵儿，一点点长成花生米大小，颜色由褐色变成紫红色，再一点点张开蓓蕾的小翅膀，舒展成水红色的花朵，也是一树一树地盛开，在路的两侧，在绿地里，一树一树地让人惊艳。"嫣然一笑竹篱间，桃李漫山总粗俗"，苏轼的诗一遍遍地在脑海里拂过，只嫣然一笑这个词，就足以让人对海棠的美浮想联翩，美人儿回眸一笑，世间有几人能抵挡得了。喜欢一个人，常常没有理由，爱一朵花儿，也许是前世的情结。真想陪海棠照张相，怎奈人不如花美，终落得个锦上添草的效果。

春似酒杯浓。海棠怒放的时节，樱花也大片大片地盛开了，披挂了盛装一般，向世人展示它的美貌。拐角处的樱花林，远看像一片绯红的云。在这个鲜花处处的季节，在沉浸花丛中的时光里，积郁在胸中的块垒，悄悄地淡去了，天天有花看，真的觉得很幸福。朋友提议小聚一下，我说无论如何都要选一个鲜花盛开的地方，在花香里陶醉，在花影里忘我，在杏花疏影里吹笛到天明。

春天的好时光里，到处是一树一树的花开，各色各样的花儿绚烂着，猛一抬头，紫色的喇叭形状的花朵已缀满梧桐枝头。这些可爱的紫花，悄无声息地就在头顶绽放了，深深浅浅的紫如恍惚的梦，它们是怕天空太寂寞，于是璀璨成紫色的花影舒展在半空里。

在花树间行走，心情会特别明净、晴朗，斑驳阳光拓着花影，在花影里踏着落花走过，像阳光一下照亮心底，整个心都明亮起来，莫名的轻快、纯粹。任世间种种俗事，也会退至远方，只留一颗明亮而轻快的心，我们的灵魂也会瞬间安静下来。

谁不爱蔻丹花的美

蔻丹花俗名千层红，又名指甲花。无论指甲花这个名字有多大众，我独独喜欢蔻丹二字。蔻丹指染过颜色的指甲，也可指染过指甲的纤纤玉手。“十指纤纤玉笋红，雁行轻遏翠弦中”。“玉笋红”就是娇艳鲜红的指甲。这样的一双手，一伸出来便有惊艳的效果，有这样一双手的女子，必是千娇百媚的，让人怦然心动。

年少的时候，最能满足一个小女孩对美的向往的，就是指甲花。

房前屋后，犄角旮旯里，随便一个有土的地方，就能见到指甲花的影子，泼辣得跟草一样。炎炎烈日下，一棵棵指甲花红艳艳地盛开，红褐色的茎笔直粗壮，叶片微微翘起，很俏皮的样子，边缘一排整齐的小锯齿，像是被精心裁剪过。万绿丛中，朵朵鲜艳的小花最得女孩子青睐。

太阳西沉，暑气随着夜的来临而减退。妈妈端着小瓷碗，碗里是早摘好的指甲花。我满怀期待地等着，看她把少许明矾和指甲花混在一起，不停地揉呀揉，直到揉出汁液来。妈妈说：“小手伸过来。”我忙把早已洗干净的手伸过去，一小堆指甲花堆在我的指甲盖上。妈妈用丝瓜叶包好，细细地用线缠了，每一个手指都包了丝瓜叶，像戴了绿色的盔甲。月光下，妈妈的脸庞格外清秀，低眉颔首的样子像故事里的仙女儿。夏夜，微风，花香，一切都那么恬淡静美。夜里睡觉却是警醒的，唯恐不小心把丝瓜叶和指甲花碰掉。就在半梦半醒之间，清晨来临了，不用妈妈动手，三下五除二就把丝瓜叶和指甲花从手上撸下来，指甲果真变得红红的。阳光里十指纤纤微微翘着，指甲红艳艳，真好看。我欢喜地跑到街上去，给小伙伴们看我的红指甲。

染指甲的习俗由来已久，自唐代始，红红的指甲给历代女子增了多少妩媚呀，红润妖艳的指甲，怦然心动的感觉，美艳不可方物的女子，是风景。元末明初诗人杨维桢在他的诗中，曾描写过女子美丽的指甲："十尖尽换红鸦嘴……数点桃花汛水流。"葱管儿似的手指，十个指尖如红色的鸟喙，多鲜艳多醒目，多让人向往。

杨维桢在他的《美人红指甲》里说："金丹花开色更鲜，佳人染得指头丹。弹筝乱落桃花瓣，把酒轻浮玳瑁斑。拂镜火星流夜月，画眉红雨过春山。有时漫托香腮想，疑是胭脂点玉颜。"这情景，一想就醉了。只"弹筝乱落桃花瓣"这一句，就给人无限遐思：染红指甲的女子弹筝时，手指上下翻动，好似桃花瓣纷纷飘落，这得美成什么样呀，恨不得立刻就有了长长的指甲，染得红红的，也如微风里的桃花瓣。

清代朱象贤的《闻见偶录》记载："七夕，妇女采凤仙花捣染指甲，红如琥珀可爱。"古代在七夕这天，妇女聚集在一起，用自制的染料染红指甲，十个指甲染得像红琥珀一样，是一项重要的活动。七夕是牛郎会织女的日子，织女施红妆染指甲，迎接自己心爱的人，让爱人看到自己最美的样子。说到底，是女为悦己者容。指甲也不例外，十指纤纤，指尖如琥珀，总是要有人欣赏才好。

迎接春天的花

迎春给人的欣喜，在于它那种猝不及防的灿烂。

清晨，单位的班车上，日日熟悉的路边风景，身边昏昏欲睡中的同事忽然说："快看，迎春花开了！"忙扭头看向窗外，果然见路边灰扑扑的绿化带里，在别的树木依然是冬日的枯黄的映衬下，一条鹅黄的花带耀眼地绵延着，很长。它像一条黄丝带，系在大地的额头上，打破冬日的沉寂，大地有了活泼泼的小姑娘般的朝气。

昨天经过的时候路边还沉寂着，好像都在沉睡的样子，怎么今天迎春就这么灿灿烂烂地开了一片呢？迎春花就是这样给人惊喜。它不是一朵两朵地开，它是齐刷刷大家一起开，忽如一夜春风来，千朵万朵迎春开。仿佛约好了似的，某一个夜晚，花朵齐刷刷雀跃着响应：早就耐不住性子啦！大家伸个懒腰，舒展一下筋骨，呼啦一下，就把金灿灿的笑脸展现在世人面前。

扭头看那道金黄，那道金黄一直绵延着，因早起而昏昏沉沉的大脑，被迎春花们震撼了，整个人都变得兴奋起来。古诗里说：迎的春来非自足，百花千卉共芬芳。想想就是一种灿灿的美。

童年的旧时光，随父母住在临海的一个军队医院里，家家户户的房前屋后种满了青菜，路的两旁，医院楼房的前后，除了遮阴的法国梧桐，就是迎春花。勤劳的士兵们在医院的院子里栽了许多迎春花。到了春天，别的花朵还在酝酿的时候，迎春花已然盛开，到处都是逼人眼的小黄花，而我们，也奢侈到竟然可以在迎春花丛中嬉闹，折了迎春花的枝条到处追逐，不管不顾，任小黄花落了一地。那时的迎春花茁壮茂盛，恣意生长，仿佛春风过后，天高地阔，任这些小黄花们驰骋。

记得有位女友，一个极活泼开朗的女子，她的小名就叫迎春。迎春花开的时候，我们就齐齐地拖长了声调喊“迎春”，她脆脆地答应，然后同我们一起笑得花枝乱颤。迎春，迎来春天迎来希望。

眼前小小的迎春花，带给我一阵恍惚空茫的感觉，一瞬间，仿佛时光倒流。也许是相似的风，相似的云，还有生命里那一种不易察觉的相似的心情，记忆里的一切会突然出现并与周遭的景物互相重叠。

读书时曾与几个同学一起爬香山，香山脚下的哨所里有我们的老乡，至今还记得那哨所的名字：一棵松哨所。一棵松哨所里没有松树，却有迎春花。在迎春花前，几个女同学穿着军装照了今生唯一的军装照片。照片上的女生，稚气，纯真又可爱，目光清澈如水，没有丝毫被生活锤炼的痕迹。照片上的迎春花也是初开放的样子，一朵朵小花沿着柔韧的枝条向前延伸，浓艳而热烈。

想起来就像昨天的事，可是好多年已经过去了，仍然记得爬香山时的情景，想起我们不坐缆车，坚决爬上去；想起我几次坚持不住 ，坐在路边不肯再走一步，那个高个子的武警脱下上衣，一头在他手里一头在我手里，青涩的年纪拘谨到拉手也不行，汗水湿透他的衣衫；想起那个只见了一面的拖我上山的武警的名字……

生命中总是有许多不舍，许多不忍忘记的东西，那些恍惚的青春时光，那些生命里的种种感动，永远铭刻在心底，眼前小小的迎春花，让我与往事重逢，一瞬间，仿若时光倒流。

在所有的植物都还沉睡的时候，迎春花开了，把春的消息告诉大家，春天真的来了。春天就是给人以希望的呀。

世人皆爱牡丹

世人皆爱牡丹，我也爱。我以为我很爱、很爱。我识得牡丹的花，知道牡丹的叶，甚至仅仅凭着缕缕清香，就能知道牡丹的存在。以为这就是真爱。

五月初的一天，晚饭后在小区里散步，平日里只在东边走，那天心血来潮去西边，果真在西边发现了不一样的风景。远远地看见一棵花树上长满碗口大的花朵，朵朵都高出枝叶，花朵很奇特，最下面是复瓣粉色椭圆形的花瓣，粉色花瓣上面是无数乳白色细长的小花瓣，而花蕊，则是金黄色，一朵花上有三种颜色，粉色、乳白色、金黄色，一层一层各不相同，花朵遍布在球形花树上很美很绚烂。我一下子呆住了，一层一层三色的花，真的是第一次见。看叶子分明是牡丹，可是看花，却让我迷糊，心里颤颤的，期盼是牡丹却又不敢相信。把照片发到朋友圈，有朋友说："这不是牡丹嘛!"我一颗心一下子落下来，妄称最爱牡丹，却没见过三色的牡丹。这份真爱，确实让人质疑。

世人皆爱牡丹，多是因为牡丹的美。

"唯有牡丹真国色，花开时节动京城。"唐代大诗人刘禹锡的诗写尽牡丹的美。他说的京城，无非是洛阳，他说的国色，乃大唐帝国最美的颜色。总觉得大唐帝国最美的颜色除了牡丹还有杨贵妃，"名花倾国两相欢"，牡丹倾国倾城，杨贵妃倾城倾国，牡丹与杨贵妃相得益彰，在千古流传的爱情故事里，牡丹维系了他们的爱情。

牡丹是爱情之花。《诗经·郑风》中早有记载："洧之外，洵吁且乐。维士与女，伊其相谑，赠之以芍药。"此诗中的芍药即牡丹。秦汉以前，"牡丹初无名，故依芍药以为名"。朱熹在《诗集传》中早已道明，此诗写的是"三月上巳之辰""郑国之俗"。郑国，与周朝王城洛阳相邻，乃河洛之地也。"三月上巳"，即公历 4 月中旬，正是牡丹盛开之时。春风沉醉，杨柳依依，各色的牡丹盛开，初相遇时四目相接怦然心动，无以相送唯有牡丹。河洛男女相赠牡丹以示爱情，不亚于今天赠以九百九十九朵玫瑰。在《洛神赋图》中曹植与洛神相恋，河边绽放的也是牡丹。可见牡丹作为爱情之花由来已久，牡丹见证的都是刻骨铭心的千古爱情。

穿过厚重的时光，牡丹带着芬芳款款而来，牡丹作为爱情的象征，《诗经》中就有记载，既古老又有韵味，如此一来，同牡丹硕大的花朵相比，玫瑰反而显得弱了些。同玫瑰相比，我更爱牡丹的千古神韵。

苏轼在《吉祥寺赏牡丹》一诗中写道："人老簪花不自羞，花应羞上老人头。醉归扶路人应笑，十里珠帘半上钩。"豆蔻年华的少女，一朵艳丽的牡丹插在乌黑的头发上，人面牡丹交相辉映，一种青春的美。迟暮老妪斑白的发髻上，一朵牡丹盛开着，也是美了也是醉了，谁说年老就应该邋遢无状，爱美之心与年老无关，与心态有关。羡慕那时候的好风气，人无分老幼，都可在发髻插上一朵牡丹花。

世人皆爱牡丹，除了牡丹的美，还因牡丹寄相思。

流云般的紫藤

在村子里，紫藤是外来户。

当三叔把自家院子外的空地拾掇干净，杂草碎石都清理掉，卖力地在空地上搭架子的时候，大家都以为他要种葡萄，丝瓜架苦瓜架扁豆架，都用不着这么结实的架子，只有葡萄这种能多年生长的植物才用得着。有人问正在卖力干活的三叔："要种葡萄吗？这下有葡萄吃了。"那人嘿嘿笑着打趣。三叔含糊地"嗯"了一声，他才不跟人说自己要种什么呢，说了你们也没见过，他心里道。

三叔在架子两侧各种了两棵灰黑色的枝干、已经长了一米多高的植物，春天的时候发了小芽芽，很快就舒展开，噌噌地往架子上爬，对生椭圆形的小叶片和葡萄的叶子根本不同。晚饭后出来闲谈的村民有些迷糊，问三叔："你种的是葡萄吗？看着不像呀。"三叔"嘿嘿"一笑："紫藤。怎么样？没见过吧？""紫藤？"众人摇头，你这是搞的什么鬼嘛。

五月初，紫藤绿油油的叶子中间，一枝花穗悄悄地露出头来，眼尖的三叔看在眼里乐在心上，他每天都围着紫藤架转悠，不发现紫藤的花穗才怪呢。又有一枝花穗露出头来了，雨后春笋般，好多花穗都见了雏形。某一天清晨，三叔在自家院子里闻到一种别样的香，这种香气以前从没闻到过，他吸吸鼻子，凝神想了一下：莫不是紫藤开花了？他拔腿就往院子外面跑，果真，最先的那枝花穗开花了，别的花穗也紫艳艳的，含苞欲放。

紫藤的花真美呀，从枝条上垂下来，像一串紫葡萄，每一个葡萄粒儿，也就是每一朵小花都像一个紫色小蝴蝶，微风里展翅欲飞。凑近一闻，香气更浓郁。早起的村民过来，围着紫藤花转来转去，对三叔说："真漂亮！行，你厉害。"

第二年，春风又起，紫藤沿着前一年的枝条继续向前，前一年的老皮变成深灰色，新长出来的枝条呈暗黄绿色，能明显地分辨出哪些是今年新长的枝条。紫藤的生命力真强呀，架子上满是紫藤的绿油油枝叶，一穗一穗的紫藤花在春风里开了。只见一串串硕大的花穗自枝条上垂下来，紫中带着蓝，灿若云霞。灰褐色的枝蔓蜿蜒着，像龙又像蛇。香气弥漫在空气中，被风送出去好远。三叔的紫藤一下子出了名。每年春天紫藤花开的时节，总会有人来看，紫藤花期有半个月的时间，尽管来看好了。

人们看三叔的眼神也变了，说你这个老头儿还蛮有情趣的。其实三叔就是个普通的农村老头，猛一看灰眉土眼的不起眼儿，但是三叔也不是一般人呀，会拉胡琴，爱哼哼小曲儿。晚上坐在紫藤架下，凉风习习，天地静谧，星星闪闪烁烁，三叔拉一首曲子，那意境，那情景，满满的诗意。三婶也美得很，当初因为三叔种紫藤不种葡萄，两个人没少吵吵，现在，在紫藤花架下，三婶早把自己当初跟三叔的吵忘到了九霄云外。

春天的时候我们去看三叔的紫藤，就见一串串紫藤开在枝叶间，花串儿一串挨着一串，小花朵一朵接着一朵，春风拂过，深深浅浅的紫，远看像紫色的流云，朵朵小花上泛着点点银光，溅起的水花一般，是每一朵紫花最浅淡的部分，在和阳光互相挑逗。每一穗都是最上面的盛开最下面的待放，颜色上浅下深好像紫色沉淀下来，沉淀到最小的花苞里，将要滴落却未落的模样儿。紫藤花也是可以吃的呀，三叔笑着，调了面糊放入刚摘的紫藤花穗，热油里一过，我们吃到了紫藤的花，味道好得很。

紫藤开花后结出豆荚样的果实，悬挂在枝叶间，环佩叮当的样子别有情趣。李白曾有诗云："紫藤挂云木，花蔓宜阳春，密叶隐歌鸟，香风流美人。"紫藤的风姿也只有用美人来形容才最合适。

夜来香我为你思量

那首老歌《夜来香》听过很多遍，优美的曲调，邓丽君柔和的声音，如夜晚绽放的夜来香，香气浸润到人心里。“月下的花儿都入梦，只有那夜来香吐露着芬芳，我爱这夜色茫茫，也爱这夜莺歌唱，更爱那花一般的梦，拥抱着夜来香。”在歌声里陶醉，怎不对夜来香充满向往。

其实，夜来香是一种很普通的花，我们这里随处都能见到。夜来香的香，当然是非常香，随着花苞的打开，香气随之弥漫。繁花似锦各个时节都有花开，但是名字里带着“香”字的却不多，夜来香就是其中一种。

可见夜来香的香有多香。

夜来香的香，不仅仅是香，还带着甜，是甜滋滋的香。深吸一口，有蜜的滋味儿，五脏六腑都舒服。夏日的夜晚，迎面与一棵开花的夜来香相逢，是相逢一片喜悦。

我们楼前的夜来香，不过就是风吹过来一粒种子，落在泥土里发了芽，夏日里开了花。开花的夜来香结了许多种子，落在空地的缝隙里，落在墙角旮旯的泥土里，落在任何一个有泥土能发芽的地方。来年春天，一场春雨过后，夜来香的种子不管不顾地发了芽。因为前一年它曾经在这里生长过，人们都认得它，记得它美丽的小黄花，记得它浓郁的香气。保洁人员不会除掉它，爱在楼外闲话的老人爱惜它，它就东边一棵西边一棵，三三两两地一日日长大。没有人给它们浇水，也没有人想过是不是要施肥，夜来香根本就是个没人管的野姑娘。但是风儿眷顾它，太阳笑眯眯地看着它，小雨滴吧嗒吧嗒落在它的叶子上，是敲打的七弦琴。夜来香一日日长高，转眼间夜来香长了花骨朵儿，人们仿佛这个时候才发现夜来香长大了，出落得水灵灵大姑娘一般，更有人开始说起夜来香的香气，是呢，天气那么热，像在蒸笼里，知了无休止地在歌唱，到了夜来香开花的时候了。

暮色降临，那些将开未开的花苞静默无语，天地静谧似乎有什么要发生，翠绿的枝叶在暮色四合的微风里挺直了身条，一缕若有若无的香气，在空气中弥漫。最先的一朵花苞慢慢膨胀，"啪"一下，一片鹅黄、娇嫩的花瓣打开，夜风中愈展愈大，接着"啪啪啪"，余下的三个花瓣也打开，沾满了花粉的花蕊，颤巍巍、羞怯怯地展露出来，香气越发浓郁，只几分钟的时间，一朵娇艳欲滴的小黄花就出现了，那些待放的花朵，好像接到了谁的命令一般，纷纷行动，打开它们的花苞，尽情释放它们的美丽。无边的夜色里，听得到花瓣打开的声音。只一小会儿，满满的一树小黄花就呈现在眼前，热烈、恣意、张扬。

夜来香的小花今晚败了明天又有新的花骨朵儿，夜晚的小区，到处是夜来香的香气，从此开启被香气缭绕的旅程。夜来香特异的浓香有神奇的驱蚊效果，那些爱在外面乘凉的大爷大妈们，都爱傍着夜来香坐，一边是摇着蒲扇的老人，一边是盛开的夜来香，这情景，无端地觉得很和谐。

无人关照的夜来香，在风尘中一日日长大，出落得水灵，模样儿俊俏，虽在底层摸爬滚打，却有不染尘的傲气，香得浓郁爱得热烈，夜晚的绽放，有锦衣夜行的意蕴。美就是美了，绽放了就是绽放了，最爱我行我素。

在写夜来香的诗词里，我最喜欢这几句："孤芳自赏夜来香，幽暗芬芳自高昂。夜思午冥独自傲，不凡脱俗清碧扬。生得尊贵九还香，默来清廉撤自量。佳品良思难经霜，归得天国满载香。"虽然野地里成长出身风尘，夜来香分明却是高傲的女子，一颗芳心在云端里，要捕获它，总要细细思量才不枉她的美。

风信子带来的思念

风信子的花语是永远的怀念。

在见到风信子之前，曾无数次想象过风信子的风采。远在天边的风信子是神仙般的花儿，不染尘埃的绝世容颜，衣袂飘飘的身姿，惊鸿一瞥地掠过，留给你一个背影，让你思量追寻却永远都追赶不上它的脚步。

无数次从文字里见到它的影子，却不能亲近它，心心念念惦记了很久，直到有一天，在网上跟一个外地朋友闲聊，谈起风信子，她说风信子我们这里很多呀。我大惊，我眼里的稀世珍宝，在你们那里竟然平凡如蒜头，人家分明还没见过吧，这造化太会弄人了。朋友是经常互相寄报纸的朋友，如果有人在对方省份的报刊上发了稿子，就会给对方寄一份样报过去，互相评点对方的稿子互相激励，虽然没见过面，却是心意相通的朋友。

说完就忘记，有时候说的仅仅是自己的小女人情怀而已。

过了几天，快递小哥给我打电话，我想了一下，这几天没从网上买东西，难不成是有人寄错了？接过快递小哥送来的包裹，急急忙忙拆开看，小盒子里是四个紫色的大蒜头，里面一张纸条，告诉我这不是蒜头是风信子。当然是我外地的朋友寄来的。她一声不吭给我一个惊喜，我兴奋得不知所以，挨个拿起“蒜头”来托在手上看了又看，朋友说是风信子哦，我真的有风信子了，我不敢相信这是真的，可是它们却真真切切在眼前。

专门去买了好看的瓶子，摆在电视机旁，清晨起床第一件事就是看我的风信子，下午回家第一眼就能见到我的风信子。风信子冒出细细的根须了，小芽儿长高了，趴在跟前看不够还要端起来细细地看，爱不释手的样子像个小孩儿。

风信子的叶片越长越多，有八片了。早春的一天清晨，细细地打量的时候，惊喜地发现风信子的中间长出了一根翠绿的小秆子，上面布满小蓓蕾。真的呀，风信子要开花了，期盼了那么久，一下子真的要开花，几乎要感谢岁月的馈赠了。

花秆"噌噌"地往上蹿，小蓓蕾密密实实贴在花秆上，一天比一天长大。那天我带着早春的寒气回到家里，一眼看到风信子上绽开的花朵，四棵风信子竟然一起开了花，紫的绚烂、白的恬静、红的热烈、蓝的高贵。一种奇异的香气蔓延在房间里，是风信子的香。围着看了又看，激动得手足无措，拿出手机打电话，赶紧把这消息告诉远方的朋友。惦记了那么久，终于见到风信子开花的模样。那一刻，所有的期盼，都落在这四棵小花上，所有日思夜想的惦念，只为守候你的到来。

过了几年，一个暮色四合的傍晚，寒风里都是匆匆归家的脚步，街边拐角处，多了一个卖花的小摊儿，目光被地上的塑料筐吸住，框里整整齐齐地摆着好多"蒜头"，难道是风信子？我凝神细看，塑料筐上的贴纸明明白白地写着"风信子"几个字，分明是风信子嘛！我们这里终于有风信子卖了！心中顿时一阵狂喜。一下子买了十个"蒜头"，根本不考虑家里是否有器皿盛放它们。幸好卖花人也卖养风信子的玻璃瓶，于是左手十棵风信子，右手十个玻璃瓶，就那么叮叮当当地回了家。

风信子开花了，那么美，那么让人沉醉，我心目中的女神落在了凡间，可是依然是女神。风信子的花语是永远的怀念，深夜里我注视着风信子，花儿朵朵又精致又闪亮，暗夜里散发着幽香，是贴心贴肺的香，是岁月里的锦上花，青藤一样缠绕你。你给它们以岁月的深情，它们还你以光阴的优雅。

似共梅花语

好多年前，有亲戚刚生了女孩儿，让我给女孩儿起个名字，我闲来无事正在翻诗词，刚巧翻到王安石的那首“墙角数枝梅，凌寒独自开，遥知不是雪，为有暗香来”。脑海里浮现出墙角的梅花寒风里傲雪的美丽样子，心念一转，不如就叫“若梅”吧，像梅花那样凌寒傲雪，更有梅花的美丽和芬芳。亲戚家的女孩儿果真就叫了若梅。从此对那个只见过几面的女孩多了牵挂，若梅，愿你坚强快乐，勇敢美丽，如你名字期盼的那样。

后来在网上，遇到一个网友，她的网名里也有“若梅”二字，乍一见到，顿时心生欢喜，梅花，多少人都爱慕你美丽的容颜，又有多少人的生命里有你留下的痕迹。有若梅这个名字的女孩，给人无尽的想象，清丽的容颜，曼妙的身姿，脱俗的气质，傲雪的品格。

世上爱梅之人数不尽，杭州钱塘的林和靖性情恬淡好古，不趋名利，酷爱梅花和仙鹤，隐居在僻静的山林里，房前屋后种植各种梅花三百株，那句“疏影横斜水清浅，暗香浮动月黄昏”就出自他的笔下。“梅妻鹤子”是他的故事，以梅为妻，以仙鹤为子，这份热爱，无人能比。凡间俗世里的种种在爱梅之人的眼里，都是正眼都不瞧一下的。

元代爱梅、咏梅、艺梅、画梅成癖的王冕，隐居在九里山，种植了上千株梅花，寒冬时节，雪花纷纷扬扬，各色梅花相继绽放，白雪落在梅花上，衬着白梅纯洁、红梅娇艳、黄梅热烈。其名扬天下的《墨梅》

诗里道："我家洗砚池头树，朵朵花开淡墨痕，不要人夸好颜色，只留清气满乾坤。"上千株梅花，那是梅花的花海呀，盛开之时在花海里徜徉，任是再世俗的心，都能被洗得不染尘埃。

陆游笔下的梅花是爱梅之人的心声。"驿外断桥边，寂寞开无主，已是黄昏独自愁，更著风和雨。无意苦争春，一任群芳妒。零落成泥碾作尘，只有香如故。"梅花的高洁无人不爱，咏梅是为了言志。

梅花里最喜欢红梅。冬天草木皆枯的肃杀里，一株红梅凌寒盛开，大红的花瓣金黄的花蕊，暗香丝丝缕缕，在冬季灰暗的天色里红得夺人眼目，与世隔绝傲然独立。想起红梅，眼前出现《甄嬛传》中倚梅园的红梅。大雪落红梅上点点白，清冽的梅香似乎要把人的骨髓都化为一片冰清玉洁。甄嬛在倚梅园里，那句"逆风如解意，容易莫摧残"让人忍不住轻叹一声。"香中别有韵，清极不知寒。"梅花有与众不同的品格，在皇帝眼里，倚梅园中的甄嬛也是与众不同的呀，美丽独特惹人怜爱，才有了这次邂逅带来的情缘。

《红楼梦》第四十一回"栊翠庵品茶梅花雪"中写道，妙玉用她五年前在玄墓蟠香寺居住时收取的梅花上的雪水，亲手烹制老君眉茶给宝玉喝。玄墓蟠香寺在今天的江苏吴县，山上的梅树开花时望之若雪，有"香雪海"之美誉，从梅花上取雪，何等的晶莹高洁。梅花上雪水烹出的茶，有梅的芬芳雪的澄澈，加上茶的香，想想就是非同一般的味道，也只有妙玉才能做得出来。

只因为与梅沾边，才有了人群中多看了你一眼，才有了那些邂逅那些传奇。同有梅花品格的人在一起，也沾染梅花的香气。很久以前看过一句话：似共梅花语，能与梅花共语，与梅花有相似的品格，若梅。

两株玉兰

办公楼前，有两株玉兰，一株开白色的花，一株开紫红色的花。这两株玉兰在办公楼门口的两侧，是大院里的花神。早春时节，春风呼啦啦一刮，那株白玉兰率先开了花，白色的花瓣颤颤地立在枝头，迎风舞动，是调皮的小姑娘在眨眼睛。玉兰花绽开的形状轻盈飘逸，像极了立在枝头的鸟儿。那株白玉兰披挂了一身的白色花朵，在春风里跳舞，是花的精灵，在唱着春天的歌。

等白玉兰的花瓣一点点失去神采，零落在风里，长出绿色的叶子，那株紫红色的玉兰就粉墨登场了。紫红色的玉兰，比白色的来得更浓烈些。一树紫红色的花瓣在春天的各色缤纷里，因为树高，因为颜色重，更因为花朵大如小鸟，更能吸引人们的目光。

可是这是两棵怎样的玉兰呀，它们是我见过的最任性的玉兰。最浓郁的夏日时节，那棵白玉兰毫无征兆地在绿叶间有了白色的蓓蕾，好多人在玉兰树前驻足，都有点狐疑："玉兰是一年开两季花朵的吗?"大家你看看我、我看看你，有点儿不敢相信自己的眼睛。某一个清晨大家来上班，一眼看到白玉兰又开花了，花朵还是那样大那样美，白色花瓣很厚实的样子，翘翘地像小鸟在枝头展翅欲飞。春天玉兰开花，没有树叶，花朵独自在枝条上缤纷，夏日树木都苍翠着，玉兰树的叶子绿油油的，白色的花朵掩映在枝叶间，却也无比和谐。

第二年，紫红色的玉兰在开过一次以后，初秋的时候，也不管不顾地第二次开花了，它是羡慕那棵白玉兰前一年的时候开了两次花，也要让自己绽放两次吗？紫红色的花朵掩映在绿叶间，人们看着它，纷纷拿出手机拍照，一年开两次的紫红玉兰，确实值得发到朋友圈。

有人忽然想起上一年，那棵白玉兰开了两次，今年紫红玉兰也开了两次，那明年，是不是两棵玉兰同时开两次呢？这真是个值得期待的问题。若是两棵玉兰都同时开两次，一年中有两次见到同一棵玉兰开花，我们该有多幸运。这玉兰真是率性得可爱。

明代文徵明的《咏玉兰》诗中写道："绰约新妆玉有辉，素娥千队雪成围。我知姑射真仙子，天遗霓裳试羽衣。"诗人将玉兰比作在凡间试穿羽衣的射姑仙子，其风姿绰约、淡雅高洁的形象呼之欲出。

朋友是个吃货，在他眼里，任何物品只分两种，一种是能吃的，一种是不能吃的。他曾经津津有味地给我说油炸玉兰花瓣有多好吃，我用眼白看他，想象那些雀跃的花瓣在他嘴里变成美食的样子。可是朋友说，他们那里的玉兰树多得不得了，一棵一棵，满满一园子都是，是诗里写的："霓裳片片晚妆新，束素亭亭玉殿春。已向丹霞生浅晕，故将清露作芳尘。"花瓣随风飘落的时候，地上几乎被花瓣覆盖，油炸个玉兰花瓣，还不是稀松平常的事。也是，两棵玉兰树怎么能跟一园子的玉兰树比，人家随便飘个花瓣也比满满一树的多。

可是再怎么说，这两棵玉兰就立在办公楼前，我春天看它开花，夏天看它枝繁叶茂，秋天眼见它落叶飘满地，更何况，它们还努力地一年开两次花，万物有灵，这两棵玉兰，就是传说中的花仙子，我又怎么舍得为了自己的口腹之欲而摧残它们盛放的模样呢？

石竹花之爱

闲暇时去爬山，路边有一种很不起眼的小花，圆圆的锯齿样花瓣只有一元硬币那么大，身形矮矮的，比手掌略高，小叶子细细长长，瘦瘦弱弱的小模样儿，如果不是那小小的花朵，在山坡的一片碧绿里，你根本就看不到它。

但是它的独特你很快就能感觉到。它们在路边在山坡随处都是呀，随便一抬眼就能看到它小小的花瓣，这一簇是粉色的花瓣，你以为它们都开粉色的花，走着走着又看到一簇红色花瓣的小花，你以为它们开红色和粉色的小花，可是转过头，你又看到红色带白边儿的小花，还有粉色带斑点的，深粉色带浅粉色小边儿的，总之你从山坡的这条路上山再从那条路回来，就能见到不同颜色的各色小花儿。你蹲下身子仔细看，它们除了花的颜色不同，叶子、体态形状都一样，真的，它们竟然是同一种花。

原来不注意它们的时候，没看到有这么多的各色小野花儿，等它们真正入了你的眼，才发现，这种小花儿到处都是，一抬眼就能看到。于是，每次上山就采一捧这样的小花儿，回来插到水瓶里，摆在案上。小小花瓣有淡淡的幽香，各种颜色混在一起，翠绿的叶子衬着，好看得心都欢喜起来。

夏天去乡下婆婆家，我们去的时候，那种小花儿早已经开得漫山遍野，各色的小花朵小伞一样顶在头顶，兴高采烈地摘一大捧抱在怀里，像珍宝。山里的花不怕采，走到哪里哪里都是，采也采不完，很多城里人觉得珍贵的东西，比如野生枸杞、银杏，比如映山红、金银花，对住在山的怀抱里的人来说，平淡得如同草芥。婆婆说这些花叫石竹花，原来传说中的石竹花就是它，果真是楚楚动人。

婆婆喜欢喝茶，每天清晨泡上一大壶茶水，我们都陪着她喝。茶很香，味道很独特，既不是绿茶也不是红茶，更不是其他的什么茶，有炒米汤的味道。记得以前母亲常将小米放在锅里炒熟，然后再用小米熬汤喝，熬好后，水是水，米是米，清清爽爽，我一般先喝一碗水解渴，再从锅底捞一碗米当饭，母亲知道我喜欢这样吃，锅里的米一般会给我留着。可是我们喝的明明是茶呀。婆婆就笑：这是从山上采来的石竹炒制的茶叶，是我自己做的。

春风一吹，石竹发芽开始蹿高，一场连绵的春雨过后，山坡上绿成一片，在石竹开花之前，婆婆去山上采回它的茎叶，用自己的大铁锅，锅底下燃烧当地特有的栗子树枝炒制的，炒好后的石竹茶叶，从翠绿色变成枯草绿，叶子细细的，香气馥郁，不同于市场上的任何一种茶，它有自己独特的炒米味道，是石竹茶独有的味道。

王安石的诗词里说："春归幽谷始成丛，地面纷敷浅浅红。车马不临谁见赏，可怜亦解度春风。"石竹因为身形矮小贴着地面，常被车马践踏，可是石竹生命力强呀，根本就不怕。践踏完再长，一茬儿一茬儿不停歇，有多远就蔓延到多远，一直到天边。石竹就是一种草儿，谁还能比草更顽强泼辣呢。

石竹的花语是纯洁的爱。从山上捧着石竹花回来，就像捧着满心满怀的爱。

鸡冠花红艳艳

鸡冠花顶着公鸡一样的花冠，立在角落里，看着院子里到处找小虫子的公鸡和母鸡，一副胸有成竹的模样。一只公鸡慢腾腾地踱着步，头顶的红鸡冠也跟着左右晃动，到了鸡冠花前，偏过头看看鸡冠花，有些迷惑，难道这也是只公鸡？又用小尖嘴啄啄鸡冠花的叶子，分明是叶子嘛，再偏过头看看鸡冠花上的花冠，公鸡更迷惑了。

鸡冠花长在院子的角落里，一小溜儿排开五六棵，每一棵都顶着一个红艳艳的花冠，是一群雄赳赳气昂昂的公鸡排着队。春天的时候，邻居家的鸡冠花苗长得密密实实，一盆的小绿芽芽，远看毛茸茸的。邻居说家里种不了这么多鸡冠花，挪几棵去种在院子里吧。于是，我家院子的角落里，就有了几棵鸡冠花。

鸡冠花不开花的时候，一点儿都不独特，就是一棵叶片尖尖有红色脉络的草。随着天气转暖，鸡冠花一点点在长高，头顶渐渐长出红色花茎，天气一热，火辣辣的太阳下，鸡冠花的花冠就像打了鸡血，“噌噌”地长高长大，几天不见就头顶着一朵红红的花冠，花冠下部是花柱，花柱上布满鸡身上碎毛一般密实的小花瓣，上部是曲曲折折挤在一起的花冠。鸡冠花是纯红色，纯得不沾一点点杂色，纯得在太阳下发亮。

走亲戚的小妞妞来了。蹒跚学步的年纪，边玩边吃，饼干屑落了一地，大公鸡颠着小碎步跑过来，低下头忙不迭抢着吃，鸡冠碰到小妞妞的手，小妞妞刚要伸手摸公鸡的鸡冠，公鸡接着低下头，小妞妞的手落了个空。公鸡吃完地下的饼干屑还不算，又偏过脸瞅瞅小妞妞手里的饼干，趁小妞妞不注意，昂起脖子转头啄了她的手一下，吓得小妞妞扔掉饼干大哭起来，厉害的公鸡趁机去抢地上的饼干。爷爷过来顺势一脚踢在公鸡身上，公鸡扑闪着翅膀拼命跑，惊动了别的鸡，院子里顿时一片混乱。小妞妞的注意力很快被别的玩具吸引，眼里带着泪脸上已经挂着笑。

小妞妞在院子里跑，小孩子怎么能闲得住呢，东跑跑西看看，跑到鸡冠花前，定睛一看红红的鸡冠花，“哇”一声又哭了，爷爷赶紧跑过来蹲到小妞妞跟前，不明白小妞妞为什么哭，小妞妞的小胖手指指鸡冠花，又把被大公鸡啄过的那只手举到爷爷面前，爷爷一下子明白了，小妞妞还记得大公鸡啄她手的事，看到鸡冠花以为是大公鸡，竟然又吓哭了。爷爷抱起小妞妞回到屋里，把刚才的事一说，大家那个乐。小妞妞真可爱，鸡冠花真可爱。

鸡冠花真可爱，蔚蓝的天空下，挤在一起的鸡冠花开得很奔放，用手一摸，毛茸茸的很厚实，甚至用手拍打，鸡冠花也不会像别的花那样掉花瓣。从夏天一直开一直开，一直到秋天，鸡冠花小小的种子都成熟了，天气渐渐转冷，叶片开始枯黄，鸡冠才不再那么昂首挺立，鸡冠花短暂的生命就在凉风里结束了。

把它们铲掉的时候，爷爷还说起夏天的时候小妞妞来这里，把鸡冠花当成公鸡的事。秋天来临，小妞妞已经比原来长高了许多，长了很多见识，再也不会把鸡冠花当成公鸡了。

几点樱花迎早春

在我们这里，樱花盛开是在四月。其实，四月里有很多花儿都在开，比如梨花院落溶溶月的梨花；比如“人间四月芳菲尽、山寺桃花始盛开”的桃花，比如名花倾国两相欢的牡丹，还有很多不知名的花儿。但是，你还是一眼就能看到满树盛开的樱花。因为樱花开得实在是太绚烂了，樱花的绚烂真的是无花能比。满满一树的水红花朵，争先恐后地绽放，复瓣的花朵绸缎一样挤在一起，成为一簇簇热热闹闹的大花，这哪里是花，分明是挂了一树的粉红绸缎，阳光里闪着明媚的光，像抚摸绸缎一样几次想伸手去抚摸，却又唯恐惊扰了它们，枝干上没有一点点绿色，只是一树繁花似锦。

最常见到樱花的地方是人行道。沿着人行道慢慢走，一树樱花扑面而来，又一树樱花扑面而来，是“小园新种红樱树，闲绕花枝便当游”的意境。一路看着樱花走呀走，满眼都是绚烂的樱花，思绪在花朵上纷飞，再远的路都不觉得远，不知不觉就到了目的地。若是在冬天，人行道上只剩下光秃秃的枝干，不仅有前路萧瑟之感，更觉得目的地遥远，北风呼啸着，什么时候能到达呢。

李商隐诗里说：“昨日雪如花，今日花如雪。山樱如美人，红颜易消歇。”复瓣美艳的花瓣如吹雪般齐齐绽放，又宛如梦境般纷飞散落。樱花的花期很短，只有一周的时间，很多人想到樱花，就会有伤感之意。那一年，樱花开得最绚烂的时节，某个暮色沉沉的夜晚，路上已无看花之人，路灯拖长了树影，在花影斑驳里，在满树绸缎样花朵的樱花树下，因不堪忍受内心的重压，躲在花影里，哭了个痛快淋漓。我不是个坚强的人，有些事确实无法坦然面对。樱花树静默着，满树的花朵也默不作声，它们看着一个脆弱的女子撕心裂肺地哭完，哭得花瓣落了一地，又擦干眼泪挺直脊背回家去。

春花易谢，樱花也不例外。鞭丝车影匆匆去，十里樱花十里尘。而今回首往事，也不过付之一笑，笑当年那个想不开的女子，尚不如樱花能经风雨，比樱花还脆弱。十里樱花都化作了尘土，过往也仅仅是过往而已。

可是樱花真的是美到极致，它不出场而已，一出场，必定是盛装，雍容华贵典雅有风韵，春风里款款而来，风华绝代让人艳羡不已。在一所学校里，曾见到一溜儿盛开的樱花树，樱花树枝干粗壮树形高大，披挂了满满一树的粉红绸缎，让人忍不住想要抱抱它们，整个校园都变得粉嫩粉嫩的，朋友说这些樱花树已经生长了几十年，每年樱花盛开的时候，孩子们都喜欢在树下玩耍，甚至盛开的那几天，孩子们都分外乖巧，换了个人一般，在花树下安静地读书，不再调皮捣蛋，连说话声音都小了呢。

这是樱花太美的缘故吗？还是孩子们向善的心，对美好事物的热爱，让他们自觉地收敛了自己的行为呢。多年后孩子们想起这些樱花树下的日子，这些粉红色的回忆会温馨一生吧。

几点樱花迎早春，依依小鹿送游人。早春时节，怎么能错过绚烂的樱花呢。

重阳节的菊花

读书的时候，背诵陶渊明的诗句：“采菊东篱下，悠然见南山。山气日夕佳，飞鸟相与还。”对东篱采菊充满向往，山高地阔，蓝天悠远，明媚的阳光下，篱笆边一丛丛菊花开得热烈奔放，每一朵菊花都那么美，朵朵都散发着幽香，到底采哪一朵好，要细细地思量一下，看来看去，每一朵都很好，每一朵都舍不得。对一个优柔寡断的人来说，从众多美丽的菊花中选出一朵最美的，确实是个难题。菊花就这么在我的想象中葱茏着。

有一年重阳节同朋友去逛庙会，庙会在附近的山上，我们从庙会的热闹里出来，决定去更高处看看，山很高路很陡，行到人迹罕至处，迎面一片松林，山风呼啸，松涛阵阵，地上一层厚厚的松针，前面是荆棘挡道，以为已无路可走，朋友不肯再挪动脚步，我坚持着要穿过松林，想知道松林的那一边是什么。踩着厚厚的松针穿过密密匝匝的松树，峰回路转，眼前一片金黄，松林中间的开阔地上盛开着一大片野菊花，欢呼雀跃着扑入那一片金黄，内心的欢喜无法言说。上天真的是垂青这一地的野菊花，四周密密的松树是它的围墙；秋阳暖暖地照着，是一种呵护；空气里嗡嗡飞着的小虫子是它们的朋友；野菊花在秋风里灿烂盛开，是一种生命的盛放。而花儿们，成堆成片地簇拥在一起，多得就像夜空里的繁星，小花朵你挤着我我挤着你，散发着独有的清香，浓郁中见热烈，清淡中见优雅，在这少有人光顾的地方，野菊花们就这样岁岁年年，盛开和凋落。

野菊花长得都一样，分辨不出这朵跟那朵的区别，不管不顾地奔过去，采了好多，野菊花太多了，那么大的一片，即便是采得再多，对整片野菊花来说，好像没人采过一样。将狗尾巴草拔出来拧成绳子，一人提了一捆野菊花回了家，菊花摘下来阳光里晒了，做成菊花枕。菊花的香有一种淡淡的药香，夜里枕在头下，睡梦里仿若置身在菊花的海洋。

重阳节，是菊花盛开的时节，出游赏景，登高远眺，便插茱萸，吃重阳糕，饮菊花酒，沐旷野长风，何等气概，何等潇洒。九月初九，两九重逢，都是阳数，古人认为这是个值得庆贺的吉利日子，陶渊明也说："余闲居，爱重九之名。"

菊花是大自然送给我们的四季轮回里的最后一种花，"秋丛绕舍似陶家，遍绕篱边日渐斜。不是花中偏爱菊，此花开尽更无花。"于是暗暗下决心，以后每年的重阳时节，都要到远处山上看菊花。

重阳时看菊花，其时看的无非是自己的一种心情。在心里惦记着，却不知道自己是个粗心大意的人，日子过得混混沌沌。那天再提起，先生突然说了一句："重阳节已经过了呀。"我心一沉，忙翻了日历看，竟然真的就过了，虽然说菊花不同于昙花，没有必要非等重阳节那天去看，可还是觉得错过了好多东西，错过了重阳节的庙会，错过了重阳节灿烂盛开的重阳菊花，好像还错过了某些东西，沉沉的，在心底，让我说不出，却有心痛的感觉。

地雷花儿开

谁小时候没看过一部或者几部让人难忘的电影呢？谁又不曾对电影中的某个人物和细节念念不忘呢。

那部经典老电影《地雷战》，小时候看过很多遍，很多细节很多语言都烂熟于心。地雷埋在田野里、路边、房檐下，埋在各种能埋地雷的地方，炸得鬼子血肉横飞。我们也在沙坑里埋地雷，我们埋的地雷没有任何威力，不过是树枝、纸团甚至一块砖头。但是踩到地雷的人总要假装被炸掉，身子一歪顺势倒在地上，埋地雷的人就欢呼雀跃。

后来觉得埋地雷太没有威慑力，就开始挖陷阱，在地上挖个坑，用树枝支起来，上面盖上叶子，再撒上土，不知道的人没准儿就会一脚踩上，踩上了也不要紧，一群半大孩子挖的坑，也就是叫个坑而已，顶多让人一趔趄，甩甩鞋上的土继续赶路。后来有人又出新招，既埋地雷又挖陷阱，这样的游戏，现在的孩子都不屑一顾了吧，可是当时玩得多带劲呀。

埋着埋着地雷，一个小伙伴儿一转头，发现路边的花树上开满了粉红色的花朵，微风里黄色的花蕊颤颤的，很娇羞的模样。花树很大，小孩子一个人都围拢不过来，花开得很多，数也数不清。已经开败的那些，小小的绿色花萼托着一粒绿色的种子，更有成熟的种子已经变成了黑色，小伙伴儿把那粒种子摘下来，惊喜地大叫一声："快来看呀，这个种子长得像地雷。"大家围拢过来，围着那棵花树仔细找，每个人都在花丛里找到几个成熟的黑色种子，不规则的表面，黑色的圆圆的小模样，果真，种子跟电影里的地雷一模一样呀。

大伙儿的注意力一下子从挖陷阱埋地雷转到这些花儿上，那些没成熟的种子，还是青绿色，但是已经有了地雷的雏形，那些成熟的，完全就是缩小版的地雷。有人问，这是什么花？大家你看看我、我看看你，没有人能回答上来。沉寂了一小会儿，一小伙伴儿说："它的种子像地雷，就叫地雷花吧。"对呀，对呀，就叫地雷花吧。

后来我家从胶东搬到淄博，夏日里一出门，路边一溜儿粉红色的地雷花，远看像一道矮矮的粉色花墙，原来这地雷花到处都有呀。

有一年夏天，我跟翼同学出门。翼同学骑着他的自行车，我们慢悠悠漫无目的地骑行，打算走到哪里就算哪里。在马路上拐个弯，上了一条土路，路坑坑洼洼很难走，但是翼同学坚持要继续前行，要到前面去看看，好吧，我当然会满足他的好奇心。然后就看到土路的路基上，开满了红色黄色的花朵，翼同学也是喜欢花的人，我们放下自行车到路边去看，原来是地雷花，竟然有黄色的地雷花！这是我平生第一次见到黄色的地雷花，它们夹在粉红的地雷花里，星星样闪光。更大的惊喜还在后面，继续往前走竟然看到杂色的花瓣，花瓣上一丝红一丝白，还有的是一丝红一丝黄，更有纯白色的花瓣，中间的蕊是金黄色，很漂亮很夺目。应该是粉色和黄色的花粉被风吹得混杂在一起，它们的颜色发生了变异。

可是变异了的更好看，如同多彩的生活，不再是纯粉色那样的单调。生活本来就是五彩缤纷的，不断给人希望，让人不断向前，从而走得更远。

那年夏天，我和翼同学摘了很多地雷花种子，各种颜色的都有，打算来年春天撒到花池里。

前几天我问他记不记得有一年夏天，我们骑车到一个地方玩儿，路边有很多地雷花，各种颜色都有。他说记得呀，那么一大片地雷花好美呀，当然记得。

在他的童年记忆里，能有那么一大片地雷花璀璨着，多年以后再想起，也是很温馨的感觉吧。如同我记忆里的那部黑白电影《地雷战》和那些永远开在记忆里的地雷花。

红星闪闪在心中

这世间的因缘际会，很多都是巧合，不然人们为什么说无巧不成书呢。

那天在微信群里，一个朋友做了“美篇”给我们看，我平日里很少看群链接，那天鬼使神差般点开，也许是“美篇”的名字中有“五角星”几个字，唤起了我心底沉睡的记忆。五角星花，那是我小时候最喜欢的花呀。点开的那一刻，鲜艳的五角星花图片一张张呈现在眼前，绿叶衬着鲜红的小花朵，那么美那么绚烂，记忆被轰然炸开，谁年少的时候没有狂热地喜欢某一样东西呢，作为一个在部队大院里长大的孩子，喜欢一枚五角星是再自然不过的事了。

最早是在父亲的军帽上看到五角星，可是真正的热爱却是因为电影《闪闪的红星》。看这部电影的时候还是小孩子，在那个物质和精神都匮乏的年代，这部电影看过很多遍。潘冬子的父亲给了他一枚闪着光芒的红星，这枚红星是冬子心中的明星，给他力量和勇气。这部电影让多少孩子热血沸腾啊，冬子的那枚红星更是一个象征，在年少的我心里种下一枚热爱的种子。

许是大家都对五角星充满了热爱吧，有小伙伴从亲戚家挪来一棵五角星花种在窗前。起初我们都对小伙伴说它会开红色的五角星样的花朵抱怀疑态度，还能有花儿长得像五角星？没听说过更没见过。可是小伙伴执拗地浇水，坚信会开出五角星样的花朵。那纤细的藤蔓一日日长高，爬上窗台爬到窗玻璃上。有小蓓蕾在绿叶间隐隐约约地闪现了，小蓓蕾绽出一点点红了，然后在一个阳光灿烂的上午，齐刷刷的，藤蔓上点缀了好多鲜红的五角星花，那样美那样耀眼，猝不及防地闪了你的眼。小伙伴们面对爬在墙上的小红花，呆呆地说不出话来，是真的呀，原来真的有花朵长得像五角星。只有那个小伙伴得意地望着我们，那神情分明在说：我没骗你们吧。

于是第二年，家家户户的院子里都种了五角星花，谁家没个半大孩子呢？谁家的孩子不喜欢五角星呢？从平房的这头往那头望，鲜艳的五角星花像星星一样点缀了各家的门口，微风里翠羽层层，小花朵娇嫩轻盈，美得让人眩晕。每家的门前都那么美，五角星花在孩子们的期盼中走进了现实里。从夏天到深秋，每天每天，五角星花都在绽放，清晨开花午后枯萎，而明天，明天又有新的希望。五角星花，就是给人以希望的啊。我常常呆呆地站在五角星花前，不眨眼地看，它怎么可以这么美？怎么就能开出五角星样的花朵来呢？老天是怎么安排的？然后伸着手指一朵朵地数，数来数去却数不清楚，天上的星星能数清楚吗？不能。五角星花多得像繁星，当然也数不清。

有朋友说，五角星花又叫“茑萝”，是《诗经》里“茑为女萝，施于松柏”的茑萝吗？在这之前，我从未将茑萝和五角星花联系到一起过，从未想过它们是同一种植物，茑萝在我的意念里是神仙姐姐般的人物，而五角星花则是凡尘里的精灵，当它们重叠在一起，五角星花顿时有了仙气。

谁说五角星花就不能有个神仙般的名字呢？它那么美，袅袅婷婷像步入凡尘的仙女，它给了我童年那么多美好的回忆，一直在心底里璀璨。直到再次从朋友的“美篇”里看到它，我才知道，这么多年来虽然不曾提起五角星花却从来也不曾忘记，而有些人有些事，就是埋在心底里，不用提起也永远不会忘记的呀。

金花开银花开金银花儿开

是六月末，北方已经开始迎来一年中最热的时节，也是一年中最欣欣向荣的时节。花草树木苍翠着，用满眼的绿和缤纷的花朵来展现它们的勃勃生机。昨夜雨露的清新和空气中的丝丝花香糅在一起，那么融洽柔和，仿佛这就是天地间本来的样子。

山东五莲的乡下，在这个以樱桃和栗子著称的地方，让人沉醉于一抬眼的绿和香喷喷的空气。因为离得远，我们成了远道而来的客。一进院门就被院子里两棵硕大的金银花震撼到——两个大花盆里，两棵一人多高的金银花浑身上下挂满了花朵，有白有黄，甚是夺人眼目。我一进门就被它吸引，院子里狗狗的“汪汪”叫都不能阻挡我的脚步，终于明白空气香喷喷的原因了，是金银花的香，浓郁热烈而独特，让你闻过就忘不掉。

婆婆忙前忙后，不让我插手家务事。其实，我也只能打打下手而已，我做饭的手艺同婆婆根本不在一个档次。于是就有了很多的空闲时间去看山看水看流云。乡下的天光似乎比城里来得早，乡下的清晨也就在鸡鸣犬吠中被早早唤醒，吃过早饭仍然觉得早，不如爬山去。

沿着山路往上走，地边堰角一大片一大片野生的金银花在阳光下茂盛地生长着，惹得我一惊一乍地赞叹，一看就是没见过世面的城里人。老公说乡下的宝贝多得是，这些野生金银花根本入不了乡下人的眼。这要是在城里，还不得长一个花骨朵儿就被摘一个呀，于是我又被狠狠地震撼了一下。在我这个没见过世面的人眼里，这漫山遍野分明都是宝贝嘛。

金银花油绿油绿的叶子在微风里闪着耀眼的光，更耀眼的当然是那些奶白色的花骨朵儿、微微开放的娇俏俏小姑娘一般的白色小花朵、被岁月温柔浸润过的黄色小花朵。初开的金银花花瓣为白色，花蕊颤颤的，阳光里吹弹欲破，是豆蔻年华小姑娘的脸，叫银花，盛放过后变成金色依然美丽的花瓣，叫金花，金银花的名字便来源于此。金银花的花朵一簇一簇地聚在一起，像热热闹闹的一大家人。经常见到奶白的花骨朵儿、白色的小花瓣、金黄的小花瓣聚在一起成为一小簇儿，是祖孙三代仍然不分开。

我实在是贪心的人，想把所有的金银花都收入囊中，可是到处都是啊，怎么摘都摘不完，先生微微笑着，帮着我。同我的手忙脚乱比起来，他更娴熟一些。不愧是山里长大的孩子，我大笑着夸他。

提着满满两大袋子金银花回到家，屋里顿时香气弥漫，在山坡上的时候天大地大，香气被分解得淡淡的，可是两大袋子金银花的香聚集在一起，真的真的是太香了。走到哪儿都是金银花的香，眼角眉梢是香；头发衣服被染得香喷喷的；挥一挥衣袖，带来一片香；整个房子都变香了，让你觉得随便抓一把空气就能拧出香来。婆婆说没想到金银花竟然这么香，平日里还真没注意呢。

弟妹说，你们喜欢金银花，把院子里的那两棵送给你们。弟妹是个大气的人，绕是我再贪心，也知道换了水土的金银花会长不好，况且如此巨大的金银花又怎么能带得走，还是带着摘来的金银花吧。它那么香，日里夜里都是它，让人沉醉。

归来在火车站等车的时候，那些金银花依然那么香。惹得旁边的小男孩时不时地过来好奇地瞅瞅，我找出一个小袋子，用手抓了些金银花盛在小袋子里，等小男孩再过来的时候递给他，小男孩后退一步，我微笑着再次递给他，他迟疑着接过去，冲我粲然一笑转身跑开。送人金银花，也是手有余香的呀。

谁梦到朝颜的微笑

有一段时间我以为它叫“夕颜”，那是在看了那部很火的电视剧以后，虽然当时心里闪过一丝疑虑，但是很快就被抛到脑后。夕颜，这么凄美娇艳的名字，似乎同它短暂的盛放联系起来也很契合。

有些人有些事有些花儿，总是同季节搭配得严丝合缝。朝颜，自六月起就开始盛放，一直持续到秋天，这是它生命中最好的时光，喇叭样的小花盛开在路边篱笆上，白色的、水红色的、大红色的、蓝色的，朵朵盛开在朝阳里，喇叭一样向着天空，歌唱。

没错，就是我们平时说的喇叭花。它有一个很诗意的名字：朝颜。朝是清晨，蓝天下灿灿阳光里的清晨，绽放自己的美丽容颜，虽然绽放的时间很短，短到只有几个小时，可是绽放过总好过从未开放，美丽过总好过丑一辈子。

在这个饱满而又酝酿忧伤的秋季，清晨的露珠还在阳光里闪闪烁烁，朝颜沿着篱笆向上绽放它的小花朵，晨开午谢，向世界展示它短暂的盛放。每天清晨，在这条清静的小路上，我一个人走，一个人慢慢地与世隔绝地走。自从建了另一条平行的路，这条路已经极少有人光顾，虽然目的地都相同，可是在这个动辄车轮滚滚的时代，谁还愿意用脚步丈量脚下的路呢。于是，我听到了虫鸣的声音，那是小虫子在弹奏它的七弦琴，看到路边的草儿一点点长高，还看到朝颜每天的绽放，那么美那么让人沉醉。在微醺的朝阳里，奔赴一场姹紫嫣红的花事，做一个洗尽铅华的女子，在一草一木间随遇而安。

写朝颜的人很多，那些诗词在文字的长河里字字惊艳，而我独喜欢杨巽斋的这几句：“青青柔蔓绕修篁，刷翠成花著处芳。应是折从河鼓手，天孙斜插鬓云香。”

天孙斜插鬓云香，笑靥如花的女孩子，鬓发上斜斜地插了几朵开得正盛的朝颜，人面如花，那情景，怎一个美字了得，惊艳了诗人，也惊艳了岁月。站在朝颜盛开的篱笆边，岁月的河将过往一一涉过。秋至，这个时节，蓝天高远阳光灿烂，目光遥遥地落在云天外，那些莫名的思绪，怎么越来越浓了呢。思念一些人遗忘一些人，生命中来来往往的那些过客，怎么会只留下深深浅浅的印痕呢，不是说，前世的上百次回眸才换来今生的擦肩而过，可是你我擦肩而过，却好像从未回眸过。

站在秋天的渡口，朝颜在向我微笑，也许清浅的流年里，放下执念随遇而安才是最好的结局。也是，心若漂泊，到哪里都是流浪，兜兜转转，总要从终点回到起点，回到心安之处。

其实，朝颜自有自己的泼辣。身为乡野女子，生命力之强来源于对生活的渴望，风吹雨淋，干涸日晒，都不能磨灭一颗绽放的心。当她向世界展现她的微笑，所有吃过的苦流过的泪，一如过眼烟云。

可是，又有哪一个女子，不是竭尽所能地在广阔天地里施展才华，尽情地向世界展示自己的美呢？韶华易逝，哪怕这美只有短暂的几个小时，哪怕寂寞无人欣赏。

才不枉来世间走一遭。

天天开天天见

天天开是个传奇。

哪种花儿能有那么长的花期呢？天天开就能，从五月下旬一直到十一月上旬，天天都有小花朵对着你笑，长达五个多月，不然怎么对得起这个名儿呀。天天开的粉色小花朵儿，俏皮的五个小花瓣，像扎在小姑娘头上的粉色发卡，又活泼又好看。

天天开的小模样儿真讨喜，想拿起画笔给天天开画幅画儿，嗯，画得像小姑娘一样活泼漂亮。

天天开长了一副笑模样儿，天天咧着嘴儿对你笑。让我想起外甥女果果。果果大眼睛长睫毛，洋娃娃一样，见谁都是先送上一个笑脸，没事的时候还常常自己“咯咯咯咯”地笑出声来，果果从不生气，也不烦这烦那，跟她说话，她同意就点头，不同意就摇头，无论摇头还是点头都不忘送你一个灿烂的笑脸，像天天开。果果才一岁多，小孩子吃饱了就高兴，困了就睡觉，哪有什么烦恼呢。哪像我们成年人，考虑这考虑那，心事压得喘不过气来。

天天开从细细瘦瘦的小芽芽开始长，长到四五个叶片就绽放粉色小花朵，瘦长的叶片长到哪里，小花朵随之跟着在腋旁开花，亦步亦趋，像两口子，夫唱妇随，对，就是的。

从春天开到夏天，从夏天开到深秋，温暖的室内，天天开在阳台上恣意生长，肃杀的深秋，天天开披挂的粉色小花朵太招摇，不用专门看，随便一瞥就是天天开的粉色小花，满满一树呢想不招摇也不行，有时假装看不到，可是不经意间还是看到了，只好叹口气，这天天开，服了！就像果果，你一进门，她就啪嗒啪嗒跑过来迎接你，满脸欢喜地看着你，不由得，你俯身把她抱起来，左边亲一下右边亲一下，听她“咯咯”地笑心里无比舒坦，有些人你就是无法拒绝她，有些花你就是不由自主地要去看它，谁让你喜欢呢。

天天开还会变戏法儿，明明是种了一棵红色的天天开，可是到开花的时候，却变成了别的颜色。楼下的阿姨，家里的天天开实在种不下，就在小区的花池里种了一小溜儿，在一片绿意葱茏中，这一小溜儿开花的小花树分外好看，像衣着鲜艳春花般美丽的孩子。可是都是同一个母亲的孩子，别的天天开约好了一起开粉色的小花朵，有一棵偏偏不走寻常路，一开花就夺人的眼，雪白雪白的小花瓣，中间点缀了一点点红，嫩嫩的雪白的像胖娃娃眉心点了一个血红的朱砂痣，真招摇啊！见多了粉色的小花朵，这棵白色花瓣的天天开看着真让人喜欢，一堆粉色衣服的小姑娘里出了个白衣小仙女儿。阿姨说这是怎么回事呀，这棵天天开，太任性了。

可是，任性也是好的呀，不然怎么有白色的天天开让我们看呢。果果任性的时候也很可爱呀，大眼睛眨呀眨，长睫毛忽闪忽闪地看着你，冲你粲然一笑，让你没脾气不说，还要忍不住把她抱起来，使劲地亲两下。

天天开的学名叫四季梅，开花后结的种子，在早春种下，慢慢长大，一直到五月份开始开花，一直开一直开，身姿袅娜仪态万方，一直都是花季美少女。真让人羡慕。

满架蔷薇一城香

小城有许多蔷薇墙，都是我最爱。

天还冷着，目光不经意间从路边掠过，惊喜地发现，前几日还干枯着的一长溜儿蔷薇，齐刷刷地冒出了嫩嫩的毛茸茸的小绿芽，小嫩芽们一根根直立在枝条上，争先恐后齐刷刷集体向上，在阳光里舒展腰身，活泼泼的像刚出生的婴儿，让人觉得春天就在这些小芽尖上，温柔的感觉从心底泛出，竟无端地欢喜起来。

这段蔷薇墙，不知生长了多久，最初只是些蔷薇，长着长着就成了长长的墙，栏杆都被它们覆盖。它们在那里一抬眼就能看到，仿佛它们就应该在那里，理直气壮地春天里萌芽夏日里开花，茁壮成一面墙。

转天再看，那些小芽一夜之间就长高了一截，之前还稀稀落落的芽尖，叶子已经舒展变大，在枝条上密密实实覆盖了一层绿，整段蔷薇墙都绿了！阳光里绿得闪闪亮。蔷薇们一天一个样儿，只要你肯为它驻足，它就会不停地给你惊喜。而那些米粒样的小小蓓蕾，就隐藏在绿得耀眼的枝叶间。

初夏来临，无数人都被这面蔷薇墙惊艳。那些灿若繁星的小花朵，密密麻麻挤挤挨挨，一朵挨着一朵，你靠着我我贴着你，一眼望不到边，无论怎么看，那些复瓣的粉色小花朵都在阳光里晃你的眼，而我们，则在午休的时候，拿了相机去拍照，在蔷薇花前笑呀闹呀，谁从这里经过，都会在我们的相机里留下人面花影。拍着拍着，觉得人不如花好看，索性只给花拍，蔷薇的粉色小花朵，正午的阳光里，舒展到极致。

周日里无聊，曾骑着自行车在小城的大街小巷漫无目的地逛，在一条宽阔的马路上被两边的蔷薇震撼到，一边是所学校，蔷薇从学校的围墙上垂下，一直垂到马路上，满满的一面墙都是蔷薇盛开的粉色花朵，我沿着学校的围墙走了一圈，围墙到哪里，蔷薇就在哪里盛放，蔷薇墙簇拥着学校，蔷薇的香缭绕在校园里，蔷薇盛开的复瓣小花朵，是孩子红彤彤的笑脸。

马路的另一边是一家单位的镂空栏杆，蔷薇从栏杆里面长出来，这些蔷薇也已经有些年头，长长的栏杆上布满绿叶，绿叶上是俏皮的白色蔷薇，小星星样的白蔷薇啊，让整个栏杆都变得与众不同了。一边是开粉色花朵的蔷薇墙，一边是开白色花朵的蔷薇墙，整条马路都被蔷薇染香，行人走到这里都慢下了脚步，任是再坚硬的心在蔷薇面前都变得柔软。

诗里说“当户程蔷薇，枝叶太葳蕤。不摇香已乱，无风花自飞”。可见蔷薇迷人的小模样儿有多勾人。蔷薇的花期很长，在北方从每年的四月一直到十月，每一个月它都灿烂盛开，开成一面花墙，每一次盛开都让人的心软软的，脚步为之停留，目光为之凝驻。每一次盛开，都是一次生命的盛放，好像青春又重来了一次。

这些年，小城的角角落落，不知不觉中多了许多以前没有的花花草草。春天到来，平日里不起眼的树木，忽然间就挂满了灿灿的花朵，蔷薇墙更是随处可见。小城的每一季每一天都有花儿在盛开，直到雪绒花布满大地。而蔷薇，在季节的变换中，一直一直都那么楚楚动人。风吹花瓣落，如翩翩蝴蝶，踩着一地落花脚步同心一样轻盈。蔷薇那么茁壮、随性，以惊世骇俗的姿态，站成一面墙，像蓬勃的生活。“水晶帘动微风起，满架蔷薇一院香。”蔷薇，这是要把整个小城都熏香。

海棠春睡醒　妩媚几多情

看海棠花开，也是件值得炫耀的事。那几日，日日唇边绽着微笑，同事数次询问，终忍不住，告诉她，是海棠花，日里夜里开在我心上。惦记它，如同惦记日思夜想的有情人。

临淄区凤凰镇西老村，一个完全陌生的名字，却并不妨碍我对海棠花的向往。喜欢一个人，常常没有理由，爱一朵花，也许是前世的情结。数次想象海棠的样子，是浓妆淡抹总相宜，还是国色天香盖天下？小区里处处春花灿烂，我却真的不知海棠的模样。

“嫣然一笑竹篱间，桃李漫山总粗俗。”苏轼的诗，一遍遍在脑海里拂过，只嫣然一笑这个词，就足以让人对海棠的美浮想联翩，倚着竹篱门的女子，回眸一笑，呆了路边行人，竹篱间的海棠花，艳了田间地头，漫山的桃花红、梨花白都显得粗俗。

是极好的一个春日，阳光明媚，微风习习，一路欢声笑语，未见海棠，先领略文朋诗友的激情。

初始，一树树粉白粉白的花儿，在春日的艳阳下晃我们的眼，几个文友互相询问：这难道就是传说中的海棠？却都不敢确认，唯恐一不小心亵渎了海棠的美，看来同我一般不识海棠真面目的大有人在，直到一个海棠花儿般的小姑娘给我们讲解，始知道，这开粉白花朵的是垂丝海棠，早听说过这个名字，却在今天才识庐山真面目，粉白色，极娇嫩的一种颜色，如同十五六岁的少女，正处在豆蔻年华，美好的未来在前头等着呢。

然后，我看见了一棵开着深红色花朵的海棠，正喜欢它的独特，抬头向前，却见前面的一排排，都是这种深红的花朵，顿时满心欢喜，忍不住不停地赞叹，名字也喜欢，叫“绚丽”。朋友说：粉白的海棠难道不好看吗？我说，都好看。但是粉白色的太娇嫩，不如这种红色的热烈，正如人生，粉白的时候，正是青涩年少时，我已过了那样的年龄，不希望人生再那样单薄，而希望能浓烈些，爱就爱了，恨就恨了，如花的名字，“绚丽”一些。

渐渐地，落在人群的后面，在海棠花间流连，会让人没有了时间概念，那海棠花般的小姑娘说，有一种海棠，名叫“芭蕾舞者”，在那边，她用手指着东南边，东南边大家都没去过，同朋友对视一眼，一拍即合，寻花不在平常处，只有在众人都没有到达的地方，才能发现独特的风景。于是深一脚浅一脚，在一排排的垂丝海棠里，一眼就认出那棵“芭蕾舞者”，因了它独特的风姿，仿若一名正在起舞的女子，挺拔、秀丽、身姿袅娜，有一种脱俗的美，而花朵，也是我喜欢的浓郁的红色。远方有佳人，遗世而独立，写的就是这棵“芭蕾舞者”。

春似酒杯浓。满园的海棠花儿，让人如饮了一杯浓香的酒，有微醺的醉意，酒不醉人人自醉，海棠无香，花儿足以让人陶醉。

在海棠园里流连，猛然间抬头，赏花的人儿都已不知去往何处，总是舍不得走，却不得不离开，人生的离别莫不如此。遂向一锄禾的老农问路，极瘦削的老人，花白的胡须，纵横的皱纹，让我想起去世多年的爷爷。爷爷也是在极高的年龄，不肯歇息仍在田间劳作，伤感瞬间涌上来。

却只能轻轻说声“谢谢”。

春天的花儿是为了秋天的果，花儿绚烂，果实带给人们的是丰收和喜悦，这种喜悦不付出辛勤劳动的人永远都体会不到。于是开始翘望秋天，期盼海棠甜甜的果实。

四月的桃花

是四月，已经过了红绿皆瘦的时节，处处春花灿烂。小区里的那株桃树，掩映在樱花丛里，我注意到它的时候，它的花已谢，嫩绿的小芽正蓬勃生长。记忆里印象最深的关于桃花的诗句是："桃之夭夭，灼灼其华。"花是桃花，其灼灼、其夭夭，尽在想象中。桃花总让我有些心神不定，眼前一派绿肥红瘦，让我觉得错过了桃花。

心底里还是存了希望，那就是博山石马的桃花，因为山深，天气要冷一些，我们去的时候，桃花正灼灼盛开，是最灿烂的时节。在最美丽的时刻，遇到桃花，仿佛已在佛前求了五百年。盼了那样久想象了无数次，置身于桃花的绯色海洋里，竟有些不真实的感觉，整个天地间都是令人恍惚的落了又开的繁花，痴痴地立在那里，真想就在桃花园里终老，把晨昏朝暮演绎成似水流年。

一棵桃树和另一棵桃树相约着，来年春天的时候，我们一起开花，渐渐地，所有的桃树都约好了，等春天来临的时候，我们一起开花。仿佛一夜之间，所有的桃花都开了，春天在一瞬间降临，于是就忽如一夜春风来，千树万树桃花开。北方的花儿，因为善于等待而避开了被冻僵夭折的灾难，这种等待，不是消极懈怠，而是积攒力量；不是徘徊犹豫，而是韬光养晦，一旦时机成熟，便把积蓄的力量全部爆发出来，这也是生存的本能。

一树树，一朵朵，簇拥在枝头，那树俨然一个承载了太多幸福的人，颤颤地要将他的幸福告诉给每一个见到的人，而整片整片同时盛开的桃树，就是一群被幸福喜悦满溢的人，有着无比的快乐，草还枯着，放眼望去，没有一丝丝的绿，于是桃树就和看花人一起分享这份春天馈赠的幸福。

桃花的香丝丝缕缕，用暗香来形容再恰当不过。站在旷野里，沐着微微桃花风，有暗香盈袖。古人的衣袖，那样宽绰，袅袅娜娜美人袖里，充盈着淡淡的桃花香，甩一甩衣袖，那些千百年来在暗中浮动的花香，盈盈地粘上身，径直钻进你的鼻孔，沁进你的肌肤，顺着呼吸进入肺腑。野地里轻轻挥挥手，想象里的水袖如云般舞动，香气也随之波动，扭一扭腰身，对着桃花回眸一笑。

有一株桃树不能忘，那就是张爱玲散文《爱》里的那株桃树，那小康人家的女孩子，一生受尽磨难，经过无数次惊险的风波，老了的时候还记得从前那个年轻人。常常说起，在那春天的晚上，在后门口的桃树下，邂逅的那个年轻人。那广为人知的名句："于千万人之中遇见你所要遇见的人，于千万年之中，时间的无涯的荒野里，没有早一步，也没有晚一步，刚巧赶上了，那也没有别的话说，唯有轻轻地问一句：噢，你也在这里吗?"就是因了桃树，因了那邂逅才有这到老都不能释怀的遗憾。每次读，每次都要轻叹，也许正是因为遗憾，才有了永久的牵挂。

朵朵桃花是朵朵微笑在美人的腮边挂着，常常思绪凝住，想桃花怎么可以美成这样，随便一抬眼，都是盛开的桃花。大片大片的桃花，山坡上绯红着，像晚霞。躺在桃树下，无风花自落，桃花一瓣一瓣落在身上、脸颊上，捡一把桃花，手里握着，像握住桃花的前生今世，也像，握住一个美丽的梦。

记忆里关于桃花的诗句，在脑海里翻涌，却一句也说不出口，只能想着，微笑了起来。

桐花在高处

泡桐花开的时节，宜于夜晚在树下散步。

夜很静，喧嚣都远去了，泡桐花自顾地开，桐花是种值得夜里细细品味的花，它的花香在白日的嘈杂里被淹没。当太阳西沉下去，大地渐渐归于平静，即使是暗夜的路上，你从树下漫不经心地走过，也会被泡桐的花香打动，抬头，看头顶那些在暗夜里显得白茫茫的花朵们，一下子恍然：原来泡桐开花了，于是深深地吸一口气，再深深地吸一口。

其实，白日里桐花也是这么灿烂地开，只不过人们匆匆忙忙，无暇抬头看桐花形成的那朵淡紫色的云，桐花在高处。

闲暇时，曾一个人骑车，沿小城的林荫路慢行，没有目的，只为消磨午后的大把时光，穿街道，过小巷，在城乡接合处，一户人家的院落外，两棵高大的泡桐树正灿烂盛开，淡紫色的喇叭样的花朵在阳光里恣意开放，花香弥漫浸满头发和衣衫，恰其时，天地静谧，抬头立于树下，听得见落花的声音，无风花自落啊，一朵桐花打在肩头，又轻轻滚落。地上三三两两散落着桐花，而树上的花朵依然那么多，密密麻麻地挤在枝条上，像花串。无端地想起一句话：花暖回忆思念瘦。

泡桐花那么美，每年的三、四月，泡桐花在头顶悄悄绽放，美成一朵淡紫色的云。小时候的农家院里，谁家没有一棵枝干粗壮的老泡桐呢。甚至，曾把泡桐误以为是传说中凤凰栖息的梧桐。

“梧桐一叶落，天下尽知秋。”秋天的梧桐让人伤感，春天的梧桐让人心境明亮，明明亮亮的春天，尽是好心情。传说中栖息凤凰的梧桐树也是高高大大，半空中枝繁叶茂舒展腰身。

记得有首诗，“砌下梧桐叶正齐，花繁雨后压枝低。报道不须鸦鸟乱，他家自有凤凰栖。”为什么偏偏是梧桐树，而不是别的什么树？是梧桐长得很高有气势，凤凰很远就能见到它灿灿的花、茂盛的叶？梧桐花恬淡悠然的气息让它在各种树木中卓尔不群。《诗经》里说：“凤凰鸣矣，于彼高岗。梧桐生矣，于彼朝阳。”传说凤凰只栖息在梧桐树上，梧桐是祥瑞的象征。梧桐树，抑或是寄托了人们的美好愿望，对幸福生活的向往。

泡桐高大的树冠下，总会飘落一地的桐花。记得小时候，几个女孩子会捡拾落在地上尚完好的桐花，互相仔细地插在头发里，笑着、闹着互相检视谁的花儿没插好，在满地的桐花里尽情度过人生美好的时光。那些如花儿般的女孩儿，会沿着发根插一排的桐花，淡紫色的桐花映着红艳艳的笑脸，真好看。转眼间，仿佛只是转眼间啊，时光就落在了身后，过往也被抛在了身后。

栽下梧桐树，引来金凤凰。这句俗语，莫名地喜欢，想起心里就微微地颤一下，仿若桐花打在肩头。

桐花开在高处，年年开，年年这么任性恣意奔放无比。春天里的好时光，美好得让人留恋感慨。

茉莉是有香气的女子

清晨是被茉莉的花香惊醒的。

我睡眠一向很浅，浅到一声鸟啼、一阵微风，都能惊扰我的清梦。现在，更是被茉莉花香惊醒，那花香丝丝缕缕，自阳台穿过客厅来到卧室，缓缓将梦中的我包围，若有若无的香气像小扇子，一下一下，想不醒来都不行，谁能拒绝茉莉的香呢。

心下一阵欢喜，莫不是我的小茉莉开花了？

平日里起床的第一件事就是去阳台看我的花儿草儿，这次更是迫不及待，真的耶，一朵小小的茉莉盛开在枝头，那样小，那样白，那样娇羞，手心里盈盈一握，美得不可方物。手指跟花朵一相逢，手指瞬间沾染了香气，如那句著名的诗句："金风玉露一相逢，便胜却人间无数。"

而昨晚，我看它的时候，它娇俏俏立在枝头，小花瓣松松垮垮，香气若有若无，含羞待放的小模样儿，想不怜爱都不行。

劈面相逢，两两欢喜。

而欢喜是没有理由的。虽然他们说这世上没有无缘无故的爱也没有无缘无故的恨，可是喜欢一朵小茉莉，被花香不管不顾地惊扰清梦，真的不需要理由。

喜欢所有开花的植物，花开了心就欢喜。那种看到花儿时由心底升腾的喜悦，不喜欢的人永远体会不到。茉莉是我的心头好，香得任性大气，小模样儿又那么楚楚可怜，是外表娇小却内心强大的女子。

多年前第一次听那首广为流传的曲子，唱的虽然是茉莉花，其实是美丽娴静的女子，也只有芬芳美丽的女子，才能像花儿一样人人爱人人夸。“好一朵美丽的茉莉花，芬芳美丽满枝丫，又香又白人人夸，让我来将你摘下，送给别人家。”歌词里的“别人家”必定是好人家，有福气的人家。能被用来形容千娇百媚的女子，茉莉在我的想象中是生长在云端的花朵，及至后来见到真正的茉莉，立刻被惊艳到，有洁白美丽的花瓣却又香得不管不顾，率性果敢却又绽放得神采飞扬，正合我意。

一朵花，一段往事；一阕词，半盏流年。茉莉，我记住了她。

晚饭后出得门来，楼后一长溜的花花草草里，不用看就知道有棵茉莉，茉莉是有香气的女子，即使隐没在人群里，也会因为异香而引人侧目。这棵茉莉比我家的茉莉大许多，小星星样的花朵点缀在绿叶间，茉莉的主人随手摘几朵递给我，说拿着吧，茉莉的花香能防蚊虫叮咬。

把几朵茉莉宝贝一样放在枕边，睡意沉沉的夜里，头往左一偏，是茉莉的香，往右一偏还是茉莉的香，一整夜都在茉莉的花香里沉醉，半梦半醒间竟然分不清到底是在梦里还是在现实中。

第二辑

梨花院落溶溶月

梨花院落溶溶月

诗里说“忽如一夜春风来，千树万树梨花开”。赏过万株桃花齐齐盛放，见过无数杏花春风里的笑颜，却没领略过千树万树的梨花同时盛开的情景，它们在我的意念里白衣胜雪，暗香盈袖。

很久以前，在我们单位南面的小山上见过一棵开花的梨树。那时刚参加工作不久，对未来、对生活满是幻想和希望。一个周日的午后，跟同事去南边的小山玩儿，是晚春，大片大片的桃花红过了，粉白粉白的杏花也开败了，似乎再没有什么盛大的花事，蒲公英在路边开着铜钱大的金黄色的花朵，浅浅地伏在地上，像钉在大地上的纽扣。

我们东瞧瞧西逛逛，到处是逼人眼的绿，低头看看手里的相机，彼此对视一眼，都有些失望。我们是出来同春天的花拍照的，没有了花儿，就没了拍照的心情。正走着，前面的同事一下子站住，她伸手指着左前方，说：“快看，梨花！”我忙跟过去，果然，土坡上一株梨树正灿烂盛开，雪白雪白的梨花开了满满一树，在春天的一片绿中像一个白衣仙子，我俩“啊”的一声向梨树扑过去，满满一树的梨花呀，落满了雪一般，小花瓣颤颤的，小蜜蜂“嗡嗡”地在花朵上起起落落，好一个“梨花淡白柳深青，柳絮飞时花满城”。以梨花为伴，我们拍了无数张照片，每一张都笑得那么灿烂，春天的好时光，我们都正年轻，在山坡上大声喊大声笑，那是怎样的“酒气吐虹，一笑未了千觞空”的豪气，任怎样也浇不灭对理想对未来的憧憬。杜牧诗里说：“砌下梨花一堆雪，明年谁此凭栏杆？”而今想起，也只是微微一笑，一任轻飘飘的旧时光就这样溜走。

那天我穿了一件白衣服，梨花的白，站在梨树边有些分辨不清。小蜜蜂飞着飞着就撞到我身上来。那些照片还在，那时的心情宛若眼前。“红袖织凌夸柿蒂，青旗沽酒趁梨花。”那样的时刻，确实需要喝一杯，对着梨花，对着春色，对着大好的青春年华。

多年后在一户人家的院落里看到一棵花开得刚刚好的梨树。那天刚巧从院子外的路上走，路上人来人往的嘈杂，院落很安静，矮矮的墙把院子同尘世隔开，一转头，看到院子里的一树雪白，我是个看到花儿就挪不动脚步的人，院子很深，一层层的绿向后扩展，那株梨树站在最前面，是大合唱时的白衣领唱。“梨花院落溶溶月，柳絮池塘淡淡风”，说的就是这样的梨树，这样的院子，那轮照了千古的明月，柳絮纷飞的池塘和淡淡拂过脸颊的风。

许是白色的花，容易让人伤感，白居易的诗里说：“玉容寂寞泪阑干，梨花一枝春带雨。”林黛玉也在《咏海棠》里说：“偷来梨蕊三分白，借得梅花一缕魂。”漫天的雪白总是幽寂，总比不过漫天的红来得热烈。梨花还是一种较小的酒杯的名字，陆元光《回仙录》中写道，回公曰：“饮器中，唯钟鼎为大，屈卮、螺杯次之，而梨花、蕉叶最小。”雪白的梨花那样大小的酒杯，盛了浓烈的酒，手一举，一饮而尽，确实有梨花的清幽韵味。

兰花草

那一年，他出差回来，带回一盆兰花草，摆在办公室的窗台上。兰花草细长的叶片油绿着，几朵花苞在叶片间颤动，兰花草要开花了。他是为了看兰花草的花才买的。他在外地的时候，经过花卉市场，一眼就看到这盆兰花草，莫名地想起那首校园歌曲："我从山中来，带来兰花草，种在校园中，期望花开早。一日看三回，看的花时过，兰花却依然，苞也无一个。"还想起那个爱哼哼这首歌的女生，那是多么青涩的时光呀，他们竟然没说过一句话，也不知道她现在怎样了。他毫不犹豫地买下来，回来的路上对这盆花草放到哪里心里犹豫了很久，媳妇儿知道他不喜欢花，对家里的花花草草从不多看一眼，媳妇让他给花浇水，他半天都不会挪脚。他忽然买盆花回家，媳妇会怎么想呢？他决定把花放到办公室。

隔壁办公室的女孩子过来，一眼看到窗台上的兰花草，欢欢喜喜地跑到窗台边，说："兰花呀，还有花苞，太好了。"女孩转过身对着办公室里的几位男士说："谁的花呀，真好看。"他应声答道："是我的。"女孩两眼清澈地看着他，扑闪了几下大眼睛，开玩笑："哥，没想到你竟然喜欢花。"他笑笑，不知道说什么好，他自己也奇怪，竟然鬼使神差地买了盆兰花草。

女孩每天都来看兰花草，每天都要同他说几句话。某天清晨他打开办公室的门一眼看到兰花草火红的小花朵，一阵窃喜，他已经习惯一进办公室的门先往窗台上看，这个习惯是因为兰花草才有的。兰花草开花儿了，火红火红的小花朵，几朵簇拥在一起，绿叶衬着越发娇艳。他想起每天来看花的女孩，她怎么还不来看花呢？她不是也天天盼着花儿开？

女孩果然来了，“呀”的一声扑过去，连声说：“真好看！真好看！”他微微侧脸看着女孩欢喜的样子，心里柔柔地动了一下，女孩的脸因为激动变得绯红，红苹果一般，也很好看。

兰花草的花期说长不长说短不短，十天左右，女孩天天来，每次都要同他讨论一番兰花，再天南地北地聊几句，他越来越喜欢看女孩欢喜的样子，就像当年他读书时班里的女生一样。若一日女孩不来，他心里就很失落。他从电脑屏幕前抬起头来看着窗外，阳光那样灿烂，屋里显得有些暗。没人知道他心里想些什么。

那棵兰花草不可阻挡地开败，女孩渐渐来得少了，天气转冷，兰花草只剩下几片叶子绿着，比起开花时的盛况，兰花草已大不如前。工作累了的时候，他把头靠在椅背上，静静地看着窗台上的兰花草，看着窗外的蓝天白云，想起初夏的时候他出差，鬼使神差地买了那盆兰花草，女孩天天来看花的身影，“咯咯”的笑声，同他说话时一笑两眼眯起来的样子。

冬天来了，这些事好像是很久以前的了。

带金边的向日葵

春天的时候，桔子家隔壁搬来一户新邻居，女主人个子高高的，戴了眼镜，说话很文雅。同时来的还有个男孩子，个子也高高的，长得很好看，到底怎么好看，桔子说不出。第二天在学校，上课铃刚响，桔子看到老师领着那个男孩子从外面进来，说这是刚来的新同学，从今以后大家要互相帮助。同学们都鼓掌欢迎，桔子愣了半天才想起鼓掌的事，赶紧伸出手使劲拍起来。

在校园里，桔子看到新邻居，原来她也是老师。新老师热情地跟桔子打招呼，桔子羞红了脸，“嗯”一声赶紧跑开。后来桔子知道新老师姓马，再见到的时候，就小声说一句：“马老师好!”转身跑开，桔子从小胆怯，即便马老师是邻居，她也不能像别的孩子那样坦然自若。

房前的空地很大，家家户户种了菜。那天桔子看到马老师同男孩子在院子里忙活，就站在自家门前看。马老师冲她招手，她慢慢走过去，马老师说育的葵花苗太多种不开，问桔子愿不愿意种几棵葵花，过些天开花很好看，秋天还有瓜子吃。她当然愿意，她用眼角扫了一下那男孩子，男孩正低头忙活，似乎没注意到她的到来，那时男生跟女生是不说话的呀。桔子捧着那几棵葵花苗，欢喜地回到自家的院子里，找出铲子种在菜地的边上，她挖了很深的坑，坑里垫了松过的土，栽上。从此桔子心里多了牵挂，每天都要去看看葵花长个儿了没有，长了几片叶子。

葵花开了金黄色的花，葵花喜光，无论是晨曦还是朝阳，都不挑剔，一直追随着太阳，桔子的心一直追随着向日葵。夏天的时候学校搬到新校址，离家很远。她生了一场大病，身体变得虚弱，那时候路上车少，坏人少到没有，所有的学生都是自己背着书包上下学，可是那样的路对她来说太遥远了。某一个清晨，马老师推着自行车站在她家门外，等桔子背着书包出门，喊她："过来，我骑车带着你。"她犹豫着，看着马老师，不知道该过去还是不该过去，马老师又喊："快点，不然迟到了。"桔子慢慢走过去，她根本不敢拒绝老师。马老师右手扶车把，左手一揽她，一下把她放到车的大梁上，推着她走到外面的大路上，那个男孩跟在后面，马老师一骗腿，慢悠悠地骑起来，男孩飞跑两步跳到车后座上。

从此，桔子在大梁上、男孩在车后座上，上车下车的时候很默契地对视一眼，却一直不说话。再后来，男孩自己骑车，马老师只带着桔子，她仍然在车大梁上，在马老师怀里。

一个雨天的早晨，马老师带着桔子刚出门，听人说男孩骑车不小心，从路上摔到了路基下的操场，被人送到了医院，路比路基下的操场高五六米，幸好男孩落到一堆沙子上，才没有什么大碍。马老师在得知男孩没事之后，一骗腿带着桔子骑车走了，怎么能耽误孩子们上课呢。桔子坐在自行车大梁上，看着马老师焦急的脸，内心无比歉疚，如果没有她，男孩即便是不能坐在车大梁上，也能坐在妈妈的车后座上，一切的一切都是因为多了她。她嗫嚅着，却说不出什么，那时候她是多么胆怯呀，胆怯到多年后回想起来恨不得揍当年的自己两下。

大雨很快就停了，雨总是说来就来说走就走。下午回到家，那几棵向日葵的花盘微微侧着，向着西方，太阳在哪里它们就朝向哪里呀。那些金色的花瓣是围着的金色花边，风不曾吹落它们，雨不曾打落它们，一直都是金灿灿的。

然后，桔子家搬到了外地，从此天各一方再无联系。多年后，桔子仍然记得，骑车的马老师，那些带金边的向日葵，记得那个男孩的名字——姜庆。虽然，他们自始至终都没说过一句话。

凌霄花小店

街边卖早点的夫妇俩，是爱花之人。

他们的小店总是让人一眼就能看到。别家小店的门口都用塑料搭了棚子，而他家门口搭的是架子，爬满碧绿的叶，开了满满一架红色的小花朵，小花朵们有的十几朵聚在一起，有的三三两两结伴开花，更有的傲然独立，但是每一朵都那么美那么璀璨，架子的四周更是丝绦般垂下的枝蔓，枝蔓的梢头开出火红的小花朵，一不小心就会拂了食客的头。

顾客在喊一声“两个火烧一碗稀饭”之后，不忘添上一句：“凌霄开得真好看。”是啊，凌霄开得真好看，像燃烧的火。老板娘乐呵呵地把火烧和稀饭摆到凌霄花架下的小桌上，抬手擦脸上的汗，不忘瞥一眼架子上的凌霄花：自从这凌霄开花，小店的生意越来越好了呢。

原本不过是个普通的早点铺，卖火烧油条稀饭之类，街上这样的铺子有好几个，可是自从凌霄开了花，小店原来的名字变得没人叫了，都说开凌霄花的那个店。女孩子喜欢来这里吃早点，在灿灿的花下吃早点，同在塑料棚子下吃早点，感觉怎么就那么不同呢？边吃边望着头顶的花儿，心情无端的好。小孩子也爱来凌霄花下吃早点，小胖手指点着小红花朵，不知不觉中一个火烧下肚了。哭闹的孩子还会得到老板娘随手摘下的一朵小红花，立刻就破涕为笑，明儿，明儿当然还要来。坐在凌霄花架下，似乎炎热的天气都变得凉爽，漂亮的花儿让人心情好。

叫凌霄的还有小店老板的女儿。当初女儿出生的时候，孩子的爷爷没给孩子起什么花呀、草呀、梅呀之类的名字，这样的名字太多；有人说让街上算命的给起一个吧，算命先生起的名字会带来好运。爷爷坚定地否决了，算命先生就那么几个字，花钱不说，起的名字也是烂大街，大街上一喊，好几个答应的，自家的宝贝孙女儿当然不能跟人重名儿。爷爷是读过几天书的人，戴着老花镜查了半天书，又眼望高天流云思量了半天，才说："叫凌霄吧！"咱家的孙女儿当然要志存高远。此话一出，一锤定音，凌霄这名字大家都喜欢，于是那个还在襁褓里的大眼睛女孩就有了名字。

凌霄一天天长大，出落得水灵俊俏。自初中起凌霄开始住校，爹娘天天早出晚归自是无暇关注她的学习，两口子在卖早点之余，也曾暗自神伤，别人家的孩子都还在爹娘身边当宝贝呢，咱家的凌霄早早就独自一个人在外面。然而，凌霄给了他们一个大惊喜：考取了重点中学。那年的暑假，凌霄不知从哪里搬来两棵凌霄花，种在早点铺子的外面，凌霄花渐渐长大，开始往架子上攀爬，火红的小花朵随之蔓延。几年过去，架子上爬满凌霄花的碧绿枝叶，铺子门口架子上搭的塑料布被取下来，让凌霄花尽情地攀爬，好看的花儿总是让人赏心悦目，来吃饭的人都欣喜地看着它，不忘夸夸这些花儿。凌霄花再次盛开的时候，凌霄去了外地读大学。

有吃早点的人就说："你们两口子整天在早点铺子里忙活，从来不管闺女，结果闺女考上那么好的大学，你看看我家娃，初中陪读，高中陪读，唉！"那人长叹一声不再说话。老板和老板娘是忠厚之人，赶紧安慰那人："凌霄那丫头是赶巧走了运，你家孩子也不差呀。"等那人吃完抹嘴走远，两口子抹一把汗互相看看，果真，自家的凌霄还真没让人操过心。老板忽一下子想起当初孩子爷爷起名字的时候说过的：凌霄的意思是志存高远。嗯，咱家闺女确实不错。闺女种的凌霄花也好，开得多灿烂，美得像春天一样。

最值得留恋最值得回忆的花

清晨，一踏进姥姥家的小院，我立刻就被窗前那棵披挂了一树粉色花朵的夹竹桃吸引了。

那棵夹竹桃有一人多高，长在姥姥家的窗外，微风里葳蕤着，一进入夏天，就枝繁叶茂开出粉粉嫩嫩的复瓣花朵，天蓝得耀眼，几朵流云一会儿东一会儿西，任性得很。我仰着脸看那一树繁花，不眨眼地看，心里只有一个念头：好看，真好看。它是我认识花朵的启蒙老师，是有生以来认识的第一种花，至今我对粉色花朵的想象，都来源于多年前的那棵夹竹桃。伸出手想摘下一朵，却被姥姥一巴掌打回来：千万不能碰，它有毒。有毒二字，比任何劝导的话都管用，那时我已经知道毒是怎么回事，心底里对死亡的恐惧胜过想要有朵花的渴望。

鸡们不知道夹竹桃有毒，在夹竹桃花下的土里刨虫子吃，"咕咕咕咕"地叫着，从这边刨到那边，小尖嘴一甩，小屁股一撅，一条小虫子被发现，立刻被一口吞到肚子里，树下的虫子真多啊，小鸡们东边找一条西边找一条，迈着两条细腿一副得意扬扬的样儿。那条叫小黑的土狗也不知道夹竹桃有毒，懒懒地卧在夹竹桃的阴凉里，日头从东往西移，小黑大张着嘴，长长的舌头伸出来，也随着阴凉地儿的变化挪动，太阳像个火球，洒在地上的水转眼就成了水蒸气袅袅升入半空中，夹竹桃树下的阴凉是小黑的福地，小黑才不管夹竹桃是不是有毒呢。

而我，比小黑傻，先是在太阳地里看水蒸气从地面升腾的形状，又跟在大公鸡后面看它们怎么捉虫子，头发丝粘在汗津津的脸颊上，晒成小黑妞却不知道躲躲火辣辣的太阳。转眼把夹竹桃有毒的话抛到脑后，它的花朵那么美，我偏要用手碰碰它，于是伸出手，轻轻地触摸那些粉色的复瓣花朵。花瓣柔柔地落在我手心，痒痒的、凉凉的，再看看手，没有丝毫异样，夹竹桃的毒呢？我心里闪过一丝疑惑。

多年后看电视剧《甄嬛传》，其中一集里演到，皇后和安陵容暗示齐妃用夹竹桃花粉打掉甄嬛腹中的胎儿，唤起我对夹竹桃的记忆，夹竹桃真的有毒吗？它那么好看，怎么可能？百度了夹竹桃，果真是耶。夹竹桃的毒性自古就有记载，古文诗词里称它为“无常催命客”，《广州植物志》里说它“本种全部有毒，牲畜食之，常可致命”。它全株有毒，叶、茎、花和花粉都有毒，几片叶子就能致一个成人死亡。夹竹桃最大的毒性来自它体液中的夹竹桃苷。看得我倒吸一口凉气，姥姥果真没骗我。

《甄嬛传》播出的时候，姥姥已经去世好多年，老房子早已拆掉翻盖成新房子，那棵花树也不知去向，一切皆已物是人非。屏幕上的花儿朵朵都美得不可方物，看着它，就看见姥姥颤颤巍巍地迈着小脚，在院子里走来走去劳作的身影，花白的头发，脑后的发髻，青筋毕露的手，她坐在马扎儿上，轻轻地唤我的名字，向我招手，我磨磨蹭蹭地走过去，靠在她腿边，她一下子把我揽起来放到她腿上，另一只手里的蒲扇一下一下扇过来。我望着望着，看她渐行渐远，再也看不见，只剩下一屏幕的粉色花朵，那是夹竹桃。泪水滴下来落在键盘上。

记得季羡林写过一篇散文《夹竹桃》，说“夹竹桃不是名贵的花，也不是最美丽的花；但是，对我来说，它却是最值得留恋最值得回忆的花”。每每想到这一句，顿时心有戚戚焉，那些所有关于夏天的记忆里最鲜活的花树，是多年前姥姥家门前的那棵夹竹桃。

夹竹桃也是最值得我留恋最值得我回忆的花。即便是有毒，又能怎样呢？我喜欢。

红莓花儿开

他是二十世纪五十年代末的老牌大学生，戴一副黑边儿眼镜，头发花白，虽已年近古稀，身材却依然挺拔，走起路来有板有眼，绝不拖泥带水。

跟在他身后一步之遥的是他的老妻，大街上随处可见很普通的老年妇女，一颦一笑，慈眉善目，透着温婉善良。

两人一起出门，总是一前一后，一步之遥。若拉得距离大些，他会将脚步放慢，等她赶过来，仿佛背后长了眼睛。或者，她紧走几步，却不肯与他并肩，只在他身后一步之遥的地方，亦步亦趋。

他是我一个朋友的亲戚，断断续续地，我听了他的故事。

他自小家境殷实，父母将他视作掌上明珠，虽然生在农村，却极少下地劳动，一直在学校读书。中学毕业的时候，父母觉得他年龄不小了，该将亲事定下来。看看周围与他同龄的孩子，大都有了谈婚论嫁的人，而他，八字还没有一撇呢。经过媒人说和，父母挑选，终于定下了邻村的姑娘。那姑娘他是知道的，曾经是他小学时的同学，只读完小学就辍学了。后来，他读中学，几年下来，渐渐把她淡忘。而她，早已出落成一个水灵、能干的姑娘。父母喜欢她的能干、温婉和善良。他是独生子，父母希望他找个能干的媳妇，家里家外都拿得起放得下，将来照顾父母，耕田种地给他当个帮手。而他，对她并无恶感，亲事就这么定下来。

却没料到，他考上了大学。这喜讯，很快传遍了四里八乡，宛如状元及第，他高兴，他的父母也是欢喜得不得了。

临走的那天晚上，那姑娘来送他，坐在那里，羞红了脸，眼神里有隐隐的忧。而他，沉浸在喜悦里，话自然多起来。她微低着头，不说话，只低低地"嗯"一声，临了，她鼓足勇气，憋红了脸，说："你去了，自己好好的，家里你放心，有我呢！"把一个用手帕包的布包塞到他手里。他打开来看，是一双鞋垫，上面绣着鸳鸯戏水。

大学生活是火热的，充满了激情和活力。同他生活了二十年的农村相比，完全是另一番天地。有图书馆、有诗歌朗诵会、有篝火晚会，甚至，大学里的女同学都那么开朗、活泼，穿着漂亮的布拉吉。他很快就融入这一片火热中，全身心地去感受这一片崭新的天地。

是在一次同系的篝火晚会上，他注意到一位女同学，她穿了漂亮的方格布拉吉，落落大方地站在圈子中央，唱了一首歌，声音低沉、深情，少年的情怀随着歌声飞扬，"田野小河边，红莓花儿开，有一位少年，真使我喜爱……"歌声是那么优美，又那么的让人惆怅。他陶醉在歌声里，久久不能忘怀。他仿佛看到俄罗斯的山川田野，那儿有库班河，有集体农庄，有姑娘小伙子在自由恋爱，那儿有可歌可泣的卫国战争，有曾经憧憬的理想。

他记住了这首歌，也记住了唱歌的姑娘。

当同学们围着篝火手拉手跳舞的时候，唱《红莓花儿开》的女同学恰巧就在他身边，这是他第一次握女同学的手，那手软软的，十指纤细。他轻轻地握着，紧张得手心出了汗。

朦胧的情怀在他年少的心中萌动。那是一种他从未体验过的感觉，心如鹿撞，面红耳赤，盼望见到那个穿方格布拉吉的身影，却又害怕见到。当他鼓起勇气，直视那双清澈的眸子，他看到的是他自己的影子和清澈如水的目光。

爱情就在这对视中产生，没有甜言蜜语，没有山盟海誓，甚至没有只言片语。有的只是刻在心底里的对方的身影。他们依然努力地学习。偶尔地，他的目光遇到她的目光，彼此深深地望一眼，万语千言就在这短短的对视中交织，在空中撞出火花，然后再装作若无其事地离开。

他最喜欢唱的歌就是那首《红莓花儿开》，无人时哼唱，有人时在心里唱。心底里无数次想象红莓花的样子，是不是如同他心仪的女同学那样美丽、可爱，那天晚上的篝火晚会，成了他心底永恒的记忆。

不是没想过要同家乡的姑娘分手。那个年代产生了多少“陈世美”啊！一旦进了城、上了学、转了户口、当了官，马上就与在家乡吃糠咽菜、辛苦孝敬父母、拉扯孩子的糟糠之妻分手。我周围熟悉的老人中，就有好几个这样的。可是，父母坚决不同意。他能想象得到，他走后，那姑娘，他未来的媳妇儿，是怎样的辛劳——耕田种地，养鸡喂猪，砍柴放羊，把他的家当成自己的家，把他的父母当成自己的父母。他想起，他临走的那天晚上，那姑娘眼里隐隐的忧愁。她是早想到了，也许会有那么一天，他会嫌弃她，不要她。况且，要是乡亲们知道他同她分手，流言蜚语就会让她抬不起头来，甚至，没了活下去的希望。

于是，他目送那穿布拉吉的姑娘坐上列车去了远方，他回到家乡，娶了家乡的姑娘。

他娶了一个极其贤良的妻。她温柔、体贴，孝敬父母，对他极好，忍受他偶尔的坏脾气。而他，渐渐与心底里的身影有了相忘于江湖的况味。只在晚霞满天时，轻轻地哼起那首《红莓花儿开》，没人能听清楚歌词，歌词都刻在他的心底里。而她，他的妻子，就轻轻地站在他身后，一声不吭地为他端来一杯茶。

风风雨雨中，两人一起相携着走过，孩子们渐渐长大，生活也好起来。常常，他望着她忙碌的身影，心底里的爱意弥漫开来，夕阳照着，在地上映出淡淡的光影，那画面，很和谐，很温暖。两人的眉眼里，有了相似的东西，是大浪淘尽后的安宁，他们成了相依为命的两个人。他早已离不开妻子妥帖的服侍，她就像他人生的一根拐杖，丢弃了她，他连路都不能走。

也是许多年以后，他才知道，红莓花儿，它属于忍冬科的小乔木或灌木，开白色小花，结鲜红的有核浆果，译作“红莓果”更符合实际些。红莓花儿，开什么颜色的花其实已不重要，在他心底，红莓花儿，就是红红的花，美如朝霞，属于遥远的心底里的姑娘。

身边，是他相濡以沫的老妻。

君子兰里的细碎流年

我喜欢看君子兰油光碧绿的叶子，绿里汪着深沉，仿佛总也看不透，总也看不够。更喜欢它给人的惊喜，一夜之间窜了箭，几天工夫长高一截，然后阳光般灿烂的花朵就盛放在眼前，再差的心情在君子兰前都会消散了。

第一次动了养君子兰的心，是那一年冬天，同事的办公室里，一进门就被一棵硕大的君子兰惊艳到。天极冷，阳光极好，窗外枯黄的枝条在寒风中战栗，处处一片肃杀，室内温暖如春，那盆君子兰正怒放在阳光里，说它硕大一点儿都不过分，这是我有生以来见到的最大的君子兰，足有半人高，巴掌宽的叶片绿得泛着油光，叶片密密麻麻地簇拥着，一枝花箭奋力挤出，高出叶片半尺有余，红色的花朵在花箭上像举了一把火炬，花朵们在一起争奇斗艳互不相让。转念之间就有了想拥有一棵的念头。

于是我有了一棵小小的只有四片叶子的君子兰，是那棵大君子兰的孩子，它同它的妈妈比起来是那么娇小，捧在掌心里让人怜爱。我把它宝贝一样捧回家栽到盆里。

人们说君子兰不好养，须多用心。我这个懒得动脑的人为此颇费了一番脑筋，隔段时间就浇一次淘米水，常常去阳台上看它，许是花草通人心，小君子兰在我期盼的目光里长得飞快，时不时从一侧长出新叶子给我们惊喜。那时候儿子也是小小的，常常同我一起在阳台上看花，同我一起期盼花开的那一天，我们一起数君子兰的叶片，一起轻轻翻开叶片中间看看发新芽了没有，一起欢呼，享受它带给我们的快乐。

第三年的冬天，一个阴沉沉的早晨，我在阳台上无意中一转头，发现君子兰的中间冒出了小小的花骨朵儿，赶紧喊儿子来看，儿子嘴里吃着早饭，咚咚地跑过来，君子兰仍是平日里那么端庄，又略带点羞怯，它在孕育花朵呢，儿子脸上也满是惊喜。这时候它已经从四片叶子长到了十二片。那年的春节，我们终于盼到君子兰开花，把它摆在客厅里，亭亭玉立落落大方，所有来我们家的客人都交口称赞，我满心满怀都是得意。

转过年的春天，觉得应该给它换盆土，就从花市上买了土，春日的阳光里曝晒过，满心以为它在新土里会生长得更好，谁知它竟渐渐地叶黄，最初是最外面的叶片枯黄，以为是新陈代谢，后来里面的也开始枯黄，方明白它有问题了，却始终不知道原因在哪里。后来一狠心，把它从土里拔出来，才发现所有的根都烂没了，只剩一个孤零零的“蒜头”。原来我新换的土，水分流通不畅，竟然让君子兰烂了根。分明是好心办了错事。

在夏天里重新换了土，怀着愧疚把它种上，期望能看到它有缓过来的迹象。它果然不负我的期盼，叶片不再枯黄，在阳光里挺直了腰身，叶片慢慢变绿。其实它并没有人们说的那么娇贵，不过是要有适宜的土壤让它生长。

春节的时候，它终于第二次开花，开得满室都是惊喜。回想这几年它的生长史，曲曲折折跟人的成长一样。那天同儿子一起在阳台上看花，儿子已经长得高我很多，我笑嘻嘻地抬头望着他，他含着笑低头看我。谁说草木无情，只不过草木不能开口罢了。五年的时光，细细碎碎的，有惊喜和快乐，有焦虑和担忧，君子兰伴着我们一同度过。

尘埃里开出的花

这是一个远离人间烟火的地方。

汽车在山路上疾驶，将一个又一个山头甩在后面，路两边是层层叠叠的绿，而眼前更有一个个的山头错落地显将出来。刚下过雨，雾气笼罩着前方的山头，如罩了一层轻纱，远山的绿就在这轻纱中若隐若现。汽车在这高高低低的绿中行驶，蓦地我想起一句篡改了的唐诗：山深不知处。

路并不宽，却是可以尽情驰骋的路，因着山深而人烟稀少。开始还能偶尔遇到迎面而来的汽车，然后是偶尔的摩托迎面，再后来，无论是放眼远眺还是拐弯时凝眸，都不曾见到人的踪迹，汽车在大山的怀抱里，像一个放纵的孩子。

下得车来，奔向大山，就像奔向一片绿的海洋。有小溪澄澈，小鱼在水中游弋，翻过水里的石头，就可以看到慌忙逃跑的小螃蟹。漫山遍野不知名的野花，在雨雾里开得灿烂。红的、粉的、紫的，朵朵点缀于绿草茵茵的山坡、路边，像繁星。一阵风吹来，也带来了一股异味，接着咕咕噜噜地过来一群山羊，挤满了窄窄的山路，羊群涌动，那感觉就像一堆翻滚的云。羊群后面是牧羊人，戴了斗笠，手里握着一把红。印象里牧羊人都是上了年纪的老汉，可是，及至近前，才发现是个女的，面色黝黑，带了风吹日晒的痕迹，一只手拿了根棍子，另一只手里，竟然是一把野花，一根野草含在嘴里，很悠闲的样子。对这群山外来客，牧羊女并没有表现出多大的惊奇。也许在她看来，这大山、这土地、这羊群才是能真正入她眼的东西，别的都可以不屑一顾。

我惊叹于她手里的那束美丽的花。并不是路边山坡上那些普通的小野花，而是一束复瓣的有着纯正紫红颜色的花，花瓣大而美丽，像一个妖娆的女子那样让人惊艳。我叫不出那花的名字，也许是牧羊女从荒无人烟的山坳里采来，是花的美丽让这见多了漫山遍野野花的牧羊女也动了心。

还有那牧羊女的神态，那束花握在她手里，不带丝毫的矫情，同她戴着的斗笠、披着的雨衣一样，仿佛都是她身体的一部分，没有任何的不和谐，仿佛那花开只为了让她采来欣赏，一种坦然与澄澈写在她脸上。

牧羊女和她的羊群“咕咕噜噜”很快消失在小路的拐弯处，若不是小路上留下的足迹，随风而来的羊的味道，几乎要怀疑刚才看到的是幻觉。

我们都是俗人，俗到没有机缘亲眼看到那花开在枝条上的情景，看到的只是花的形态。而牧羊女终日在山里风里来雨里去，她是懂得那花的，就像那花开在无人处，只为了她去采摘，难就难在彼此的懂得，她与花朵是相知的。

在繁华面前，牧羊女是一朵远离尘世的花，就像春天的野百合，在尘埃里开出花来。

朵朵菊花开

在人来人往的小市场里，远远的一堆姹紫嫣红，穿过卖蔬菜的摊位，一下子夺了我的眼。

是一盆盆含苞待放的菊花，整整齐齐地摆放在地上，等待检阅一般，阳光里舒展着它们纤细的花瓣，一丝丝一缕缕的清香遮也遮不住地在空气里弥漫。寒风里簇拥着，摇曳着，展现它们极致的美。

旁边农用三轮车上的字表明它们远道而来，风尘仆仆地带着异乡的气息。见围观的人多，花主人忙不迭地介绍他的菊花："这花好活着哩，浇瓢水就能活，转过年来，老根接着发芽，秋天里照样开花。"

心底里蓦地一动，印象中那些美丽的花儿，都是很娇贵的，要精心地照料，要温度、湿度适宜，对光照也有严格的要求，养育它们跟养个孩子似的要尽心尽力。

而菊花，要的只是浇点水，且泼泼辣辣，不费半点心思，照样开得绚烂妖娆。

记得前不久到朋友家里去，她住的地方地形比较复杂。记得她说："你若是看到路边几盆盛开的菊花，那就胜利在望了。"路上绕来绕去，峰回路转般，终于见到了我期盼中的菊花。七八盆的样子，寒风里开得芬芳妖娆，花瓣丝丝缕缕，袅袅娜娜，有一种尽情舒展的美。百花园里佳丽三千，此时只有菊花傲霜独立。

花是朋友种的，菊花是好活的花，去年的老根，没怎么尽心养，它们竟然开得这么好。朋友说的时候面露喜色——也许是根基扎得牢，也许是花通人意，知道我喜欢它们，所以就努力地绽放给我看。她说话的表情很有些小孩子得意的样子。

我的这个朋友，名字也叫菊，她笑的时候脸上已略有风霜，却菊花般灿烂，大把的阳光气息在里面。我认识她已有些日子，她丈夫是军人，长期驻扎在外，自己带着幼小的孩子和长年生病的婆婆生活在一起，家务事婆婆根本插不上手，她忙完了工作忙家里，里里外外都是她自己忙碌，依然整天乐呵呵的，不知疲倦且毫无怨言。

朋友本来是个娇弱的女子，自从嫁了那个当兵的人，像一下子换了个人。能干，肯吃苦，经受风吹雨打，自己说跟菊花似的，浇点水就能活，有什么沟沟坎坎扛扛就过去了，远方的那个他是力量的源泉。

简陋的小屋里，有她的婆婆，她的孩子，还有无处不在的丈夫的影子，这是她生命的根基。她的青春岁月，在这里绽放如菊。

一下子想起电影《秋菊打官司》里那个叫秋菊的女子。农村妇女，大字不识几个，没出过远门，没见过什么世面，质朴、本分。就为了给自己被村长踢伤的丈夫讨个说法，不惜拖着怀孕的身子跑来跑去，一条道跑到黑。小人物的自尊、自强、自信被巩俐演绎得淋漓尽致，一股不屈不挠的劲儿，就跟秋天傲视风霜的菊花似的。

每年的深秋，山野里，乡村人家的房前屋后，一大片一大片的菊花。阳光大朵大朵地抛撒下来，暖和而绵软，如同金色的缎子，温暖着花草树木。而菊花，千朵万朵的花开，在阳光里灿烂着，一簇簇，美丽得让人心折。这美丽，来自生命的顽强和从容。

菊花茶爱情

那时候，他们的办公条件还很简陋，饮水机没有问世，只有一个电热水壶，而她与他，不过是面容纯净的青春少女和青涩少年，每天伏在图板上画设计图，工具是铅笔、尺子和橡皮。

她在他的隔壁，遇到了点个头，却很少交流，在这个工科毕业生居多的单位，每个人似乎都那么沉闷，于是她许多绚烂的心思都在凝视窗外的时候，随风飘散了，人也渐渐沉寂。后来办公室调整，他独自搬到一个小房间，电热水壶也随他搬了过去——他同时负责给领导烧开水。她喝水不多，偶尔渴了就会从图板上抬起头来，端着杯子去他那里倒水喝，他一见她端着杯子去，忙含笑接过她的杯子，倒满水后轻轻放在靠近她的桌角。她觉得他太客气了，她自己倒水就可以，他没必要站起来亲自为她倒水，也许是第一次倒水喝，他跟自己客气吧，她这样给自己解释。

人总是要喝水的，于是她就经常去他那里倒水喝，每次她一进门，他就含笑站起来，接过她手里的杯子，倒满水轻轻放在桌角，然后再天南地北地说几句笑话。有一次她随口说，眼睛干涩难受，好像粘住了似的。没想到第二天，她再去他那里倒水，他接过杯子，没有像往常那样拿起暖水瓶倒水，而是拉开抽屉，从里面拿出一包菊花茶，轻轻地从袋子里倒了几朵菊花进她的杯子，然后才拿起暖水瓶倒水，她吃惊地看他，他笑笑，轻松地说昨天听她说眼睛干涩，晚饭后出门溜达的时候，去了茶叶店，买了些菊花茶回来。末了，他轻轻地说："菊花明目。"她心里一震，她知道事情远不是他说得那么轻松，他们单位位置偏僻，附近只有一家茶叶店，因为生意不是很好，下班的时候，小店肯定早已关门，况且，有没有菊花茶，还真不一定，很大的可能是没有菊花茶，他一定是骑车跑了好远，到市区的茶店买回的。

第一次，她的心里有了异样的感觉。从她第一次去他那里倒水喝，一直到现在，大概有半年多了吧，每一次她去，他都站起来亲自为她倒水，也就是说，这大半年，她竟然没有自己倒过一次水！按照一天喝两杯水计算，一个月上班 26 天，不知不觉中，他竟然给自己倒了近 400 次水，每一次都含着笑，彬彬有礼，没有丝毫的厌烦。她嗅着袅袅的茶香，看朵朵菊花在水里慢慢绽放，眼前浮现出他笑眯眯的模样，原来他的笑竟然也无比动人。

菊花茶她喝了很久，每一次都是他亲手为她泡上，她隔着茶香看他，看着他微微的脸红，也看着他因为她看他而有些笨拙的样子。她原来有些近视，后来竟然摘掉了眼镜，不知是菊花茶的功效还是别的什么，但是她宁愿相信这是菊花茶的功效。后来，他们结了婚，笑言茶水是媒人。再后来，每个办公室都配备了电脑，不用再手绘图纸了，也配备了饮水机，她也不再到他的办公室倒水喝。但是在家里，他都会为她泡好一杯菊花茶，菊花在水里翻转、起伏，再慢慢绽放，一种无言的美，茶香随热气袅袅升腾，一股温暖的爱的气息弥漫在角角落落的空气里。

弯路上的风景

有一年暑假的傍晚，我心血来潮，想到我们家原来住的地方去看看，自从搬家以后，十几年了我就再也没回去过。原来的住址离现在的家不到十里路，夏日天长，晚饭后日头仍在天上高挂着，我跟妈说了一声，骑上自行车就出发了。

原来的家在南面，我沿着向南的路一直骑，曾经住过的平房就在半山腰的山坡上，影影绰绰地已经能望见那些房子的影子。我却在山脚下的村子里迷了路，我记得要穿过这个村子才行，可是记忆到了村头就缺失了。十几年了，村子早已发生了很大的变化，记忆里那些低矮破旧的房子都已经找不见了，取而代之的是拔地而起的楼房和规划整齐的红砖房。

正是晚饭时间，路上静悄悄的没有人，索性在村子里逛逛。于是我看到一户人家院墙上探出的夹竹桃，满树粉色的花朵璀璨了半个院墙，我已经很多年没看到夹竹桃了，它让我一下子想起去世的姥姥，姥姥在世的时候，院子里也种了一棵夹竹桃，夏天也是这样灿灿地开着，在夹竹桃花树下度过了童年很多欢乐的时光。还有一户人家院门两侧都种了玫瑰，玫瑰藤蔓向两侧扩展爬满了院墙，正是盛开的时节，玫瑰开得绚烂多姿，他家被无数盛开的紫色玫瑰包围着，玫瑰的香气萦绕在他家的上空，路都被玫瑰染香了，这家主人真有情调。最后在村头的地里，我看到一片盛开的向日葵，那么大的一片金黄挤挤挨挨，耀得人眼疼，我不由停下呆呆地站在向日葵旁边，半天挪不动脚步，真的被这片金黄炫了眼睛。

这时有一个老汉扛着锄头从远处过来，我忙向他问路。他回身一指，说沿着那条路就能到，并问我从哪里来。我说从北面来，想到山坡上的那些房子那儿去，可是找不到路，在村子里转了半天了。他惋惜地说那边就有路呀，你看看这么热的天，你多跑了好多路。

天确实热，知了在不停歇地唱，路边的小狗趴在地上不停地吐舌头，天地静谧没有一丝丝的风，晚霞映红了半边天，我的额头都是汗，衣服也湿透了。可是我心里一点懊恼都没有，我无论走哪条路，天气都很热，天热同我看到的风景比起来，基本可以忽略不计。如果我沿着那条大路走，我又怎么能看到村子里的这些美妙风景。

多年后，那个暑假到底有多热，早已记不得了，可是那天傍晚看到的粉色夹竹桃、紫红玫瑰和大片的向日葵，却长久地在我心里，每次想起都觉得美翻了天。

很多时候，人们认为前行的路上走了弯路，既耽误了时间也浪费了财力物力，拖延了成功的期限。可是，不走弯路怎么知道哪条路离成功近呢？弯路只有走过了才知道是弯路，走在路上的时候，都以为是正确的路所以才走的呀。况且弯路曲曲折折，沿途的风景是那条直通成功的路上没有的，弯路上的风景也一样宜人。走过了弯路，才能找到成功的路。

五月槐花香

在北方，没有一种落叶乔木的花比槐花更能让人心旷神怡了。

每年的五月初，北方广袤的土地经过春寒之后，阳光明媚，春暖花开。总是在不经意间，在空气中流动的若有若无的各种花香里，闻到槐花的香。初始的时候，丝丝缕缕，让闻到的人心里猛一下惊喜，继而又会怀疑自己的嗅觉，在春天这个百花盛开的时节，是一种别的似曾相识的花香也说不定。可是，第二天，清晨一推开门，槐花的香就铺天盖地而来，那样甜那样香的空气将周遭的世界团团围住，你不得不相信，槐花盛开了。空气里到处流动着的甜滋滋的香，让人恨不得深吸一口，让五脏六腑都浸润在这种香里，这就是槐花的香，在到处都是逼人眼的新绿里，槐树枝头那一穗穗洁白的花朵让人过目不忘。

至今我仍不能确切地描述出槐花的香气带给我的美妙感觉，这是一种让人沉浸其中无法自拔的香，甜而不腻，香而不烈，却又无处不在，在空气中曼妙舞蹈。于是所有的别的花香都依次退去，只留槐花的香。槐树的花一穗穗开在枝条上，掩映在绿叶间，一朵槐花只有女孩子的小手指盖大小，花瓣洁白，花形优雅，盛开的槐花像一只洁白的小蝴蝶，白中透着青绿，绿色的小花托，小姑娘般楚楚可怜，微风中更像小姑娘在翩然起舞。一穗槐花远看就是一穗白色的葡萄，洁白、淡雅。

槐花初绽放的时候，掩映在枝叶间，只露零星的白，等到满树的槐花都盛开，遮也遮不住的小花朵绽放在枝头，远望就像披了洁白的纱，一株槐树就可以芬芳方圆几里，一片槐林同时盛开的时候，几乎让人产生错觉，世界就是这样子甜蜜，空气就应该甜滋滋的，忍不住就想手舞足蹈，哼唱起来。

槐花不仅仅是香，更是非常好吃的食材。老家的村头有两棵不知生长了多少年的槐树，在多年以后仍然被母亲屡屡提起——那两棵两个人才能搂抱过来的老树，每年都比别的槐树开花早几天，当别的槐树还在懵懂中的时候，它俩就约好了似的开花了，信使就是槐花甜丝丝的香气。它俩一开花，整个村庄都被染香了，人们仰着脸儿，看到老槐树顶着一头雪白的花朵，像满头的银发。转身回家找长杆绑钩子，槐树很高了，没有带钩子的长杆，就吃不到香喷喷的槐花。有人用长杆上的钩子拧下槐花来，树下三三两两的妇人和小孩挎着篮子捡拾，民风淳朴，拧槐花的时候，任谁都可以过来捡拾，嬉闹着你推我搡的，见者有份儿，每个人都会有收获。

是多年的老槐与生长在同一块土地上的人们有了心灵相通之意，于是月光下白的光阴，草尖上绿的光阴，都因为有了槐花，才得以流转。

槐花，怎么吃都可以，摘下来生吃，也可以掺上面煎饼子吃或者蒸窝头吃，怎么吃槐花的香甜都跑不掉。前些日子妈妈煎了槐花饼，打电话叫我。我是个喜欢吃甜食的人，一闻到槐花饼香甜的气息，就忘乎所以，胃口大开。槐花盛开的时节，也是蜜蜂们辛勤劳动的时节，这些可爱的小精灵，一天到晚不停歇地忙碌。槐花蜜因其产量大，味道纯正，一直都是北方人喜爱的花蜜。因了槐花香，整个五月都变得甜滋滋、香喷喷了。

喜欢种花的外婆

忽然忆起在外婆家的情景了。

穿着月白衫子的外婆站在院子里，身后是刚刚晾晒好的衣服。太阳火辣辣地照着，洒在地上的水立刻变成蒸气，袅袅娜娜地升入半空。她用手背拂脸上的汗，我看见有老年斑的手，布满皱纹的脸，一丝不乱的头发，嘴紧紧地闭着，即使偶尔的闲暇，外婆仍将她的倔强展露无遗。

而身后，种在大木盆里的夹竹桃正灿烂盛开，鲜艳欲滴，旁边是一丛丛，一簇簇的小花——指甲花、夜来香、地雷花，是些乡野上不了台面的花，都已进入生命的盛放期。

毋庸置疑，外婆是喜欢花的。附近的院落，只有外婆的院子里种满了花，这也是我喜欢到外婆家的原因之一，外婆常常顺手摘下朵小花插在我的小辫上，或者将指甲花揉碎了，堆在我的小指甲盖上，而我就一动不动地将手放在那里，等着指甲变红。

外婆却又是贫苦困顿的，外公作为民夫在前线送粮、抬担架的时候，外婆独自一人在家拉扯五个孩子，那种整日劳作，面朝黄土背向青天的艰辛，是现在的我所不能想象的，这也许就是外婆倔强的原因，因为倔强，才能有跟命运抗争的勇气。可是妈妈说，即使是在最最贫困、最最艰难的时候，外婆仍会在窗前种几棵乡野的小花，不用呵护，顺手浇上瓢水就能活的花。

所有的孩子里，我是她最喜爱的，在我幼小的岁月里，我是坐在她膝上时间最多的孩子，常常是我在她身边蹭的时候，外婆就伸出手把我抱到她的腿上，我靠在她的怀里，又得意又满足。

一年寒假，我回老家，外婆几次叫我去吃饭，我总是姑姑家住几天，姨妈家住几天，贪图有人同我玩儿，一直不曾去，有一次顺口对外婆说晚上我去她家，外婆乐颠颠地忙活开了，颠着小脚跑前跑后，和好面，弄好了我最爱吃的素饺子馅，只等我去了就包给我吃，可是我没有去，外婆就留着饺子馅等我，一直留到饺子馅坏掉。每每想起这件事，我恨自己年少无知，那留坏了的饺子馅，让我终生也不安宁。

外婆去世的时候，深夜里我们从外地往老家赶，脑子里翻来覆去的就是那一句歌词：聚散也由天注定，虽然已经知道结果。可是，当我进了门，看着外婆安详地躺在那里，眼泪忍不住簌簌地落下来，我最最亲爱的外婆，脸色蜡黄，一动不动地躺在那里，再也不能睁开眼看我，我是她最最喜欢的外孙女呀！

屋门外，外婆种的花依然开着，可是种花的人却不在了。

我常常想起外婆，那个喜欢种花的外婆，日子让她过得有一种诗意的美。任是怎样的贫穷，怎样的劳累，都不能埋没一个女子爱美的心，不能埋没对美好生活的向往。也许她们大字不识一个，但是她们从梅英落尽、柳眼初开中感受快乐；从一阵清风、一场细雨、一朵小花上寻找快乐，她们有一种骨子里的耐人寻味，她们贫穷但不贫乏。

杏花疏影里的欢乐时光

去博山池上之前，跟一个朋友说，我要去池上看杏花，池上的杏花开了，朵朵让人心旌摇荡。朋友说他们校园里生长了几十年的樱花树开的樱花就非常好看，为什么要跑那么远。我其实就是想到旷野里走走，让风吹吹沉闷了一冬天的心。校园的樱花虽然好，但是旷野多开阔，怎么能有漫山遍野的烂漫来得震撼，况且，我要去池上，已经惦记了几个年头。从迎春花开，到桃花开，到杏花开，到樱花开，甚至荆棘花开，每开一次都让远离池上的我坐立不安，错过一次花开，仿佛整个春天都被错过。

霞光姐姐盛情邀约，樵夫大哥清晨七点就给我打电话，说不用我自己带午饭，嫂子已经烙好了小肉饼，我们约好午饭在山上吃，野餐。一路欢喜像出笼的鸟儿。十几个朋友一起，走走停停，开始的时候为一棵两棵含苞欲放的杏树停留，然后就是大片盛开的杏花，粉白粉白的花朵，璀璨了半个山坡，然后，十几个人，扑进杏花丛中，漫山遍野的杏花，那种震撼，那种内心的欢喜，都满满地溢出来。那些盛开的杏花小姑娘一般活泼，那些半开半闭的，正撒娇呢。蓦地想起那句“杏花疏影里，吹笛到天明”。夜晚的杏树下，幽幽的笛声轻纱般飘荡，远远地落在伫立倾听的人儿心上，幽深的夜晚顿时星光璀璨。恰其实，有人大声唱起来，虽然曲调跑呀跑，却没能跑出杏花林，杏花林太大，杏花们都捂着嘴偷偷地乐了。

山坡上绕呀绕，绕来绕去都围着杏花这个主题。漫山遍野地跑，这片杏花好看，那边那片也绯红着呢，每一片都不能够舍弃，每一片杏花林都要亲自跑去看，每颗心都在杏花林里雀跃着。甚至，孤独地立在山坡上的杏树，黝黑的枝干奋力向着苍穹，长着绯红的小花骨朵儿也吸引我驻足，孤独的杏树如同孤独的人儿，让人心生怜惜。书上说杏花白、桃花红，杏花在还是花骨朵儿的时候，也是绯红的呀，就像一个女子，再怎样老、怎样丑，都曾经年轻过、曾经娇俏过。

第一天，在杏花林里暴走五个小时，他们却说这是有史以来走得最少的一次。夜晚，喧嚣过后，几个人走在无人的街道上，新朋友天涯浪子似的跳过来跳过去，尚未看清他是怎样跳的，他已经遥遥跳到前面。寂静的河边，歌声响起来、笑声传得很远。一群成年人，在一个春日迟迟的夜晚，摘下平日里的伪装，露出自己天真孩童的一面，这个夜晚同池上的杏花一样印在了心里，多年后想起，仍会唇边绽起微笑吧。

晚上睡在叶子家，池上的夜晚寂静，我却翻来覆去睡不着，心绪沉浸在杏花丛里，沉浸在夜晚的欢乐里。而霞光姐姐，大清早就起来给大家准备早饭，槐花肉馄饨，又美又香，作为一个不爱动手做饭的人，每次看到别人的成果，都无比羡慕。

第二天的行程是六公里的樱花漫道。舒缓的山路，路两旁上万棵的樱花树已经有了春的消息，只等时令一到，就哗啦啦绽开灿烂的笑脸，迎接四面八方的游人。若樱花们齐齐盛开的时节，该是多么壮观的景象，整座山都醉了，必定是另一番绝妙的风景。

我爱池上的蓝天，我爱池上的夜晚，我爱这流光溢彩的时光。走完六公里的樱花漫道，两天的池上之行就结束了。谢谢热情的池上人民，谢谢新老朋友幽默、搞怪，给了我两天无比快乐的时光，漫山遍野的杏花，我爱你们；漫山遍野的小红、小粉、小白、小紫、小黄，我爱你们。

带回来的那枝杏花，放在琴式茶具的空眼里，在时光里被风干，就像一棵小树，永远开着白花。即便是在寒冷的冬天，仍会让人想起春天，想起那群在白天疯跑、夜晚大声歌唱的人，想起那漫山遍野的杏花，时光就定格在了那里。

艳艳扶桑

扶桑花，总是给人一种很温馨的感觉。

在一盆盆的深绿浅绿中，扶桑花以它卷曲多瓣的曼妙身姿夺人的眼。

许多年前，当她还不知道这种花的名字的时候，偶然在路边一户人家的阳台上看到一棵盛开的扶桑，深绿的叶片上开着一朵火红的碗口大的花，一下子呆住了。那时候她正在为工作奔波，烈日下汗水顺着脸颊流下，心疲惫得几乎要滴出泪来。猛抬头看到那朵扶桑，一下子被击中，想不到烈日下竟然有如此美丽的花朵，热烈、奔放，色彩纯正又旁若无人。她凝视了那朵花许久，然后抬腿，继续她的奔波。那朵花就那样留在了那年那时刻的心里。

当一切终于安顿下来，日子不紧不慢地过去。她始知道那朵打动了她的花叫扶桑。很多个平淡的夜晚，头顶寂寞的星星，忧伤渐次灭顶。在异乡的城市里，她想起家乡，家乡没有扶桑，有的是漫山遍野的野花，野花总是小小的，淡淡的，春风一吹，烂漫了一季的山野。

一个人，独自在陌生的城市，那种孤单不言而喻，打拼的艰辛使她渴望有一个坚强的臂膀，能在疲惫时依靠。与他的交往也是淡淡的，是朋友的介绍，就那么不紧不慢地走下来。他是个沉默寡言的人，抽很多的烟，工作兢兢业业。渐渐地，她喜欢上了他身上的烟味儿，当他从背后第一次抱她，在冬日里，那烟味儿是一种温暖。

对这份感情，她不是没有犹豫过，她是个内心丰富、渴望浪漫的人，希望有惊喜发生，富于情调的想象。偶尔她想起那年夏日里的那朵扶桑，那种热烈和奔放是一种诱惑。而他，就像他的工作一样，厚重而平淡。

毋庸讳言，他是爱她的，甚至读到她眸子里的忧伤，却不知道该如何去安慰。看他搓着手在她面前来回踱步，她似喜似嗔，她还是喜欢他的宽厚与心地善良，在这个喧嚣的尘世，这种品德难能可贵。

一个晴朗的夏天，他敲她宿舍的门，开了门，却并不进来，脸上带了神秘兮兮的笑，要她猜他带了什么来，她从不曾奢望他能带玫瑰来，她问是什么，他仍是笑，拉了她的手，要她看。在门外的墙边，是一盆盛开的扶桑，两朵几乎一模一样的红艳艳的扶桑花开在墨绿的叶片间，在门外略显阴暗的空间里灿灿地开着。他憨憨地笑："我从农贸市场经过，一眼就看到它开得正热烈，想起你曾经说过扶桑，也许你会喜欢。"她一下子呆住，想起以前，烈日下，路边的那朵扶桑，扶桑原来一直就在她心里啊。

她欢喜地把花搬进来。因了她的欢喜，他愈加细心地照料它，与她一起浇水、捉虫，看新芽长出，看蓓蕾新生。

日子如流水，每次两个人小吵小闹的时候，他都要去阳台上，抬头看着窗外抽根烟，低头看看扶桑，用手指拨拉拨拉扶桑的叶子，找到一个虫子，就用手重重地捏死，用小铲子在花盆里翻来覆去地松土，豆粒大的土结都要用手指捻开，一肚子的气就在捉虫翻土的时候慢慢散去。等到气消回到屋里，看到她已经在忙活，不是在打扫卫生就是在做饭，虽然抿着嘴不说话，可是剑拔弩张的气氛已经变了，他走过去从后面抱住她，她拧一下身子，接着就软了。

他拉着她去阳台，让她看他刚捉的虫新松的土，她扑哧一笑，天晴了太阳出来了。

偶然的一次，她从网上看到扶桑之所以叫扶桑，是因为它的枝条相扶相倚而得名。虽然扶桑的花期朝开暮落仅一天，但是若栽培得法，可全年花开不断。嗯，相扶相倚，花开不断。她想。

一朵花的美丽

那一年他十八岁，正是血气方刚的年龄。中学毕业没有考上大学，也没有工作，就在街上游荡。

很快他认识了一帮朋友，学会了吸烟，甚至在街上游荡的时候，随他们打架。他不知道该怎么打发一下子多出来的那些时间。妈妈去世得早，他一直跟着父亲生活。父亲是个长途车司机，在外奔波的时间总是多于同他在一起的时间，脾气暴躁，常常连问都不问，一顿拳脚就揍到他身上。每次父亲发脾气，他就直直地迎着父亲的老拳，眼睛斜睨着脚边的地，一声不吭。他不是不想说，是无话可说。

有时候，他想，要是妈妈还在就好了，妈妈那温柔的目光，柔柔地落在他身上，他就像沐浴在阳光里，暖暖的，暖遍全身。还有妈妈的手，因为劳作变得粗糙，抚摸他的头，就像带毛刺的小刷子轻轻刷在皮肤上，痒痒的。

他在街上混，一副睡不醒的样子，他不知道下面的日子该怎么过。

一个晚上，他随着一帮混混在街上游荡，迎面过来一个人，也没怎么着他的这些朋友，其中一个就说这个人碰着他了，要那个人道歉。他知道这是找碴儿打架呢，反正闲着也是闲着。一群人一哄而上，他跟在后面，也要上前。转身的当儿，他发现身边的冬青旁，垂下来一根花枝，花枝上一朵黄花正散发着浓郁的香气，是一朵可爱的夜来香。

他呆住，像是被是什么牵引着，在乱哄哄的吵嚷中，他拿起那根枝条，俯下身子去嗅那朵小黄花。他蓦地想起母亲活着的时候很喜欢夜来香。以前家门口的两旁，母亲都要种几棵夜来香，一到晚上七点，夜来香就开始绽放，香气一直弥漫到很远的地方，劳累了一天的母亲坐在夜来香旁边，扇着蒲扇。母亲去世以后，家门口就再也见不到夜来香了。他一下子想起，母亲要是活着，一定不喜欢他现在的这个样子。

他悄悄地撤回身，离开了闹哄哄的一群人。回到家里，他躺在床上，翻来覆去地想，想他今后的路该怎么走，总不能总是在街上混吧，父亲是一个普通司机，没有什么门路，不可能给他找到一个比较好的工作。况且，他一个高中毕业生，不会任何技术，能做什么呢？翻来覆去地想了一夜，他决定要去学校复读，暑假还没结束现在还来得及。

当他把这个决定告诉父亲的时候，父亲定定地看了他一会儿，出乎意料地没说什么别的话，只说了一个字，“好”。

复读的这一年，他学得昏天黑地，他什么都不想什么都不管，只想考上大学。他知道，命运掌握在他自己手里。

他终于考上一所还不错的大学。他在学校参加社会实践，在别的同学还沉浸在书本中的时候，他已经开始挣钱养活自己。现在，他已经是一家外企的业务经理，工作干得红红火火。老父亲已经退休，他有足够的能力养活父亲，他不要父亲再那么劳累。

偶尔的时候他会想起以前，想起那朵夜来香，觉得不可思议，确实是因为一朵花，是一朵小花改变了他的命运。

一路合欢香

其实只听听合欢的名字就足够喜洋洋的了。

在我上班的路上，就有三棵硕大的合欢树，树干粗壮，不知生长了多少年，好像一直就那么站在那里。夏日里骑自行车上班，烈日炎炎，那三棵树就是阴凉，就是希望。拐个弯儿，远远地嗅到合欢的花香，那种香，总让我想起水蜜桃的香，深深地嗅一口，不忍将它呼出来。枝头上缀着伞样的水红花朵，远远望去，满树的锦绣，那种毛茸茸的温柔让人怦然心动。

合欢树，在我们老家叫作芙蓉树。我曾经在心里仔细辨别过这两个名字的高下，最终觉得自己还是喜欢合欢这个名字，芙蓉，没来由的有些乡气。

每天黄昏，合欢总是收起它像极了含羞草似的叶，到第二天清晨在微风里轻轻舒展开，似乎每一天，它都要将过去抛在脑后，再以崭新的面貌迎接新的一天。合欢是一种不计前嫌的树，深谙婚姻之道。

有一次经过一个不知名的小镇。是黄昏，夕阳将天边染得通红，我们迎着夕阳走。远远地，路两边呈现两抹绯红。车渐行渐近，这抹绯红越来越浓，疲倦的眼睛瞬间被这绯红点亮。路两边的合欢正在盛开。一直都想不出怎么样的情形才叫盛放，在看到道路两边满眼的合欢树的时候，这个词语跃然心头。还有合欢的香，一直弥漫着，车穿行在这水红花朵和水蜜桃的香气里，一株飞驰而去，一株接着到来，在呼呼的风声里，我目不暇接，那么多的小花朵，开在夕阳里，像繁星。

进入居民区，三三两两的行人在散步。老头儿老太太拿了蒲扇坐在合欢树下乘凉，顽皮的小孩子在树下跑来跑去，一派祥和静谧。似乎沧海桑田，大起大落，在这里都淡化成合欢的一抹香。这样的静水无波，平凡的日子在这里演绎出悠悠的况味。

合欢绵延数十里，我是第一次见到如此多的合欢树。它们一棵棵整齐地排列着，盛开着，芬芳着，舒展着自己的生命。因了这些合欢，心思变得细腻芬芳，心底涌出无限温馨和柔情。这是个喜欢合欢树的地方，真想就在这里终老，把晨昏朝暮演绎成似水流年。

我是个有唯美意向的人。喜欢合欢，在于它的灿灿盛放。它的花期很长，先开的败下来，后面的正吐花蕊，此起彼伏，热热闹闹，像小两口总是浓情蜜意的样子。还喜欢合欢叶子的形状。合欢属落叶乔木，羽状对偶复叶，夜夜双双闭合。夜合晨舒，象征夫妻恩爱和谐。像一个安于清贫貌美如花的女子，嫁一个勤劳体贴的男子，生活淡定，品性纯良。“并蒂花开连理树，新醅酒进合欢杯。”合欢二字深入中国婚姻文化中，这些寓意恐怕都是古人从名字出发给它加上的美好愿望吧。

一直向往合欢唯美的境界。将自己盛开得彻彻底底，就像爱来得轰轰烈烈，且温醇持久。红尘中的纷纷扰扰，都自行尘埃落定，岁月显现出它真实而清晰的轮廓，时光悠悠荡荡，随意地去向一个不知名的地方，心是沉静的，低到尘埃里，却又从尘埃里开出一朵花。在合欢树下，那些尘世的吉光片羽，那些爱，那些往事，那种静谧，如明矾般在心底被沉淀。真想就那样活在合欢的梦境里，带走那份与世无争的安详。

桐花开过

看见桐花的时候，天正下着雨。

站在窗前，习惯了向远处眺望，无意中向下一看，一团淡淡的紫跃入眼帘。春天淅淅沥沥的雨声里，那紫弥漫成一团静止的雾。

是我日日经过的路边，几棵梧桐静默着，桐花缀满枝头，春雨也不能惊扰花儿们的清梦，要不是偶然从楼上向下看，也许要等到桐花落地才能知晓。

总是喜欢。喜欢这种让人心旌摇动的紫，一直沾染到心底最柔软的地方。也是在雨声里，撑了伞，跨过地上清清浅浅的水洼，俯拾起沾了雨水的花朵，拾起一朵花的心。

想起那条不知名的土路，路两旁三三两两站着一些梧桐，把它们巨大的伞状的树冠伸出来，枝丫伸向路中。没有叶子，桐花茂密地开着，有些就已经落在地上，在地上铺了淡淡的一层紫。也没有风，仍有一两朵的桐花自个儿从空中无声地落下，落在地上的桐花之中，立刻混在一起，分不开了。

我坐在车里，开了窗。汽车穿行在这片紫中的时候，就有一朵小桐花从车窗外落在身上，“啪”一声惊醒我的白日梦，拿着这朵梧桐花，心中一阵欢喜。

也是桐花开放的时节，我去车棚拿自行车。走至跟前，不禁傻了眼，两辆大摩托紧紧地把我的自行车夹在中间，要想不搬摩托从缝隙里拿出自行车，简直就是做梦。想自己无论如何也搬不动摩托，不禁有些茫然。环顾四周，只有一辆外单位运货的卡车静静地停着，除了自己，连个人影儿都没有。

禁不住苦笑了一下。正在考虑何去何从的时候，从卡车驾驶室里出来一个人，他一定早注意到我的窘态，忍不住出来帮我。甚至没问一句话，他就猜到那小巧的女车是我的。他略微使劲，搬开了摩托，又将我的自行车拿了出来，放在我面前。我惊喜地抬眼看他，一张黝黑的带了岁月沧桑的脸，看我的时候只是淡淡地一扫，接着将眼神放往别处，没有一句话。在我低声说“谢谢”的时候，他的嘴角微微一动，一个若有若无的笑算作回应。

看了他车门上的字，一个离我们很远的外省的车。他必是跑了很远的路才来的吧！可以想象一路上的风餐露宿日夜奔波的辛苦。他的脸已不年轻，带了生活的风霜，只是生活的沧桑并没有磨灭他心底的善良。

骑上车的一瞬间，看了一眼那男子，他依旧面无表情。拐弯的时候回头看他，他站在梧桐树下向着远方，雕塑一般。他在想什么呢？桐花开放的时节，想起了远方的亲人和那些久远的往事吧，桐花开得热烈，那一片紫绚丽无比。

而我，早已是个不习惯接受陌生人帮助的人，生活给我的锤炼让我在柔弱的外表下有一颗坚硬的心。只是，在桐花开放的季节，一朵花落在心底最柔软的地方，再也放不下。

第三辑

一树樱桃带雨红

芦苇在水边

想起芦苇，眼前就浮现出广阔的芦苇荡，无数的芦苇在水边生机勃勃，风吹过来，整片的芦苇随风起伏，一波一波的，像海浪。孙犁老师的《荷花淀》里说：“每年芦花飘飞苇叶黄的时候，全淀的芦苇收割，垛起垛来，在白洋淀周围的广场上，就成了一条苇子的长城。女人们，在场里院里编着席。编成了多少席？六月里，淀水涨满，有无数的船只，运输银白雪亮的席子出口，不久，各地的城市村庄，就全有了花纹又密又精致的席子用了。”在孙犁老师的笔下，芦苇荡是战斗的芦苇荡，人们在芦苇荡里战斗生活，杀得鬼子人仰马翻，一眼望不到边的芦苇荡，割了芦苇就成了一条苇子的长城，那长城，是保家卫国抵御外寇的长城。

白居易诗里写道：“苦竹林边芦苇丛，停舟一望思无穷，青苔扑地连春雨，白浪掀天尽日风。忽忽百年行欲半，茫茫万事坐成空。此生飘荡何时定，一缕鸿毛天地中。”诗里的芦苇尽是人过中年万事空的凄凉，此时芦苇尚枯黄着，还没有春天绿的气息，万般无奈前途渺茫，真是无处话凄凉。

芦苇一直在我的想象里葳蕤生长着。直到有一天，在东营的黄河口，见到了真正的芦苇。八九月的水边，正是芦花纷飞的时节，高大的芦苇上长出一根细长的杆儿，芦花细细密密地长在顶端，毛茸茸的尺把长，采一束芦花就能当笤帚用，芦苇的叶子也是细长的，我们沿着水中栈道在芦苇丛中穿行，脚下“嗵嗵”直响，耳边是风吹过芦苇的“沙沙”声，越往里走游人越少，芦苇好高呀，拐个弯儿就看不到人，木栈桥下碧波荡漾，芦苇稠密、茂盛，成群结队的鸟儿被我们惊动，“扑啦啦”一起飞起来，飞过芦花末梢，消失在远处的天边。正如戴复古的诗里说：“江头落日照平沙，潮退渔船阁岸斜。白鸟一双临水立，见人惊起入芦花。”鸟儿很快飞走，只留那些芦花微微晃动，仿佛刚才的一切都没发生过，是幻觉。遥想当年在芦苇荡里战斗，对土生土长的人们来说，芦苇就是天然的屏障，大自然给的保护伞。

在水边，芦花也是美的。大片大片的芦花立在那里，引得诗人诗兴大发。“钓罢归来不系船，江村月落正堪眠。纵然一夜风吹去，只在芦花浅水边。”纵然是不系船也不要紧，纵然是一夜风吹走了也不要紧，清晨起来一找就找到了，在浅浅的水边，芦花的边上，那只小船静静地泊着，只等主人来。

后来去高青玩儿。高青是个美丽的地方，黄河在这里拐了个弯儿，这里就变得土肥水美，到处是平坦的土地，高青大米是我喜欢的，高青的西瓜也香甜，湿地处处都是，在湿地边，又见到大片大片的芦苇呀，我心中的欢喜要溢出来，朋友随口背诵了一首诗：“浅水之中潮湿地，婀娜芦苇一丛丛，迎风摇曳多姿态，质朴无华野趣浓。”高青有“慢城”之美誉，在这里一切都慢了下来，可以放慢脚步，更可以等一等因为赶路而着急的灵魂。

一根根褐色的小棒长在芦苇上，朋友说这叫“蒲棒”，他小心翼翼地走到水边，拉过芦苇，从顶端摘了几根蒲棒递给我，棒面毛茸茸的，一元硬币粗细，十多厘米长，拿在手里沉甸甸的，它不是芦花，可是别有风味。那几根蒲棒我一直握在手里，从高青拿回淄川的家，找了一个精致的小花瓶，把蒲棒插在花瓶里摆在案上，一直一直在那里，直到有一天，蒲棒不堪岁月的侵蚀自己断了跌落下来，才换了一束鲜花放在小花瓶里。

漫天的芦苇在绿着，白茫茫的芦花在风中飞舞，各处湿地越来越多，周遭环境越来越好，芦苇在水边，呼唤你。

剑气如虹情千里

剑麻是个让人又爱又恨的主儿。

很早以前，小区人行道的两侧，种了一溜儿的剑麻，剑麻真的很好看，一墩墩的在地上，叶子如绿色的长剑，长剑们从根部往外往上铺展开呈莲花状，尖尖的剑尖向上，既庄重又威严。

我从它们身边经过，经常伸出手掌，一路慢腾腾地拂着剑麻的剑尖走，看蓝天上的流云，听鸟雀的歌唱，想许多若有若无的心事。剑麻叶子的尖硬硬的，拂得掌心痒痒的，那时候天总是很蓝，日子总是过得太慢，许多现在看起来无聊的事，都乐此不疲地做着。直到某一天，我在剑麻旁边走，不知怎么一甩手，掌心戳在剑麻叶子上，一阵钻心的疼痛瞬间从手上传来，抬起手一看，剑麻的叶尖竟然把我的手掌戳了一个小洞，鲜血立刻就滴滴答答地流下来。

从此知道，剑麻确实不好惹，你跟它友好相处还算罢了，若一不小心惹到它，它立刻就给你颜色看。

可是剑麻真的很好看，一墩一墩的绿，叶片向上好有个性的样子。剑麻多在秋冬季节开花，剑麻开花也很独特，花轴从叶丛中央抽出，高高地举过头顶，花轴能比一个成年人还要高，绿色的花轴上数不清的白中泛黄的花朵，紧紧围绕着笔直向上的花轴，一簇簇花苞宛如一串串玉色风铃，像一座高耸典雅的宝塔伫立着，又像一个人举着一根玉色花棒，花瓣巧夺天工精美绝伦，散发淡淡的幽香。凌厉的剑麻竟然能开出如此清秀淡雅的花，这是之前想不到的。花轴开花后便会死去，等花瓣纷纷飘落，剑麻花短暂的生命就结束了。

寒冷的冬天，雪花纷飞，转眼间屋顶地面铺上一层白，剑麻在凛冽的雪中伫立着，依然碧绿如翠。积雪在叶片中间堆积，绿色长剑从白雪中探出来指向天空，剑麻就像披了一件白色的衣裳，剑气如虹的剑麻多了些许柔情。只因为雪花太美太温柔，在雪花的柔情里，剑麻再怎样的心如钢铁，也变成了绕指柔。谁说硬汉就不能有铁骨柔情呢，剑麻就是，硬就硬得坚强，柔就柔得坦然。

剑麻有许多好听的名字，凤尾兰、菠萝花。剑麻是一种多肉植物，在朋友的办公室，见到一盆小小的剑麻，很纤弱的模样儿，让我有点认不出它，朋友说这是剑麻呀。好吧，小剑麻，虽然你长在花盆里待在温室里，可你依然是剑麻呀，你的秉性你的品格这些骨子里的东西，又怎会随着环境的改变而改变？剑麻就像一名守候着国土的勇士，容不得外敌侵略；剑麻更是一种有用之材，它是现存于世界上的用量最广、范围最大的一种硬质纤维，剑麻提取的纤维具有颜色纯白、质地坚韧、耐摩擦等许多优点，在我们生活的方方面面都发挥着它的作用。

长河落日，剑气如虹，整装待发，不畏强暴，人不犯我我不犯人，这就是剑麻。剑麻有长剑有傲骨，更有缤纷花朵展示自己柔情的一面。如那句老歌里唱的：“剑气如虹情千里，飞花衬马蹄……侠骨红颜女，无限情依依。”纵横江湖快意恩仇，却又柔情似水，怎一个“爽”字了得。

此处有爬山虎

初春的傍晚，同母亲一起沿着一条废弃的铁路散步，铁路是南北走向，铁路的东面有一座两层楼高的厂房，砖头垒的墙，背朝着西面，彼时夕阳正照在砖墙上，红砖墙亮彤彤的。天气还有点凉，这条路僻静得很，只有我同母亲，我俩边走边说些细细碎碎的废话，抬眼看到砖墙，我忽然想到，夏日的午后，西晒的太阳火辣辣地晒着这面墙，厂房里该有多热呀。

母亲用手指了指那面墙，说："不怕，有爬山虎呢。"我凝神细看，墙上果真爬着些干枯的粗细不一的藤蔓，"春天了怎么还不发芽呢？该不会是没熬过寒冷的冬天吧？"我有些狐疑，确实是，爬山虎长在铁路边，厂房的背面，不可能有人浇水施肥，爬山虎根本就是自生自灭的主儿。

过几日，再次从铁路边走的时候，见到有碧绿的爬山虎叶子从墙的底部长出来，看来前些天我误解了爬山虎，它有自己的生长节奏，没发芽是因为没到发芽的时候。先长的叶片已经很大，越往上叶片越小，慢慢地沿着这面墙向上向外扩展。整个春天没下一场雨，甚至春天以前的冬天，雪下得也很少，大地是如此干涸，干燥的空气把我的鼻孔干得生疼，没有人给过爬山虎一滴水，但是爬山虎悄无声息地发芽了，看它铺展的架势，分明就是来势汹汹不达目的不罢休。

以前曾经在路边见到一株长得形状非常好看的爬山虎。面南背北的一座五层老楼，楼东面没有窗，整个都是墙。是夏天，一株硕大的爬山虎爬在那面墙上，整面墙都变得绿油油的了。那株爬山虎攀爬的形状很独特，在底部，它粗壮的老枝干集结成一束，大树的枝干一般，一米多高的样子，然后，枝叶开始向两侧铺展，向上生长，一直长到了楼的第四层。墙中间的爬山虎叶片最高，两侧半圆着下来，趴在墙面上分明就是一棵树的碧绿剪影。夏日的风吹过，爬山虎的枝叶在风中婆娑，整幅剪影都在轻轻晃动，很是曼妙。

然后，我就把爬山虎的事抛到了脑后，要关心的事情那么多，琐琐碎碎，很多事转眼就忘了，何况是一棵生命里并不重要的爬山虎。

转眼到了夏天，雨水多起来，天热起来，太阳的脚步慢下来。晚上同母亲散步，本来可以去别的路，可是到了岔路口，鬼使神差地就走向了那条废弃的铁路。

在铁路旁，已经看不到那个红砖垒的厂房的墙了，那些红砖全部被绿色叶片覆盖，甚至那些窗口，也被绿色蔓延进去。是爬山虎占领了整面墙，不留一丝丝缝隙。看着这面绿墙，如果之前不知道它是红砖垒的，你会以为它本来就是绿色的。春寒料峭的时候，爬山虎末梢的绿还只在那面墙的底部，爬山虎是边发芽边往上努力长的呀，生命力强壮到非凡，真的是好有毅力。母亲说："看到了吧，爬山虎的叶片吸收了阳光，有爬山虎覆盖的厂房，比一般的房子凉爽多了。"可以想象，别的房子都被热辣辣的太阳西晒的时候，这座厂房因为有了爬山虎的覆盖，清凉无比。

绿油油的那面墙就这样印在心里，我本来没觉得爬山虎如何与众不同，但是这次再也忘不掉，它那么顽强，努力地爬呀爬，一直向那最高处，那种不屈不挠，那种不达目的不罢休，让我折服。

绿萝萦数匝

绿萝，我曾经月余没给它浇水，也曾经有一段时间天天浇水，想怎么浇水，浇水还是不浇水，完全没有章法，全凭心情。可是，无论我浇水还是不浇水，绿萝都一如既往地绿着，该长叶片长叶片，该延伸藤蔓延伸藤蔓，该干吗干吗，一副宠辱不惊的小模样儿，仿佛淡定与生俱来。

我以为我是绿萝任性的主人，没想到朋友更任性。她办公室的橱子上摆了一盆绿萝，橱子很高，她的本意是想让绿萝垂下枝蔓，绿萝枝蔓婆娑的身姿确实值得期待。橱子高浇水不方便，绿萝已经有些日子没浇水了，然后朋友休产假，走得突然，临走也没给绿萝浇水，同办公室的男士，眼里从来看不到花儿草儿，绿萝就那么一直待在橱子顶。朋友产假快结束的时候，提前过来到办公室整理东西，一抬眼看到橱子顶部的绿萝，天哪！它还活着。虽然枝蔓没延伸多少，叶片瘦了些，可是五个月没浇水了呀，绿萝还绿着，你说服气不服气。

绿萝还可以养在水瓶里。一个净水瓶，一丛绿萝，这是水养绿萝的标配，公共场合经常见到这样的绿萝，摆在超市的柜台上、会议室的桌子上，甚至洗手间的台子上。瓶子很透明，水很清澈，绿萝细细的小根须在清水里微微晃动，碧绿的枝叶在瓶子上方很从容。喜欢养小鱼的人们，找个大些的瓶子插上一束绿萝，瓶里放上几条小热带鱼，彩色的小鱼在水里游呀游，好奇地啄啄绿萝的小根须，再啄啄绿萝的绿色茎，在绿萝的根须和绿茎之间互相追逐，捉捉迷藏，对小鱼来说，这片天地多广阔，这片丛林真有趣。水养的绿萝更滋润，叶片扑扇着，绿意盎然。

可是，我迷惑了，绿萝到底是喜欢水多还是喜欢水少呢？是喜欢旱养还是喜欢水养呢？几个月不浇水，它依然枝叶碧绿顽强地活着，放水瓶里泡着，它就像水草见了水，像鱼儿进了大海，难道它是水陆两栖的植物？

秋天一来，我家的绿萝疯了一样拼命舒展腰身，养在花盆里放在阳台的地上，我记得原本枝蔓只是垂在盆沿上，才几天呀，再去阳台晾衣服，低头一看，绿叶子竟然恣意地在地上铺开，阳台的一端都是它的绿叶子，这是要占领阳台的节奏吗？它就不怕别的花儿草儿对它有意见？可是有意见又能怎样呢？绿萝叶子铺展了一地，末梢还有继续向前的趋势，我都有些手足无措了，这一地的绿叶子，该如何是好呢？我想了又想，还是不知道如何是好。

朋友家的绿萝是往墙上爬的，家里一墙的绿萝，甚是壮观。他清晨给绿萝拍张照片发朋友圈，写上“上班”二字，清晨的阳光照着，绿萝从沉睡中醒来，碧绿碧绿的，小姑娘一样扑闪着大眼睛，活泼伶俐，整齐有序，精神焕发。晚上再拍张绿萝发朋友圈，大概是拍摄角度的原因，没了阳光的照射，夜晚的灯光下绿萝有些凌乱有些疲倦，他写上“下班”二字，绿萝就是心情的写照。朋友喜欢绿萝，绿萝就是他的心境。

杜牧诗里云：“绿萝萦数匝，本在草堂间。秋色寄高树，昼阴笼近山。移花疏处过，劚药困时攀。日暮微风起，难寻旧径还。”绿萝都能爬到高树上，何况区区一面墙。我家的绿萝，看来要搭个架了。

铁树开花如寻常

朋友远在东营，知道我喜欢花。每天清晨去植物园跑步，植物园的花儿草儿但凡入了他的眼，必定要拍了发给我。那天他发给我的图片是几粒白色的种子，圆圆的指盖儿大小，猛一看是银杏的果子。又一想刚刚九月初，银杏种子尚未成熟，到底是什么呢？猜了几次都没猜到。朋友得意地笑："是铁树的果实。"我"啊"一声，不是说铁树很难开花吗？不开花怎么结种子？几粒小种子分明就是大一些的白果的样子。朋友说是从江西带回来，专门给我看铁树的果实，这几粒种子是剥了皮的，呈白色，没剥皮的是红色。又有几张照片发过来，这才是在植物园拍的铁树开花的样子，铁树的花球在碧绿的枝叶中间，远看是毛茸茸的一个淡黄色的球，花球上遍布柔软触手样的东西。一棵棵铁树枝叶纷披碧绿油亮，叶子向四周舒展，姿态优美似在翩然起舞，每一棵铁树都开了花，小皮球样的黄色花朵是铁树中心托举的太阳，又像跳舞的女孩双手捧起的一轮圆月。

人们喜欢用铁树开花来形容一件事情的难办或稀少，明代王济《君子堂日询手镜》里说："吴浙间尝有俗谚云，见事难成，则云须铁树开花。"须铁树开花某件事才能办成，在想象中就凭空添了难度。事实上，铁树是一种热带植物，喜欢温暖潮湿的气候，不耐寒冷。在南方，人们把它栽种在庭院里，如果条件适合，可以每年都开花。如果把它移植到北方，北方气候寒冷干燥，生长会非常缓慢，开花也就变得比较稀少。“铁树开花”这句成语，一定是北方人发明的。是北方的自然条件决定了铁树开花不易。

人们总喜欢借大自然的表象来表达对生活的美好期盼。“人生若得如云水，铁树开花遍界春。”说的是人生如果处处顺意，如同铁树年年开花。铁树四季浓绿，北方冬天的肃杀里，绿得古老苍劲赏心怡神，在公园、在庭院，尤其是古建筑旁，铁树苍劲的枝干，同古建筑相得益彰。铁树之所以叫铁树，只因树干如铁般坚硬，还喜欢含铁质的肥料，这是从骨子里的坚硬，也不枉铁树这个名字。铁树的枝叶似凤尾，树干如芭蕉、松树，所以铁树又名凤尾蕉。

许是铁树常年生活在北方，渐渐适应了北方的温度，也许是北方正在逐渐变暖，总之铁树开花了，年年开。铁树一般每年的七八月间开花。雌雄异株，花开在茎干的顶端。雄花由许多小孢子叶密聚而成长棒状球穗花；雌花由一丛阔卵形散生的心皮所组成，表面有淡褐色或黄灰色的绒毛，心皮柄每侧有一到三个胚球。十月种子成熟，种子是圆的，颜色鲜红，如同一枚红色的小鸡蛋，有“凤凰蛋”之称。剥掉“小鸡蛋”上的红色果肉，就是朋友给我看的照片上的样子，如同大一些的白果。铁树的叶和种子可以入药，具有多种药用价值。

以前曾经养过一盆小铁树，油绿的小叶子，在花盆里很稚嫩的模样，虽然知道铁树开花好难，但是仍存了希望。养了不久叶子开始变黄，有叶片脱落，实在不忍心看它葬送在我手里，只好把它送给会养花的朋友。如果它在朋友那里能更好地生长，就让它在那里吧，放手才是更好的成全。黄庭坚的《采桑子·赠黄中行》里说：“西邻三弄争秋月，邀勒春回，个里声催，铁树枝头花也开。”铁树开花是大自然的美景，人们对铁树开花寄托了美好的期盼，若铁树开花如寻常，人生很多事是不是都存了希望呢。

狗尾巴草儿摇尾巴

其实狗尾巴草根本不知道人们叫它狗尾巴草。就像一个人整天乐呵呵的，人们背后说他傻乐一样，但是他就是傻乐了，就爱咧嘴笑，就不爱把烦恼放心上。很多人想乐还乐不起来呢，整天板着脸，好像别人欠他钱似的。

狗尾巴草能叫狗尾巴草，大概就是它的穗儿弯弯的，像小狗的尾巴，在风里摇呀摇，成片的小狗尾巴在风里摇，那情形也壮观得很。

狗尾巴草从春天一发芽，就努力地蹿个儿，同身边的兄弟姐妹们争分夺秒地比着长，看谁长得高长得壮，先蹿个儿的那些当然先抽穗儿。于是，在大家还都惶惶木然的时候，它已然拔了节抽了穗，在风里得意地招摇，像是对弟弟妹妹们说："快点长呀，看我，已经抽穗了。"弟弟妹妹们抬头看着它新抽的穗，一脸的艳羡，暗地里撇撇嘴，心说我几天就能赶上你。果不其然，几天以后，弟弟妹妹们也拔节抽穗了。远远望去，一片小狗尾巴在风里摇曳。

狗尾巴草是有集体观念的植物，一长一大片，即便是遇到石头遇到沟沟坎坎，也要聚集着长，上阵父子兵，打仗亲兄弟，怎么着都要在一起。狗尾巴草的生命力，老霸道了，那种泼辣的气场无人能比。出得门来，只要有绿的地方，就能见到狗尾巴草的影子，墙角旮旯里、房顶上、石头缝隙里、水泥路边有一点点土的缝隙里，只有你想不到没有它长不到的地方。况且，房顶上的狗尾巴草有了一个新名字：瓦楞草。此时的狗尾巴草脱胎换骨了，能被称为瓦棱草，必定是站到了一定的高度，几株狗尾巴草在瓦楞缝隙的土里扎根，时而俯视地上的兄弟姐妹，时而仰望天空，遐想高天云外，那些不知名的地方会是什么样的情景，既然今生同那些地方无缘，那就让孩子们去完成心愿吧。于是瓦棱草使劲儿地长，它站得高，种子被风吹得远，没准儿哪一个孩子就能在高天云外扎了根。于是，一片后代就在那里定居了。

在我的印象里，狗尾巴草似乎永远都赶不尽杀不绝，今天拔一些狗尾巴草编小辫儿、做小狗狗，觉得用了很多狗尾巴草，明天来看还是那么多，仿佛昨天的事儿根本没发生过。我们翼同学小时候，傍晚经常带他去爬附近的小山，山路两边的狗尾巴草在风里招摇，边走边拔它的穗儿，拔了一大把带回来编小狗，两个狗尾巴草分别做小狗耳朵，几个狗尾巴草做身子，缠上四只脚，再留一个长尾巴，像真的狗狗。翼同学拿着狗尾巴草做的狗狗欢呼雀跃，不一会儿小狗狗就散了架。散了架没关系，再来一个新的，狗尾巴草多的是，多到永远都用不完。

也许哪天，人们说狗尾巴草的时候被它们听到了，但是叫什么难道很重要吗？叫张三或者李四，都是父母给起的名儿，难道说叫国梁就真的能是国家栋梁？叫狗剩儿就真的是狗也不稀罕？不会的，名字不过是一个代号而已，重要的是名字背后的那个人，叫什么名儿习惯了就好，人们叫某个名字，脑海里浮现的就是那个人。就像此刻，我的眼前是一大片望不到边的狗尾巴草，它们在阳光里耀眼地绿着，狗尾巴样的穗儿任性地招摇，嗯，我就爱举着小狗尾巴玩儿，你管得着嘛。

据说把三枝狗尾巴草编成麻花辫，根据手指的大小弯个圈打成结，做成狗尾巴草戒指戴到手指上，可以代表私订终身。真没想到狗尾巴草还有这样大的作用。

植物杀手

我眼瞅着那盆铜钱草从茂盛一天天变得稀稀落落，脑海里忽一下冒出一个词：植物杀手。这盆铜钱草刚来我家的时候，黑油油的铜钱大的绿叶片，齐刷刷的小细秆子支撑着，在花盆上空撑起一片绿铜钱的天空。没过一个月，铜钱就不再是铜钱，变成小几号的一分硬币，还是残缺不全枯黄的硬币。我百思不得其解，我那么细心地照料它，每天用多情的目光注视它，它仍然从碧绿变成枯黄，这到底是为什么呀？

我最佩服我老爸，随便一棵不精神的花儿草儿，也没见他怎么侍弄，用不了多长时间就枝繁叶茂，像换了一棵植物。还佩服我的同事，随手从别人君子兰上摘几个种子，过了几天就电话告诉我，要送我一棵小君子兰。我欢欢喜喜地找花盆，去农贸市场买花土，尽心尽力地呵护，不几日它就从健硕变得病病恹恹，一副受气的小媳妇样儿。而转过年来，同事已经在微信朋友圈晒君子兰灿烂的花。

有时候必须承认，人和人之间确实有差距。这些年丧命我手的花草不计其数。那次在街上看到有人卖蟹爪兰，平日里见到的都是水红色的花，这些开大红颜色花的蟹爪兰一下吸引了我的目光。人贵有自知之明，想到植物进了家门就变了样，怕再也买不到这种颜色的蟹爪兰，索性买了三棵，心说总不能一棵也养不活吧。果不其然，这三盆在我家开了几朵红艳艳的花，勉强支撑着过了一个季节，天刚一转暖，就如同那病恹恹的林黛玉，一口血呕出再没缓过来。幸好我提前摘了些小叶片插在盆里，小叶片们好歹给我个面子，有几棵幸存下来，我挑选一个阳光好的日子，把它们搬到我父母家，使其子孙在我父母家得以延续。

翼同学很小的时候曾扮演过辣手摧草的角色，夏日傍晚带他爬山，他手拿一把小铲子，上山时右手边的野草在他铲子上下翻飞的舞动中，各色野草的头纷纷落下，下山的时候，另一边的野草也难逃厄运，一个星期过去，路边的野草沉寂许多。但是只要翼同学几天不去，野草们就施施然昂起头，仿佛什么都没发生过。

只是花儿们远没有野草疯狂，它们的祖先野生的时候任凭风吹雨打都能茁壮成长，一进了家门就娇贵得不行，并且再回不到以前那副体格健壮泼辣的模样。这哪里是养花，分明是迎进门个娇小姐。

对我这种脑子愚钝天生不转悠的人来说，无论它们喜湿好干喜阳好阴，只要在阳台上罗列着，就一贯以大量自来水浇灌，排着队让它们晒太阳，因为我总也记不住哪些花儿喜欢湿哪些花儿喜欢干。于是一批批花草在我家阳台上死去，新的一批重又到来，前赴后继不屈不挠，妄想在我家阳台占领一席之地。暗夜里反思自己，莫不是我就是传说中的植物杀手？月黑风高夜，“嗖”一支毒镖甩过去，我家阳台上的花慢慢中毒，最终倒地身亡。

物竞天择适者生存，及至后来，我家阳台上的幸存者只有吊兰和绿萝，这两种只要有土有水就好，属于泼辣抗折腾型，偶尔想起才给它们洒点水，平日里目光都不怎么在上面停留，无论怎么放手都能枝繁叶茂地活着，这才是适合我这样的人养的绿植。娇小姐们都掩面而去，留给我一个思念的背影，吊兰和绿萝就是农村的泼辣大妈，煎饼咸菜就吃得壮硕无比，活得风生水起。

能从我这植物杀手的手底下拼出条血路来，还活得风生水起，吊兰和绿萝都不是一般的人物，是二班的班长。

看来我这植物杀手也有手下留情的时候。

艾香端午

端午节少不了一样东西，那就是艾草。

艾草的香很独特，有一种特有的中药香，如果你曾经闻过艾草的香味儿，那么即使闭着眼睛，也能从众多的野草中把它嗅出来。艾草的香味儿让人难忘，就好像很久以前你曾被一个人惊艳过，很久以后你仍会怀想当时的情形一样，艾草的香味儿也很让人留恋。

农历五月初，天气已有些热，清晨的早市上，各色水果与菜蔬摊位之间不起眼的角落里，就会有面色黝黑的妇人，摆了艾草在卖，极新鲜，也便宜，是晨曦微明时就早起从山上割来的，又骑车跑好远的路来赶早市，叶子上还带着晶莹的露珠。迎着人流，三三两两的赶早市的人手里，除了菜蔬水果，还会有一把艾草，似乎在有意无意地提醒日子过得混沌了的人们，端午节来了。

小时候的端午节，家家户户的门楣上，都会插一把艾草，于是整个乡村的上空，就会弥漫艾草的香，仿佛整个乡村都被艾草庇护着，防病祛灾，佑一方百姓。而小孩子的脖子上，会挂一个填了艾草的香包，既漂亮又精致，三五成群的孩子凑在一起，边嗅香包，边比试谁的香包更漂亮，谁的妈妈手更巧，挂着漂亮香包的孩子会很得意地用手指挑着香包绳，一蹦一跳地回家向妈妈汇报比试结果，而比输了的孩子也不在意，转身回家吃妈妈用艾草煮的鸡蛋，鸡蛋壳绿绿的，有一种独特的香。

我的父母一直延续端午插艾草的习惯。曾经有那么几年，对端午节插艾草很是不屑，它不如粽子好吃，没有香包精致，似乎是端午节里最无用的部分。而那几年，正是年少轻狂的时候。

后来结婚成家，每年的端午，母亲都会从山上采了艾草，专门跑到我的小家，把艾草放到门外的角落里——现在的防盗门光秃秃的，怎能插得上艾草呢。

在民间风俗中，“清明插柳，端午插艾”。门上插艾草，称为艾人、艾虎，象征着可以防小人、健康好运有好兆头。随着年岁渐长，经历过许多的跌跌撞撞之后，在我也成了孩子的妈妈之后，才深深地体味到母亲的一片心，母亲是希望艾草能保佑她的孩子们平安无恙。

于是明白，有了艾香弥漫的端午节，才是圆满的端午节，它同香包、粽子一样，是端午节不可或缺的组成部分，是人们美好愿望的体现。

我的心叶日中花

当它在我朝思暮想的期盼里终于开了花，扬扬自得地在微信圈里晒的时候，朋友说它叫“牡丹吊兰”。我微微惊了一下，没想到我眼里那么普通的吊兰，竟然还能同国色天香的牡丹联系到一起，朋友笑道：这是它的艺名。

也许就是它的小花朵，虽然小得只有指甲盖儿大小，可是却是重瓣的呀，一层层，颜色还那么显眼，红得像那燃烧的火，像牡丹。

可是我更喜欢它的另一个名字：心叶日中花，给人无限的想象。俗话说，英雄不问出处，开花不论大小。原产非洲南部的心叶日中花，万里迢迢来到中国，不知传了多少代，最终它的某一个分支种在了我的花盆里，也是缘分。

缘分来得突然。冬日的一天，我到别的科室去办事，在楼头的窗户前，看到一盆儿近干枯的小叶子，因为许久没浇水，叶子都变黄了，叶片极小，濒临生死边缘，也不知是谁扔在那里的，也许看它实在不成样子，索性就不再管它。问了经过的人，都不知道是谁的。就想，路边的野花，该采的时候还是要采，就用指甲掐了一小节儿，拿回家种在了盆里。

心叶日中花属于给点阳光就灿烂的主儿，虽然是拦腰截断，虽然是在冬天，可是仍然在花盆里渐渐舒展开腰身，每次淘米之后的水我都留着，在阳台上晒几天后，浇在心叶日中花的花盆里，更何况还有我含情脉脉的眼神天天去看它，忘了谁说的，只要你善待某一事物，它就会以最好的样子最好的收成来回报你。心叶日中花不久就缓过劲儿来，叶片变得碧绿，枝条也长了不少，我把它的每根枝条都打了头，随手扔到垃圾筐里，过了几天，从掐断的那个地方长出两个小芽来，小芽长得长了，再把头掐掉，一次次长，一次次掐，最终长成茂盛的一盆。

这样的造型，比放任它，让它自己一个枝条长下去好看多了，想想也是，孤零零的一根枝条，成什么样子？简直一个天上一个地下，一花独放不是春，百花齐放春满园，一条道走到黑，最终只在末端开一朵花，数次掐头之后，分枝就多，每个分枝的头上都可以长小蓓蕾呀。

初夏的某一天，在再一次端详它的时候，我看到一根枝条的末端有了小花骨朵儿，像舒展开的两只小绿胳膊，小娃娃伸懒腰呢，中间露着一点点红。第二天再看，别的枝条上也有了，虽然很小很小，但是躲不过我雪亮的眼睛，心中顿时喜滋滋的。

那一点点红逐渐增大，从两只小绿胳膊的中间向外扩张，然后，它就在某一个中午，我无意中到阳台上的时候，给了我一个灿灿的笑脸，红的，多瓣的笑脸。

心里一下子很欢喜，诗里说："何年一掬草，婆娑在盆中。叶瘦轻拖绿，花小不飞红。根疏杯水淡，格高冷意浓。无关冬与夏，飘洒自得风。"瞧瞧，还无关冬与夏，飘洒自得风。这小吊兰，还真飘逸。元代谢宗可《挂兰》里也说："午窗试读离骚罢，却怪幽香天上来。"赞颂屈原，赞美吊兰，吊兰的幽香自天上来，同品格高雅的屈原放到一起，吊兰真的是荣幸。

莲叶何田田

“接天莲叶无穷碧，映日荷花别样红。”在我的想象里，这样的情景出现过很多次。直到有一天，我们真的踏上旅途，日历上的节气已经过了立秋，但是暑天的热浪还是从车窗外袭来。中途下车休息，一开车门，明显比出发地温度低，越接近目的地，空气越舒适，出发时的暑气早就跑到爪哇国去了。

沿着乡间公路，终于到了湖边，没有尖厉的喇叭声，没有红绿灯，没有嘈杂的人流，蝉儿一声接一声，长长短短的，告知众人，这里是它们的天下。耳根如此清静，众人你看看我，我看看你，都有些无所适从。风吹过来，无比舒适凉爽，真是一时一个景儿，一处一个温度。

一下子就被那一眼望不到边的绿震住，整个湖面都被莲叶覆盖，风吹莲叶动，起起伏伏的，一层层绿的波涛。脑海里瞬间浮出“接天莲叶无穷碧，映日荷花别样红”。除了用这样的句子来形容，实在是无话可说。想当年李白登黄鹤楼，见到崔颢题诗后，是同样的感慨吧。

曾经傻傻地分不出莲和荷，在古诗里，莲和荷是同一植物，叶片大大的，挺立在水面上，而睡莲，则叶片小很多，浮在水面上。

唐代诗人郑谷诗中写道：“移舟水溅差差绿，倚槛风摆柄柄香。多谢浣纱人未折，雨中留得盖鸳鸯。”硕大的荷叶浮在水面上，风送来荷叶的阵阵清香，人像在香气的大染缸里染过。绿波上挺立着绿油油的莲蓬，洗澡用的花洒一般，还像一个蘑菇，小巧精致的样子，你都不忍心剥开它，生怕伤害了它。莲蓬是荷花的莲房，初夏时节荷花在田田的荷叶中绚丽地盛开，莲蓬只是荷花的花心，娇小嫩黄，藏在一朵朵荷花中，盛夏过后，荷花的花瓣渐渐脱落，小小的花心一点点长大，成为一只只碧绿的莲蓬。偶尔地，还会在绿波中看到几朵晚开的荷，在万顷碧绿中，这几朵红红的荷，是独立小桥风满袖的意蕴。

一叶小扁舟划破绿波从远处过来，荷叶避开又合拢，速度之快仿佛刚刚的一切是错觉。等戴斗笠的人来到近前，小扁舟里堆放着摘下来的莲蓬，一堆莲蓬在一起随意地放着，是调皮的小娃娃。接过老者递过来的莲蓬仔细看，莲蓬上突起许多小包，密密麻麻的，小包里藏着的就是它的小宝贝——莲子，用手轻轻触摸，莲子们凹凸不平，凸出的部分硬硬的，凹进去的则软绵绵像棉花，把莲子剥开，听到“啪嗒”的声音，蹦出一颗雪白的莲子，放进嘴里慢慢品尝，又香又甜又脆，别样的好滋味。

老者幽默风趣，不时爽朗地大笑，称自己是在莲叶中穿行是“孤舟蓑笠翁”，我微微侧目，能说出这样的诗句肯定不是一般的老者。果然，老者退休后闲来无事，怀念小时候同小伙伴们嬉戏过的大湖，回到家乡承包了一片湖，种了荷花养了鱼。捕鱼、摘莲蓬、挖藕。春天看莲叶碧绿，从最初星星点点的绿，直至绿成一片海；夏天赏美丽多姿的荷花，老者说荷花盛开的时候才叫美，初次绽放的花蕾像含羞的少女，微微张开花瓣，而前一天开放过的则像成熟的少妇，急不可耐地舒展花瓣，把自己的美发挥到极致。荷花开放也能如此缤纷，我们暗自决定荷花开的时候一定要再来。秋天的时候采摘莲蓬，莲蓬一堆堆地堆在那里，真喜庆。冬天挖藕，胖娃娃胳膊样的藕，脆而甘甜。忙不过来的时候就请村民帮忙，不图赚钱，就图个乐儿，圆自己的田园梦。

那么大的一片湖，给周围的人带来多少乐趣呀，我们远道而来，也是为了这片湖水，这些绿荷。

月朗星稀的夜晚，在湖边徜徉，听蛙声阵阵，吹湖面向晚的风，看大片大片的碧绿，心境无比舒展，顿觉万事万物皆成空，此生能这样终老，也是值了。

树下的宝贝

山里藏着多少宝贝，总是很难想象得到，人们在山里劳作的时候，都是眼观六路耳听八方，不知什么时候，就会“扑棱棱”飞出一只野鸡，忽一下子蹿出一只野兔，拐过山脚发现一大丛没见过的野花，草丛里的一窝鸟蛋，还会，从朽了的树根上发现一枚灵芝。

不错，就是《白蛇传》里，白娘子为了救丈夫许仙，不远万里冒着生命危险，历尽千辛万苦，从峨眉山盗取的灵芝仙草，那枚灵芝闪着圣洁的光，最终救活了许仙。一个人甘愿为另一个人付出一切，失去生命也在所不惜，这样的爱当然是真爱。

灵芝是野生灵芝，经过日晒雨淋，汲取日月之精华、天地之灵气，色泽往往比人工养殖的灵芝鲜艳很多，更被人们青睐。在大山里，野生灵芝很容易就能找到，去山坡上摘栗子的时候，毛栗滚落下来，落到草丛里，翻找栗子时没准儿就能找到一枚野生灵芝，它躲在树根旁的草里，举着小伞，大山的深邃养得它胖胖的，像蹒跚学步的娃娃那样可爱，农人轻轻地把它拿起来，端详一番，果然是棵好灵芝。随手放进篮子里，并不觉得是什么了不起的宝贝，在农人眼里，这样的事经常遇到，已经习以为常。只是我，在第一次见到野生灵芝的时候，大呼小叫的，一看就没见过世面。

灵芝长在树根旁，朽木上，掩映在草丛里。有时候是孤独地举着小伞，有时是一串串地生长，从大到小一小溜儿，好像一个父亲领着一窝孩子，一个比一个小。灵芝怎样长，一个地方长几个，完全看心情。才不是你想让它长多少就长多少。

曹植笔下的灵芝分外动人，再珍贵的东西，没有感情不过是一个冰冷的物件，但是同爱恋放在一起，被赋予了深情，就不仅仅是一个物件那么简单。在曹植的名篇《洛神赋》里："攘皓腕于神浒兮，采湍濑之玄芝，余情悦其淑美兮，心振荡而不怡。"神女采撷灵芝时安详而闲适的神态，诗人钟情于神女激动不安的心情跃然纸上。"心振荡而不怡"。那些个辗转难眠的夜，那些个心碎的感觉，那些个伸出手想要抚摸却抓了一团空气的失落，没深爱过的人永远体会不到。

在文人墨客的笔下，灵芝早已不是单纯的灵芝，它所蕴含的人文内涵，被赋予了充分的想象力。北宋著名诗人秦观说："草之有芝，犹鸟之有凤，兽之有麟，从古相传，以为瑞物。"把灵芝比喻为传说中的凤凰、麒麟，可见灵芝乃祥瑞之物。

野生灵芝的味道是苦的，而且很苦，一般来说越是苦的东西其药效才会越显著，所谓良药苦口是也。相思也是苦的呀，很苦很苦。

新鲜灵芝闻起来有一种浓浓的香菇味道，采回来窗台上随手一放，开启了灵芝的另一段生命旅程。在农人眼里，所有的东西都是老天爷给的，没有高低贵贱之分，世人眼里珍贵的野生灵芝，同地里的玉米、大豆、麦子没什么区别。夏天的雨落过，秋天的风吹过，冬天的太阳暖暖地照过来的时候，农人想起窗台上的灵芝，把它拿进屋子里随手扔进抽屉里，灵芝在抽屉的角落里，也许有一天会被拿来泡酒，也许会被用作药引子，也许就那么一直待着，反正农人不会拿去卖，万一有一天用到了呢。

婆婆家总是有许多让人惊叹的东西。比如灵芝。

那一年，我第一次去婆婆家，冬日暖阳斜斜地照进来，火炕烧得那样热，天地静谧，室内温暖如春。我跟婆婆，你看看我我看看你，不由得相视一笑。婆婆从炕上下来，拉开抽屉扒拉了几下，拿出一个物件来递给我，黑色手指样粗细的柄，顶着一个暗红色的盖头，莫不是灵芝？我试探着问。婆婆笑着点头，说："把这个收起来，拿回家给你父亲泡酒。"

我端详着这枚灵芝，它比成人的手掌还要大，岁月里闪着暗红色的光，这样大的野生灵芝，附近的山里肯定找不到，山深无人烟的地方才会有，婆婆是把大山里，树下的宝贝给了我呀。

温暖的松果

住在山东蓬莱部队上的那些年，附近的小山上漫山遍野都是松树，随便一抬眼就能看到松树傲然挺立的身影，无处不在，如同现在一抬眼就能看到冬青一样。

松树常年翠绿着，遒劲的枝干、针样的叶子是它的标配，针针向上很威严。春天的时候发新芽，新芽有着老叶子没有的嫩绿，年轻柔美的样子，这是松树铁骨柔情的时刻。冬天的时候下大雪，松树披挂一身雪白，一身翠绿的衣服上披了一件白斗篷，让我想起小说《林海雪原》里在雪地滑行的战士。无论怎样的寒冷暴雪，松树都傲然挺立。苏辙的诗里说：“寒暑不能移，岁月不能败者，惟松柏为然。”岑参《感遇》里也说“君不见拂云百丈青松柯，纵使秋风无奈何”，在文人墨客的笔下，松树不畏严寒、不向世俗低头的品格，那么的让人敬仰。

松树很严肃很严谨，像喜欢板着脸的长者。可是松树也有其温情脉脉的一面，那就是松果儿，很俏皮地长在枝干上，是自带的圣诞老人礼物。春天时节长出的小绿松果儿，小巧玲珑有着小娃娃般的可爱，到了深秋，从青绿转为褐色，长大了也结了籽儿，如同人一样，从青少年变成了老人，完成了它在人世间的旅程，此时的松果儿成熟了，里面的松子变得既爽口又香气迷人。

教室里每年冬天生炉子的时候，负责把煤块点燃的就是松果。松果含有油脂，火柴一划，点张纸，纸就能把干松果点燃，松果噼里啪啦地燃烧，火苗一下一下舔着炉壁，教室里很快就变得暖和了，外面冰天雪地，室内温暖如春。取暖用的松果全靠同学们星期天去山上采来，老师给大家布置的任务是一人一篮子。别的同学很轻松就能完成，可是我每次都完不成，不是偷懒也不是不努力，实在是体力有限，摘松果当然要漫山遍野地跑，还要挎个大篮子，摘得越多越挎不动，用不了多久我就支持不住，交松果时很惭愧。

我的同桌，是那个年代少有的胖子，人高马大，小小的课桌他占了一大半，每次写作业我都敢怒不敢言。每周一他都挎个大篮子来，满满一篮子的松果摆在他的课桌上，像他的人一样显眼。我怯怯地把自己的篮子往后拖拖，再拖拖，无论怎样拖，那半篮子松果都那么让人羞愧，我低着头，不敢看同学们。他歪过头看看我，再看看我的篮子，从自己的篮子里双手捧出一些松果放到我的篮子里，连着捧好几次，一直到我篮子里的松果不那么显眼的少了，停下手下巴一扬，看都不看我一眼。我侧过脸，只用眼角的余光看他，心里很感激很温暖却不说话。那时候男生跟女生不说话，互相视为路人，可是哪里有这么温暖人心的路人呢。

外面冰天雪地，教室里的炉火烧得旺旺的，空气中到处都是很好闻的松脂味儿，炉子就在我的脚边，写作业写得忘乎所以，脚就踩到了炉子边，那个大眼睛长长麻花辫大姐姐般的女老师，走过来轻轻地把我的脚从炉子边挪开，冲我微微一笑。这一笑，扫去我所有的拘谨和自责。我看她一眼，心下里明白，炉火太旺我的棉鞋放在炉子边上，很快就会被烤煳，烤煳的后果当然很严重。

下课，同学们没事的时候，会到教室角落里堆着的那些松果上找松子吃，松子在松果敞着口的怀抱里，一眼就能看到，手指轻轻一剥拿出来，松子用牙一咬就开了，松子独特的味道让人没齿难忘。松子很好吃，松果很温暖，至今想起宛若在眼前。

赴一场银杏之约

有一年，在山东沂源的牛郎织女风景区，见到一棵硕大的银杏树，树干粗壮，五六个成年人才能围拢过来，树干高入云霄，枝繁叶茂。树龄约1500年，树上果实累累，树下有井，井深而水浅，却取之不竭。旱不枯涝不溢，井底部纵横交错全是银杏的根。之前就知道银杏是一种长寿的树木，却没想到它有这么长寿，1500年的树龄，看起来还很年轻。

这是我第一次见到这么古老的银杏树。1500年的风风雨雨磨砺了它的枝干，历练了它的品性，它的生命依然旺盛，它见过1500年前的太阳，吹过千余年的风，见证世间的悲欢离合、风雨沧桑。我看它，眼里满是敬仰。

炎热的夏季，银杏树的枝叶在地上形成大片的树荫，站在树下比站在太阳地里凉爽许多，好像不在同一个季节。银杏树如同一个健壮的男子汉，伸出粗壮的臂膀为人们挡风遮雨，它有宽广的胸怀，它不屑于计较，它小扇子样的叶子阳光里闪着耀眼的光，青色的银杏果在枝叶间密密麻麻。在树下待得久了，贪恋树下的清凉，许多人都不想再挪动脚步。

工作人员说，秋天的时候再来吧，银杏叶会变得金黄，北风一起，地上铺满金色的叶子，就像金色的地毯。我见过它碧绿的样子，却没见过它辉煌的模样，那棵银杏树让我惦记着，想要见到它金碧辉煌的壮观模样。

因为惦记一棵银杏树，时光变得缓慢，等到日头越来越短，等得花儿都谢了，等到了农历十月，银杏叶的边缘开始泛黄，慢慢地，树叶都变成了金黄，披挂了金黄色树叶的银杏树在阳光里闪着金光，在周围一片落光了叶子或者还披挂着几片枯黄叶子的树木里，金黄色的银杏树是一个另类，它遗世而独立，耀眼醒目让人很远就能看到它。

它一直披着这身金黄，直到一场北风来临，扇形的小叶子开始在北风里飘落，越落越多，直至地上也变得金黄。风吹来它金黄色的信息，我欣欣然去赶赴一场期盼已久的约定。

那一地金黄，美得让人不敢相信自己的眼睛。站在树下，无风叶自落，金色的小扇子兀自飘落着，一片叶子飘着飘着，会“啪”的一下打在肩头，惊醒一个前世的梦，再轻轻地滚落到地上，融入那一地金黄里，你分不清哪片叶子是原来的哪片叶子是刚刚落下的。宋代葛绍体《晨兴书所见》中写道：“等闲日月任西东，不管霜风著鬓蓬。满地翻黄银杏叶，忽惊天地告成功。”就是这样的场景。说什么都是错，说什么都是多余。唯有在这金黄里呆呆站着，唯有无话可说，微微一笑。

从栽种到结果需要20年的光阴，直至40年后才能大量结果子，公公栽树，孙儿采摘果子，因而银杏又叫公孙树。银杏是一种不急不躁不贪图眼前利益、不屑于世人眼光的树，冷眼也好，追捧也罢，冷也好热也罢，兀自生长。

博山赵执信纪念馆的那几棵银杏树，混在一片碧绿里，初见到它们的时候，我以为不过是些普通的树，朋友说这是银杏啊。我忙拿出眼镜戴上仔细看，果真是银杏。对一个不爱戴眼镜的近视眼来说，错过多少才能叫错过呢。朋友从地上捡起一枚脱落的银杏果，托在手心给我看，银杏果脱掉外面的绿皮露出里面的白壳，所以叫“白果”，剥开壳才能吃。尚绿的银杏果味道不好闻，但是果仁味道还不错。朋友是个体贴的人，笑着说青果子你就不要闻了吧。

赵执信纪念馆的那几棵银杏也已有上百年的树龄，百年对人类来说已是长长的一生，可是对银杏树来说，不过是生命的开始。情不知所起，一往而深。赴一场银杏之约，根本不需要理由。

浪漫的法国梧桐

小城有许多条路是我喜欢的，老城区那条被法国梧桐覆盖的路最得人心，路不宽，只有两车道，人行道用灰色小方砖铺就，砖面被磨得有些光滑，上面的图案都淡了些，绿化带里面的花儿草儿时不时在人行道上探头探脑，没有人管，就越发胆大妄为，把花朵开到行人的脚下，人行道上走着的那些或匆匆或悠闲的脚步，是一个城市的缩影。

路边的两排法国梧桐，是修路的时候栽种的，如今几十年过去，当初手指粗的小苗变成一个人都围拢不过来的大树，原本隔了一条路互不相干的两排梧桐，在路的上方重逢，枝叶混在一起，给路搭了一个凉棚，站在路中间往上看，无论怎么分都分不清哪片叶子是路东的梧桐树上的，哪片叶子是路西的梧桐树上的，亲密无间到不分你我，星星点点的阳光透过叶片间的空隙落下来，在地上洒下斑驳的影子。

炎炎夏日我愿意在这条路上一直走下去，遮天蔽日的阴凉，让这条路比别处明显温度低；下小雨的时候我也喜欢在这条路上走，小雨滴吧嗒吧嗒打在叶子上，树荫如盖，听得到雨声却看不见雨点儿，甚至，下大点的雨，别处的行人都在飞奔，在这里的树下却可以不紧不慢地踱步，多了许多从容优雅。夜晚的梧桐树下，更多漫步的人儿，路灯明明灭灭，夜色给这条路添了许多浪漫。

这都是法国梧桐的功劳，梧桐棱角分明的大叶子，一片一片翠绿。世上有很多喜欢说不清道不明，但是喜欢这条路，其实是喜欢这条路上的法国梧桐，喜欢树下漫步的感觉。

法国梧桐的枝干也是独特，树皮可以一块块地脱落，小时候爱站在树下给它剥皮，手指抠住一小块，轻轻一掀，树皮就会脱落，露出淡青色光滑的里层。即便是没有人抠，它也会自动脱落，树干斑斑驳驳。若是伤痕也能如此这般揭掉，扔进时光里不复想起，如揭掉的梧桐树皮，腐烂在了野地里，该多好。

秋风起落叶飘满地，法国梧桐也不例外，它的大叶子自枝干脱落，歪歪斜斜地掉下来，地上很快就铺满了，小灰砖被遮盖，几乎见不到砖的影子。在厚厚的落叶上走，脚下咯吱咯吱地响，可以任思绪纷飞想许多事情，也可以呆呆地什么都不想，总归是别样的心情。犹记得小时候在胶东，家里烧大锅做饭，柴草是每家每户的必需品，梧桐落叶的时候，找一根长长的绳子，一端打个大结，一端系根细细的树枝，树枝做针，捡起地上的梧桐叶子穿到绳子上，不一会儿，地上就拖了一根穿满叶子的长条，那时候捡树叶的孩子真多呀，每个人身后都拖了一长串树叶，像一根长尾巴，边走边在地上拖出一溜烟儿。绳子满了再也穿不上树叶，就回到家，把绳子一端的大结解开，叶子撸下来，堆在柴房里，出门再去捡。小孩子经不起表扬，家长夸赞几句，一下子心花怒放，那些落叶似乎变得更美。

这样的情景再也难以复制，现在的孩子有那么多可玩儿的东西，捡树叶这样的事对他们来说像隔了一个世纪那么遥远。

可是梧桐的浪漫一直在。

“寂寞梧桐深院锁清秋”，梧桐是爱与哀愁的代名词。一个浪漫的传说，民国的那一年，她说自己喜欢法国梧桐，他就在南京街头遍栽梧桐树，他为她建立的美龄宫，以梧桐为项链，美龄宫为宝石，制造了一条宝石项链，绵长的项链是总理陵园大道，项链上的吊坠是美龄宫，吊坠上的宝石是美龄宫邸，无论春夏还是秋冬，都是暖暖的爱意。

虽然现实并不像传说中那样美好，可是依然浪漫得让人心醉。

被寄托了爱恋的梧桐，浪漫来自骨子里。

绵槐条子

绵槐条子是俗称，其实它叫绵槐。名字后面挂上“条子”二字，是因为它的枝条细长光滑，从根部到末梢儿一般粗，叶子长在末梢处，一条一条的，一个老根可以长许多条。

走亲戚、赶集挎的篮子，农村拾粪用的粪筐，装粮食的篓子，盛放各种物件的各种用途的筐，都用绵槐条子编制，绵槐条子很重要。绵槐条子以前是人工种植，河滩两边一溜儿全是它，人们只负责种，至于生长呀，浇水呀，施肥呀，都是绵槐条子自己的事儿。人们忙得很，虽然无暇照看绵槐条子，但是仍希望它能长得好，毕竟农闲的时候就是编筐编篓子的时候，要编些新的筐来用，多余的还可以拿到集市上去卖，换些钱回来。

绵槐条子就在河滩，满怀人们对它的期望，轰轰烈烈地长开了，一下子从根部发好多芽，多胞胎似的，每个芽都拼命从根部汲取营养，拼命向上以见到阳光，每根绵槐条子都长得细长光滑柔韧，符合人们的期盼。

筐和篓子可以编得很大，也可以编得很小，到底是编大的还是编小的，编筐的人说了算。很小的时候，我们村附近有个煤窑，大孩子们都挎着篮子去煤窑捡煤核，我也心动得很，可是我没有筐，大人们用的筐太大了，我根本挎不动，连筐都挎不动，还捡什么煤核？人们笑话我。小时候的我真执拗呀，一个劲儿地闹着要去捡煤核，要有一个筐，甚至以不吃饭来要挟，家长们都害怕我不吃饭，小时候的我太瘦弱，饭量很小，不吃饭就要生病。奶奶拗不过我，挑选那些细细的绵槐条子，给我编了一个筐。

那是个怎样的筐呀，大家看了都忍不住哈哈大笑，同盛菜用的盘子差不多大，比树上的鸟窝还要小，手柄也细细的，挎在我的小细胳膊上，很和谐。我挎着筐，跟在那些大孩子后面，去煤窑捡煤核，煤核太热，我根本不敢捡，那些大孩子都满载而归，我挎着小篮子，篮子里寥寥几块煤核也回了家。奶奶怜爱地把我揽到怀里，那个小筐挂在墙上存了好多年。

后来住在胶东，胶东的苹果名气大得很，苹果熟了的时节，每家每户都要买几大筐苹果存在家里，差不多一米来高的大筐，直径也近一米，满满一筐苹果要两个人抬，盛放苹果的筐就是绵槐条子编制的，上面还要盖上一个绵槐条子编的筐盖，用铁丝或者绳子把筐盖和筐身捆起来，买苹果的时候，不是挨个苹果挑选，一买就是一筐，真带劲儿。苹果筐摆在家里，绳子或者铁丝打不开，我们就透过缝隙往筐里看，苹果红红的，满屋都是苹果的香，真诱人。

绵槐条子是一种多年生植物，细长的枝条割了以后，第二年又从老根上长出新的。人们只要种植一次，就能不间断地割条子用，韭菜样一茬茬，但是比韭菜泼辣多了，韭菜要施肥、打虫、浇水，谁见过绵槐条子还要人管理呢？没有。

下班的路上，不知什么时候种上的一种植物，老根上发出数条细长光滑的枝条，从头到尾一样粗，我数次怀疑它们就是绵槐条子，毕竟记忆太久远，我已经不敢确认它们。直到有一天，同母亲一起在那条路上散步，忽然想起这个问题。母亲说，就是绵槐条子呀，心中一下子澄澈清明，我走过去拉过一根细条仔细看，真是天生的尤物，枝条光滑没有瘢痕，腰肢苗条柔软而有韧性，人们用它来编筐，真是物尽所值。真真佩服劳动人民的智慧。

一大片绵槐条子疯长着，从底部往上看几乎没有缝隙，都被它的枝叶覆盖，一根根枝条粗细相当，天生我材必有用的模样。可是几乎没有人再用绵槐条子编的筐，绵槐条子的作用随着时代的变化，只剩下观赏绿化，可是这一切同棉槐条子有什么关系呢，兀自生长就好。

开在心底的山楂花

山楂树开白花，是绿叶上落了雪。成片的山楂树开花，是白雪覆盖了苍茫大地也覆盖了山楂树，花蕊却又是黄绿色，柱头上挂着一点点粉或者一点点红，是俏皮的雪，在跟人们开玩笑。

我们这里的山楂树只开白花，开红花的山楂树现实里没见过，我只在艾米的《山楂树之恋》中领略过，那株山楂树长在山坡上，一树红花极尽绚烂，少年未谙世事的心被它吸引，从此开启一段凄婉、单纯、干净的爱恋。小说我看了数遍，数次为之落泪，为什么有情人不能在一起，为什么世间的阴差阳错那么多，那棵开红花的山楂树，是冥冥之中的宿命。那树红花，就这么在我心里一直开一直开。

凄婉的还有苏联电影《山楂树》里面的那棵山楂树。低沉忧郁的声音唱着："歌声轻轻荡漾在黄昏水面上，暮色中的工厂在远处闪着光，列车飞快地奔驰，车窗灯火辉煌。两个青年等我在山楂树两旁。那茂密的山楂树白花开满枝头，哦，你可爱的山楂树为何要发愁？"山楂树为什么要发愁，是那难以取舍的爱恋，低沉忧郁的手风琴声，让这爱恋在风中传得很远很远。《山楂树之恋》中，静秋也是被老三低沉的琴声打动，从而慢慢对老三敞开心扉。

山楂花在我的意象里，似乎一直都很忧郁，那些青葱的爱恋，那些爱而不得，那些永不再回来的时光和心情，都在那些花瓣上颤颤的，拨动人们的心弦。

可是，当山楂的小白花落尽，当青色的小山楂一点点长大由绿转红，一天天成熟，一树树山楂的枝条上挂满红山楂，红得像火，无数紫红色的山楂掩映在绿叶中，无数的小红果子在阳光里闪闪烁烁，蓝天高远，秋阳明媚，红果子艳丽了山坡田野，最后红成一片山楂的海，那情形，只能用壮观来形容。忧郁伤感的山楂花在光阴里渐渐远去，被漫山遍野的小红果子带来的喜悦取代。

山楂的别名就叫红果，这名字多形象多贴切多喜庆。“晚果红低树，秋苔绿遍墙。”秋苔绿遍墙的时候红果成熟了，一枚红果不大，托在手心玲珑可爱，可是，无数的红果挂在枝条上，把枝条都坠得低下来。山楂成熟就是这么喜庆。

摘山楂是一件欢乐的事。山楂树长在山坡上，树下面的山楂伸手就能摘下来，上面的山楂用长杆上的钩子钩过来，篮子放在地上，远远地一把山楂扔过去，稳稳当当全进了篮子，这都是摘山楂练出来的身手，你在这边摘他在那边摘，山坡上回荡着欢声笑语，斗嘴斗的兴起，摘一把山楂扔过去，山楂扑啦啦落在对面那个人身上，对面的人头一歪，反手撸一把手边的山楂，笑嘻嘻地手一扬，又下了一场山楂雨。摘山楂就是这么任性，谁让山楂结得这么多呢？只一小会儿，红山楂就装满了篮子。一篮子一篮子的红山楂被装到车上运出去，运到工厂进行二次加工，加工后的山楂更耐储存，自身价值也得到很大的提升。

我国栽培山楂最早的记载见于《尔雅》一书，距今有两千多年了。山楂作为中药始载于唐代的《新修本草》，山楂原名赤瓜子，《本草衍义补遗》里记载为山楂。山楂有很好的健脾开胃作用。

山楂树，这种乡野的树，从远古走来，被赋予深深的爱恋和相思。谁的心底里没有一棵这样的山楂树呢，它是过往的爱恋，擦肩而过的遗憾，和那些午夜梦回的时候，倏忽飘过的人。

香椿树

香椿树是一种生命力很强的树。

早春时节，风还硬着天还冷着，别的树木还在懵懂中，香椿就发芽了，红色的小芽芽率先从枝干上探出头来，怯生生地向外一望，咦？没有一点点绿，都还沉浸在冬天的气氛里，我要赶紧发芽，不能让别的树木抢了先。

第二天，香椿的芽芽就比前一天大了许多，第三天，小芽芽成了几片舒展的叶子。刮春风了，小芽芽像被吹了气，转眼的工夫整棵树就披挂满了香喷喷的嫩嫩的小芽，在早春灰蒙蒙的天空映衬下，小芽在光秃秃的枝头分外招眼。

从香椿芽探出一点点头，主人就天天来看，天天在心里思量哪天来掰合适。香椿芽长到一拃长，也就是拇指和食指伸开那么长，就要用带钩子的长杆把枝干拧断，枝干上带着新长的芽芽，把香椿芽从枝干上掰下来，放到篮子里。头茬儿香椿掰的并不多，因为芽发得少。头茬儿香椿最贵，口感和香味都是上品，价格自然而然就格外高。香椿芽一天一个价儿，二茬儿香椿就便宜很多。记得以前，头茬儿香椿我们是不吃的，吃不起。能买二茬儿香椿已经很不错了。哪像现在，想买哪茬儿香椿就买哪茬儿。所以说从树上掰香椿芽要趁早，就好像张爱玲说的："出名要趁早。"香椿芽是种走青春路线的叶子，越年轻越值钱，头茬儿香椿芽最贵，头刀韭菜也是如此，越往后越不值钱，到最后混杂在杨树、法国梧桐、槐树的碧绿里，成了普通得无人问津的树叶。

每年春天，我家楼头的那几棵香椿就被带钩子的长杆掰得七零八落，几乎秃了头，所有能被用长杆上的钩子勾下来的枝干，都被拧了下来掰了嫩芽，舍弃在地上的枝干长短不一，散落一地。我甚至以为这棵树完了，生命要走向终结。可是，过不了几天，新的芽芽从别处开始萌发，几天不见，绿意满树。香椿树年年都被这么折腾一次，甚至两次，它有了顽强的生命力。

香椿芽有很多吃法，油焖香椿，炒鸡蛋，腌制成香椿芽咸菜，吃法多得很，尽情施展厨艺好了。现在，人们吃的大都是头茬儿香椿芽儿，二茬已经很少有人问津，再不是以前的贫穷模样。

虽然年年吃香椿芽，吃过那么多口味，也只是在当时味觉被惊艳了一下而已，过后就忘记。多年以后，想起香椿芽，想起还是童年时的我在姥姥家的院子里，面前是姥姥端来的一个大锅，掀开热气腾腾的锅盖，锅里是一锅煮熟的香椿叶子，此时已经不能称它们为香椿芽了，它们已经老成了叶子，骨节粗大叶片肥厚，是被多次摘过最后长出来的那些叶子，这些老叶子煮熟后用盐腌上，就成了咸菜。童年实在是太贫穷，寡淡到小孩子没有一点点零食吃，贫穷到要吃香椿的老叶子来弥补食物的不足。

姥姥从锅里拿出一根叶片，在嘴边吹了吹，觉得不太热了就递给我，我接过来就往嘴里放，杆子上的皮也好吃，也一点点地啃下来。煮熟的香椿叶子味道很独特，没了香椿芽的娇嫩，反而有了嚼头，我左手一把叶子，右手举在嘴边，姥姥含笑看着我，她一定是觉得终于给外孙女找到了点能吃的零食了，姥姥很高兴。

时光已去，往事已去，姥姥含笑的样子就那么定格在那个春天的院子里。

朴树下的家乡

婆婆家是山东省五莲县户部乡的一个小村庄，有史料证明刘墉童年就是在这个小村庄度过的。村后有一棵四百余年的小叶朴树（当地人称为疤麻树），长在村民屋后的山坡上，树根纵横交错裸露在外面，冬日里落光了树叶的枝干指向苍穹，极具历史沧桑感。

一想起孩子的奶奶家，想起那遥远的小山村，就会想起漫山遍野的樱桃和栗子，热乎乎的暖炕，还有那棵见证村庄历史的朴树。

那年腊月二十八，到了家门口。下车后抬眼一望，发现水泥路边多了太阳能路灯，崭新的路灯随着路延伸到远方。以前回来，晚上想出门散步，除了村民家的灯火和天上闪闪亮的星星，到处都黑黢黢的。习惯了城市的灯火通明，山村的夜寂静得让人害怕。我问婆婆，是村里安装的路灯吗？婆婆说不是，是老家在村子里、现在在济南工作的人给村子里安装的。有了路灯晚上出门不用带手电筒了。

婆婆家住在村子中间，晚饭后，我同儿子出门散步，我们从中间出发一直走到路灯的尽头，再折回来，走到另一边路灯的尽头，来来回回走了好几趟。第一次觉得有路灯真好！山村静谧，一边是路灯照亮弯曲村路，一边是黑乎乎的大山，天上的星星闪呀闪，地上的路灯也亮闪闪。

回到家跟先生说，好多人都没忘了家乡呢。先生说，那条通往村外的水泥路，也是现在在诸城工作的一个人，看到家乡的路太难走，为了村民能顺利出行，把樱桃和栗子卖出去，自己出钱出力，号召大家一起修的。我一下子想起，当年第一次来婆婆家，那山路颠簸得我浑身都散了架，吐得昏天黑地，曾发誓若不修路，就再也不来了。路是什么时候修好的我忘了，只记得自那以后有好些年头不晕车了。

第二天我们贴完春联，孩子叔叔拿起剩下的春联出了门，说要到某某家去贴。某某是村里的老人，年龄大，家境不太好，孩子叔叔每年都会买了春联去给他家贴上。春联虽然不值钱，但是难得的是年年都去贴。我同孩子跟了去，一进门老人乐得颠颠地迎出来。孩子叔叔把门上陈年的对联撕下来，大门上、屋门口、养牲口的圈、门外的树上，都贴上了春联。我说贴这么多干吗，他说贴上喜庆。院门外的小树上贴的是“出门见喜”，土黄色的山坡，寒风中裸露的枯黄枝干，因为贴了“出门见喜”这张红纸条，变得格外不一样。一路上絮絮地听孩子叔叔说，某某为村里干什么了，某某某又为村里做什么了，他们都是从村里走出去在外面打拼的人。

我们在村里转了转，很多人家的牛羊拴在门外，只是拴了个扣防止它们跑掉。院墙都很矮，即便是一个小孩也能从路上清清楚楚地看到院子里的人在干什么，矮到只是一个摆设。婆婆家自我那年第一次来就知道，院门都是虚掩着，夜里房门也不锁，这样的情景仿佛传说中才有，却真实地存在着，淳朴的民风绵延了许多年。

又绕到那棵老朴树下，它那么沧桑，见证了那么多的悲欢离合，看到子孙后代们在这里繁衍生息和睦相处，更看到走出去的孩子们回来为家乡做的那些事。先生说，你看我们过得也不是很好，不然真应该为家乡做点事。

我说我们做力所能及的事。山村虽然贫穷落后，有那么多需要发展的地方，但是村里每一个在外面的游子都能不忘自己的家乡，都能为家乡尽绵薄之力，这是你们村的福气；村子里的人都能互相帮衬，能做到家家户户夜不闭户，先人留下的淳朴民风，多珍贵呀。

风吹过来，朴树上祈福的红丝带飘呀飘，朴树下的这片山水是家乡。我相信，朴树下的这个小山村一定会有更好的明天。

红叶总关情

在深秋，在小城，最热闹的一件事就是赏红叶，红叶绚烂了远山，远山映红了天空。红叶在远方呼唤着，让人不由自主地迈开脚步去亲近它，朋友圈里晒得最多的也是周边景区的红叶。

记忆里赏红叶最著名的景点是香山，香山红叶似乎已成了红叶的代名词，一提起红叶，人们就把它同香山联系起来。多年前曾经和同学去香山赏过红叶，怎样地去，怎样地回，都已模糊，那时香山赏红叶的人还不是现在这般多，下午的山顶只有我们几个人，记得不坐缆车偏要爬上去的执拗，记得小虫子在耳边的嗡嗡声，记得和同学一起置身于漫山遍野的红叶中的惊叹。多年以后，翻检旧书籍，书页间赫然夹着一枚红枫叶，棱角分明的样子，颜色有些褐黄，不复当年的艳丽。小心翼翼地拿起来，叶片薄如蝉翼、吹弹欲破，迎着光可见其清晰的脉络，纯净透明，有淡淡的忧伤，仿若当初自己年轻的心。

小城周边的红叶与香山的红叶不同，香山的红叶记忆里是红枫叶，而小城周边的红叶大都是椭圆形的小叶子，很光滑，红得晶莹剔透，一枚一枚红彤彤的叶片挂满树身，是整棵树披了红装，微微的秋风中舒展着，是红色的云朵游荡在天心里。从嫩绿的小芽到碧绿的枝叶，再到一身的红装，大自然就是这么神奇。忽想起一句古诗：“曾记当年骑竹马，转身便是白头翁。”若是这身红装不凋零，一直就这样该多好。

霜降过后，原本碧绿的群山如同被颜料泼洒过，呈现出斑斓的色彩。深绿色、黄褐色、红彤彤的大红色，一天一个变化，一夜一个样儿，几天不见，红色就成了主流，那些深绿、黄褐都被淹没在红色里，陷入红色的海洋。天高云也淡，无论从哪个角度，每一张照片里，蔚蓝的天空都是这红色的底衬，这情景，也只有在秋天才能见得到。

那天去爬山赏红叶，之前曾听人说此山很陡，红叶极绚烂，心想能有多陡峭呢？附近的山都已被开发得很好，况且那些红叶在风里招摇，惦记上了就放不下。谁知果然难爬得很，直上直下的台阶，望不到尽头的前路。停下喘息的时候，远远见一人沿着山路健步如飞，迎面向我们而来，等到相遇，才发现是山里的农妇，黑红的脸庞，紫红的衣裳，我们都止不住地喘，她却面不改色心不跳，上上下下如履平地，在一树树红叶间穿梭，像一棵能奔跑的树，她手里拎着一个大编织袋，我好奇地扫了一眼，是满满的一袋垃圾。原来她是这景区的清洁工，把山路上各个垃圾箱的垃圾都收拢下来，顺便捡拾散落在路上、灌木丛中的垃圾。有人问她一天要在这景区来回清理几次，她说赏红叶的人多，垃圾也多，一天两次是正常的。我们都惊呆了，朋友曾说从上山到下山，一般要三个多小时，台阶那么陡，上山累得气喘吁吁，下山腿抖得直哆嗦。而她竟然要这样来回两次，不由油然而生敬意。

告别农妇，都有些沉寂。抬眼望，漫山遍野的红叶在蔚蓝的天空映衬下静默成一幅水墨画，“万花都落尽，一树红叶烧，谁怜惟薄力，添与江山饶”。这诗句，分明就是眼前，似乎转瞬间，这红叶美得更让人心醉了。

棉花的棉，花香的香

换季时节的北方，总要把厚的棉被收起来，再拿出薄被子，等薄被子盖着热了，再换上毛巾被，如此几番地倒腾。在厚被子收起来之前，不可缺少的一道手续就是拆洗被子，要洗的不仅是被罩，还有被里被面儿，把一针一线缝好的被子拆开，被里被面洗了，阳光下晒了，再一针一线地缝起来，套好被罩，来年冬天天冷了盖。

一直记得冬天来临，阳光下晒好的干干净净的被子带着太阳的味道，寒冷的冬夜里钻进去，那种温暖的感觉就是幸福的感觉。

纯棉花的棉被是有香味的。那种香味淡淡的、甜甜的、暖暖的，寒冷的冬夜里，人人都会爱上它。在这个到处溢满花香的初夏周末，我把脸伏在棉被上，深吸一口气，那种纯棉花的香依然在。

然后转身拿起剪刀开始拆被子。

棉被很厚，是前年小姨用新收的棉花做的，刚做起来的时候更厚，几乎叠不起来，只好卷起来。小姨以前不种棉花，我们这里不是棉花种植区，很少有人种棉花。那一年，表弟要结婚，小姨嫌外地来卖的棉花不纯，就在表弟结婚的前一年开始种棉花，除草、浇水、捉虫，棉花在期盼里开花，微微泛黄的白花朵开在枝干上，是小云朵游荡在天心里，像白色的桃子挂在桃树上。那一年收的棉花小姨给表弟结婚做了棉被。第二年小姨又种了棉花，我知道这事的时候曾说，种棉花那么累，小姨年纪大了，在家玩玩多好。谁知到了初冬，小姨就给我们打电话，让我们去拿被子，小姨用新收的棉花给每个外甥做了一床纯棉花的被子，那样厚的被子，塞在车后座上几乎挡了后面的视线。那种暖，在寒冷的冬天让人深切地感受到。

那天一个南方的朋友在微信里问我在做什么，我说在家缝被子。她说她家被子多得盖不过来，给我寄床被子来。在南方，大抵是盖不着这样的厚被子，盖蚕丝被的她不能想象用手缝被子是怎样的情景。南方的小薄被子怎么能抵挡北方的寒冷，南方人又怎么能体会纯棉花被子的香甜和温暖呢？

棉花这种北方作物，在寒冷的冬季想到它心里就暖暖的。我家孩子小时候所有的棉袄棉裤都是我妈亲手做的，小孩子动不动就尿了棉裤，一天几条棉裤来回换。妈常常晚上拆洗了棉裤，放在暖气上，清晨早早起来，戴着老花镜一针一线地缝好，等外孙醒了，棉裤早已经做好。那些小棉袄小棉裤，带着乳香和棉花的香气，在时光里温暖着过往的岁月。

我的一个同事，婆婆家有个好大的院子，初夏时节，她把棉被运到婆婆家，在婆婆家拆洗了，院子里拉上几排绳子，初夏明丽的阳光下，白的被里花的被面整整齐齐晾晒在绳子上，几棵月季已经灿烂盛开，空气里弥漫着花香，几只鸡咕咕咕咕地叫，阳光里能看到袅袅上升的水汽。同事不会做被子，每次都是她洗好了婆婆一针一线地给她缝起来，她再运回自己的家。曾经我们多么羡慕她有个勤劳能干的婆婆，如今她婆婆已经去世多年，每年换季的时候，她心里都会想起过去的时光，想起那个勤劳能干的老人吧。

棉花的棉，花香的香，棉花的温暖里因为有了亲情的浸润，不只温暖寒冷的冬季，更温暖了岁月。

一树樱桃带雨红

年少轻狂的时候，曾经跟一位老师学画画，那时候天总是很蓝，日子总过得太慢，在画室里涂涂抹抹，一抬头半天的时光过去了。教我们画画的老师喜欢让我们画樱桃，几颗琉璃红樱桃摆放在洁净的瓷盘里，樱桃如美女的小口，红红的仿佛要滴出水来，盘是半透明花瓣状的白瓷盘，红的娇艳白的胜雪，极具惊艳的感觉。当时自己努力地画，想把静物的美表现出来，却始终画不出自己想象的那么好。老师过来指点：你看看别人是怎么画的呀。倔强地垂着眼帘，心说不看，偏不看。老师看看我又看看窗外的远方，轻轻摇摇头，能对一个敏感而倔强的女孩说什么呢？很多事都是要自己悟的。

如今已经搁笔多年，老师的模样也已模糊，但那间画室里的情景却宛若眼前，那几粒樱桃也一直在心里鲜红着。冯延巳诗中说:“绿葱葱，几颗樱桃叶底红。”远看近看，都是一幅好看的画儿，也难怪教我们画画的老师会让我们画樱桃。

闲暇的时候最爱逛菜市场，如织的人流，嘈杂的人声，这才是最具烟火气的地方。见一小贩推了小车，车上满满的两篮子樱桃，红红的，晶莹剔透，在一片碧绿的菜蔬中夺人的眼。仿佛给我一个意外惊喜，我一下子怔住：我还没有做好心理准备，樱桃竟然上市了！凝神想了一下，初夏时节，正是樱桃成熟的时候，自己整天忙忙碌碌心绪繁多，对季节变化大不如以前敏感。以前对花开叶绿、草长莺飞都多么在意多么欣喜呀。

真是“流光容易把人抛，红了樱桃，绿了芭蕉”。暗合了某人此刻的心境，时光里一切都渐行渐远，变得模糊，而樱桃依旧不辜负春光，芭蕉依然绿意盎然，很多人对四季的感知变得迟钝，树木才是大自然的使者，点滴的变化它们都能感觉到，毫不保留地展示出来。

眼前浮现出樱桃开花的样子，漫山遍野的樱桃树，一树树粉色或白色的花朵，远远地望，是花的海洋，樱桃花的香，十里八里都能闻得到，甜丝丝的，让人留恋却不腻烦，香得恰恰好，那是先生的家乡。第一次去，正是樱桃花盛开的时节，那是我第一次见到盛开的樱桃花，对那盛况颇为震惊和感慨，一惊一乍地感叹，引得地里劳作的人侧目微笑。日里无事，便在樱桃树林里玩耍，樱桃花五瓣的小花朵，鹅黄的花蕊，娇俏俏的小模样，每根枝条都开成一根花串，天气不冷不热，空气甜滋滋的，漾着一种说不清道不明的懒洋洋味道，一切都刚刚好，一年里最美好的季节。

很快呀，快得好像不过才几天，樱桃就熟了，红的果掩映在绿叶中晃你的眼。天空飘了小雨，一树樱桃带雨红，雨水洗刷了尘埃，透明的雨滴挂在红樱桃上将落未落，颤巍巍的，让人不敢触碰。曾看到一句话：人可以像植物一样简单地生活，内心从容而身体舒展。这样的从容和舒展是多少人一生的向往。

樱桃的营养价值极高，能温中益气，养颜补血。掂起几颗樱桃放在嘴里，唇齿留香，心旷神怡。卖樱桃的小贩也可爱，夸自己的樱桃好，极其自信任你品尝，这么好的樱桃，谁能只尝不买呢？况且看着也赏心悦目。“日长睡起无情思，闲看儿童捉柳花”之时，洗上一盘樱桃，目光闲闲地，任是哪一种烦恼，都在此刻淡了。

醉春烟的柳

春天来得匆匆忙忙，几场暖风吹过，虽然依旧红绿皆瘦，但已让人忍不住就要把厚厚的冬衣脱掉。不过是几天的事儿，满街上都是着了裙装的女子，仿佛等不及天气转暖，就要摇曳出一个春天来。街头巷尾随处可见提了草莓的小贩，红红的草莓，绿绿的叶衬托着，让我心神不宁。

乍暖还寒的一天，儿子要求自己骑自行车上学。斑斓的小童车，儿子骑得炉火纯青，看他摇头摆尾地卖弄车技，风一般从身边掠过，忍不住就微笑，正是无知无畏的年纪，像春天刚起头儿，还有大好的时光在身后。

只是不能放心让他自己走，只得找出许久不骑的自行车，在后面骑着跟着，沿途听他絮絮叨叨，或者是不说话，各人想自己的心事。

是无意中的一个转头，一团淡淡的鹅黄绿映入眼帘。随之一阵怦然心动的惊喜：柳树已然发芽了！及至近前仔细凝望，那团绿雾却消失了，只有手中的枝条隐隐地透着绿，毛茸茸的小芽悄悄地探出头来，柳树的枝条在春风里柔柔地舞动，像腰肢袅娜的美人。草色遥看近却无，柳树的绿也是这样的呀。

所谓草木知春，大概就体现在这率先的绿意上。柳树，这丝丝绕春柔的树里美人，轻歌曼舞中舒展着，炫耀着，展示将来未来的春天。

“草长莺飞二月天，拂堤杨柳醉春烟。”我觉得诗意的美就在于一个“醉”字，是“陶醉”的“醉”呵！千万条在春风里柔软了腰身的枝条，带了浓浓的绿意，柔柔地轻拂着湖堤，就像妙龄少女踏歌起舞的水袖，任谁见了也要醉上几分。

一切都刚刚好。四季里最优雅最高傲的时节，我总是想象一个袅娜的素妆女子，婷婷然托着陶罐，到河边汲水，腰是水边初发的杨柳枝儿，她直起腰身来歇息的时候，远处的山上会传来嘹亮的歌声。

记得张爱玲说，出名要趁早啊，美丽呢，也是要趁早的。她的天才梦里，除了出名就是要快快长大，好穿高跟鞋，涂鲜艳的口红。在我看来，努力也是要趁早，趁着刚刚好的春天。

将柳树指给儿子看，他只瞟了一眼，就转头向别处，再说的时候，就有些不耐烦，大意是：你都说过好多次了。我自是不能强求他与我有同样的感触，他有自己的内心世界，他的世界里到处是新鲜的东西，柳树只占一个小小的空间，怎么可能同我一样只注意柳树呢。柳芽一天一个样儿，每天早晨看到的柳树都同昨天的不同，从鹅黄到浅绿再到碧绿，从小芽到柳叶眉，世界就是如此神奇。阳光下有一种恍惚的感觉，这片刻的触动，让我神思恍然，我比自己想象的更容易感动一些。

贺知章诗里说：“碧玉妆成一树高，万条垂下绿丝绦。不知细叶谁裁出，二月春风似剪刀。”春风刮过，大地一天一个样儿，柳树也一天一个样儿。一天天，我同儿子骑着车。一天天，看柳树从枯树枝变成毛茸茸的绿，再到柳絮，这种弥漫在空气中，随意舞动的小精灵漫天飞扬，一点点变成腰肢袅娜的树里美人，再到一个绿意盎然的世界。

|第四辑|

忘忧石榴深浅红

岁月如歌，且来几片姜

有一年，生姜特别贵，朋友带了油焖姜芽给我们吃，大家惊呼："你的礼物好贵重呀！"确实是，生姜贵得离谱，还要有许多精巧的心思在里面：嫩嫩的姜芽细细地洗了，晾干、盐浸过，酱油醋熬开了，喷香的花生油热锅里滚过，放瓶子里盖好盖，浸个两三天，姜芽原本就不是很辣，腌过之后，辣味更轻。打开，一顿饭不用吃别的菜，只喷香的姜芽就够了。

生姜都贵到"姜你军"的地步了，这一坛子油焖姜芽，贵重得让大家不敢甩开膀子吃。朋友说自己家种了姜，这才都长出一口气。朋友的父亲是个很有头脑的人，之前的一年，生姜卖不出去，便宜到几乎白送的地步，许多人唉声叹气，后悔种了姜，人工和肥料的钱都没挣回来，不是赔钱是什么。第二年很多人决定不种生姜改种别的，蔚蓝的天空下，别的村民在忙着种玉米、花生、大豆，朋友的父亲思量了半天，决定赌一把。他家的地里依然种着姜，村里人看到他家地里的姜就笑话他："打算继续再赔钱吗？"朋友的父亲就笑："总得有人种姜吧，不然吃什么呀？"姜一天天长高，细长的枝干上叶片片片向上，在叶尖凝成一点，如一把把绿色的剑指向天空。施肥、浇水、除草，没有丝毫的懈怠。植物也是通人性的吧，你把一片赤诚给予它，它就回报你累累果实。

朋友的家是盛产生姜的地区，那里的土壤和水质都适合姜的生长。周围的人种生姜的越少，朋友的父亲就对生姜的价格越有信心。收获季节到了，生姜连着枝干被挖出来，翠绿的枝干捆在一起，土黄色的生姜也挤挤挨挨地在一起，一堆一堆比成人巴掌还要大的生姜，夹带着新鲜泥土的气息，给人以新生儿般的喜悦。果然，新姜一上市，比往年的价格高许多，因为种植少产量低，导致价格一路走高，朋友的父亲赚了个锅满钵满，不仅补回前一年的损失，还赚了不少钱。

这生姜，真是几家欢喜几家愁。第二年，在大家都看到之前生姜价格奇高，开始一窝蜂地种植生姜的时候，朋友的父亲适当减少了生姜的种植，事实证明，朋友的父亲是个有头脑的人。

那天我到早市去，卖新鲜姜芽的小贩隔一段距离就有一个，价格不贵，经过几番起起落落，生姜的价格终于回到正常轨道上来。那些小姜芽，白白胖胖的，小孩子的拇指大小，嫩嫩的，手指一掐能出水儿，正是做油焖姜芽的好时候。卖姜的大爷，秤尾巴翘得老高，说自己地里种的，尽管吃好了。看我不像是会做饭的样儿，又一板一眼儿地教给我生姜怎么用，姜芽怎么做才好吃，告诉我吃姜一定要早上吃，不能晚上吃。“早上吃姜，胜过参汤，晚上吃姜，赛过砒霜。”我边笑边答应，既然有陌生人愿意这么热心地指点你，我也乐得听大爷说道说道。

生姜辛辣的味道使它不仅仅是一种调味品，更是一味药材。

东汉名医张仲景的处方中最善于用姜，主要用其解表发汗、降逆止呕、温中祛寒。张仲景的《金匮要略》中有一首方剂名叫“当归生姜羊肉汤”，是治血虚有寒的名方。明朝《奇效良方》中也说：“一斤生姜半斤枣，二两白盐三两草（甘草），丁香沉香各半两，四两茴香一处捣，蒸也好，煮也好，修合此药胜似宝，每天清晨饮一杯，一世容颜长不老。”一世容颜长不老，多少人梦寐以求的事呀。岁月如歌，我且把它当真，即便不能每天来这么一杯，薄薄的生姜片就每天吃几片吧，把那辛辣含在嘴里，一直含到辣味变淡，淡到若有若无，那都是岁月的味道。

花椒香得如此深情

春天的时候去乡下游玩，春光明媚春花灿烂，草儿绿地毯般铺展。山坡上发现两棵花椒树，刚刚绽了嫩绿的新芽，花椒的刺也嫩嫩的，随手掐一片叶子，花椒温辛浓郁的香味儿随之而来。花椒树总是那么容易就被认出来，每次去乡下，很多树如果上面不挂着果子，我就傻傻地认不出是什么树。可是花椒树不，随手揪一片叶子，只闻味儿就知道是不是花椒树，况且还有那些尖尖的刺，花椒总是这么鲜明地让自己与众不同。

掐两把小嫩芽，装在袋子里带回来，清水里洗了，菜刀细细地剁碎，打个鸡蛋放点面撒上点盐，平底锅里放上油，摊个小菜饼，鸡蛋的香混合着花椒叶独特的味儿，味道无比鲜美。这种做法只在花椒刚发芽的时候才好吃，花椒叶子长大变老口感就差许多。这是我独创，因为爱极花椒的香气，花椒叶也不能放弃。

花椒才是正主儿。花椒独特的香味儿，被用作调味品，从南北朝时期开始，《齐民要术》里就有关于花椒在烹调中使用的诸多记录，至今，它是寻常人家最大众的调味品，热锅烹油，撒上一把花椒，一股浓香扑面而来，百姓人家的日子就是这么活色生香，经过花椒浓香浸染的菜，味道自是差不到哪里。

春天花椒绽开白色的小花瓣，很快就结出青青的小果子，一簇一簇繁星样，秋天到来，花椒到了成熟期，青色的小果子变成紫红色，散发出浓郁的香气，一簇一簇的花椒，是花椒树数不清的孩子，世人都爱多子多福，也就爱极了花椒的寓意。采摘花椒是项技术活儿，花椒尖尖的刺不小心就会刺到手上，蓝天高远秋阳烈烈，紫红色的花椒给花椒树披了盛装，也让人多了向往。

旷野里那些“嗡嗡”飞着的小虫子，遇到花椒树都绕着飞。花椒的香实在是非同一般。诗里说：“调浆美著骚经上，涂壁香凝汉殿中。”花椒的调味历史很久远，久远到《离骚》中已有记载。汉朝花椒和泥涂到宫殿的墙上，香气凝结在宫殿里，宫殿中的美人都增了色，椒房殿由此而来。西汉时期都城长安的皇后居住的正殿，用花椒和泥抹过的墙呈粉色，花椒芳香的味道保护木质结构的宫殿防止虫蛀。花椒多子，住在椒房殿中的女子必定多子多福。椒房殿见证了陈阿娇、卫子夫、李夫人、窦漪房、赵婕妤这些艳满天下的女子的恩怨情仇。她们的故事衍生出“椒房”“椒殿”“椒兰院”等多种词语，椒房成为历代妃嫔魂牵梦萦的地方，多少富贵春宵，在花椒的温辛香气中流逝。“椒房之宠”“椒房之喜”多喜庆多让人向往。

白居易《长恨歌》吟叹：“西宫南内多秋草，落叶满阶红不扫。梨园弟子白发新，椒房阿监青娥老。”红颜已老，等的那个人儿却不见踪影，是椒房又怎样呢，徒留一声叹息。

蔚蓝的天空下，花椒自远古洪荒走来，香气一直馥郁着，古人对花椒的爱才是真爱，一句“视尔如荍，贻我握椒”美丽了整个时光。凝霜雪的皓腕轻轻一扬，纤纤十指里握着一把椒兰，那些缱绻深情，都随椒兰赠予你，愿君永不负，此身永相随。

花椒就是香得如此深情。

苦瓜的苦

苦瓜是种名副其实的瓜。

有很多瓜，你不知道它们为什么叫这个名字，比如南瓜，难道只生长在南方？比如西瓜，同西边没有半毛钱关系；比如冬瓜，不仅仅是跟冬天沾边，春夏秋冬都有。可是人们就是那么叫，名字起得莫名其妙，还叫得那么响亮，叫得地球人都知道。

当人们质疑这些瓜的名字时，苦瓜笑了，笑得很灿烂。还有比苦瓜更表里如一的瓜吗？苦瓜，当然是味道很苦，苦到你尝一口就忍不住跳脚吐舌头，苦到你佩服给苦瓜起名字的人。

有人搭了一个架，让三种瓜一起爬，苦瓜的心性儿随和，苦瓜的小藤蔓在南瓜硕大的叶子间徘徊，终于找到个地儿施展腰身了，刚要喘口气，一回身看到丝瓜懒洋洋的样子，好吧好吧，你在这里歇着吧，我继续往前，于是苦瓜的瓜秧就爬到了最前面。苦瓜的小黄花比丝瓜、南瓜的黄花都小，弱不禁风的小模样儿，像林黛玉，模样儿像性情却不像，苦瓜的生命力顽强着呢。

苦瓜长得也不好看，疙里疙瘩的，传说为三宝太监郑和下西洋从南洋群岛移植过来，苦瓜的滋补作用却是显而易见的，可清火明目、缓解劳乏、开胃进食、润脾壮阳。客家人有吃染苦瓜的习惯（用糯米和鱿鱼末混合塞进去籽的苦瓜里）。民间谚语里说："人讲苦瓜苦，我说苦瓜甜，甘苦任君择，不苦哪有甜。"瓜不可貌相，外表不好看不代表心里丑。

中国古代吃苦瓜最有名的，当然是明末清初的画家石涛。石涛本姓朱，明朝皇族后裔，命运同苦瓜一样苦。十五岁时明朝灭亡，父亲被明唐王所杀。他辗转逃到广西全州，在湘山寺出家。一生颠沛流离，晚年定居扬州。他自号苦瓜和尚，餐餐不离苦瓜。甚至把苦瓜供奉案头朝拜。他对苦瓜的感情，不如说是他的经历、心境使然。

国破家亡，苦瓜和尚石涛曾两次跪迎康熙皇帝，还与不少清室皇族过从甚密，他内心的苦痛矛盾，岂是一枚小小的苦瓜能够缓解的。苦瓜和尚的作品中总有一缕苦涩的韵味，与苦瓜的滋味颇有相通之意，苦瓜与苦瓜的画、与苦瓜的人，一同“苦”出了神韵，后代一大批画家都被他影响。

苦瓜味苦，夏秋之间皆可吃到苦瓜，清代王孟英的《随息居饮食谱》说：“苦瓜清则苦寒，涤热，明目、清心。可酱可腌。中寒者（寒底）勿食用。熟则色赤，味甘性平，养血滋肝，润脾补肾。”是说瓜熟色赤，苦味减，寒性降低。赤色的苦瓜我至今没见过，大概都等不到老成赤色人们就摘了吧。苦瓜在颜色尚青没熟透的时候才好吃，清热解暑功效更佳。苦瓜切片，晒干储存，就是治疗暑天感冒的苦瓜干。

诗里说：“不是寻常品，含章气自高。”苦瓜确实是苦到一定境界了。

像喜欢大葱那样喜欢你

对吃货来说，大葱，当然就是用来吃的。葱油饼、煎饼卷大葱、大葱蘸酱，这是最大众的吃法。薄薄的葱油饼，油汪汪迎光可见亮儿，一层一层能揭开，每一层都有花椒面儿和碎碎的葱叶儿，花椒的香混杂着大葱的香，被揉进面饼里，最外面是星星点点的黑芝麻，炉子上烙出来，只香气就能折服你，何况那脆脆的口感。好的葱油饼，越薄，层数越多，则越见其功底。煎饼卷大葱，更是来得干脆利落，葱的香，果真是不一般的香。

还有比山东章丘的大葱更有名的葱吗？每年秋末冬初，妹妹由淄博去济南经过章丘，必定要带回几捆章丘大葱，每家一捆，不要都不行，冬天来临买上捆章丘大葱越冬，这是迎接冬天来临的仪式，别的地方当然也出产大葱，但是章丘的葱更正宗更有味道。即便是自己不能去，也要让朋友捎回几捆。车的后备厢全是葱，一车的葱味儿伴着，想想也是醉了，这得有多热爱才能这样呀。那一年我们途经章丘，专门到葱地里去买葱，放眼一望，几朵白云在蓝天上游荡，一眼望不到边的大葱在地里葱茏，刚刚拔出的大葱带着新鲜的泥土和大葱独有的味道，葱叶翠绿葱白耀眼，天地在目光所及之处相接，是天蓝色和葱绿色的融合。站在地边儿上，人在葱面前显得如此渺小。

章丘大葱还可以作为国礼相送。1949 年 12 月 21 日，是斯大林 70 岁生日。为了给斯大林选寿礼，12 月 1 日，毛泽东亲自起草给中共山东分局的电报，明确要求："斯大林同志今年十二月廿一日七十大寿，中央决定送山东出产的大黄芽白菜、大萝卜、大葱、大梨子作寿礼。"每样 5000 斤共 2 万斤，由中央派飞机到济南接运，并要求"注意选择最好的"。人们眼里不起眼的大葱，就这么作为国礼骄傲地出了国门。

大葱有翠绿的叶子，雪白的葱秆儿。一棵大葱靠墙站着，活脱脱豆蔻年华的小姑娘，身姿袅娜。一群大葱立在那里，依然苗条，怎么着都是细长，任你如何减肥也比不过它。

大葱除满足一个吃货对吃的追求，还能满足人们对美女的想象。作为一个有些矫情的文字爱好者，喜欢大葱，不只是因为大葱的好滋味，还因为文人墨客对大葱的比喻，在诗词里，大葱的葱白被用来比喻女子的手指，《孔雀东南飞》里"指如削葱根，口如含朱丹"。欧阳修的《玉楼春》的里有"春葱指甲轻拢捻，五彩条垂双袖卷"。宋代黄大临诗里有"为经十指如葱手"。那样的情景，想想就美艳得很，女子葱白一样的手指，给人多少想象啊。

葱白一样的手指对女子来说，其重要性不亚于一张漂亮的脸。而有着葱白一样手指的女子，该有多幸运，是上天的垂青。如果一个人喜欢大葱，喜欢所有放大葱的食物和菜蔬，喜欢有着葱白一样手指的你，像喜欢大葱那样喜欢你，看见大葱就想起你，是多么幸运的事，也算是念念不忘了。

芫荽　芫荽

吴伯箫的《菜园小记》写得非常美。“夏天，晚上，菜地浇完了，三五个同志趁着皎洁的月光，坐在畦头泉边，吸吸烟；或者不吸烟，谈谈话；谈生活，谈社会和自然的改造，一边人声咯咯啰啰，一边在谈话间歇的时候听菜畦里昆虫的鸣声；蒜在抽薹，白菜在卷心，芫荽在散发脉脉的香气：一切都使人感到一种真正的田园乐趣。”在这篇课文里，我知道了“芫荽”这两个字。“芫荽在散发着脉脉的香气”是怎样的香气？小时候的我想象了无数次。

小时候妈妈似乎不喜欢芫荽，我家做菜从不用芫荽，更不要说买芫荽。

等到我自己成家逛菜市场买菜，才知道芫荽实在是一种太普通的菜，便宜到买完菜以后，摊主一般都要搭上棵芫荽顺手塞到盛菜的袋子里。芫荽又大又好，枝繁叶茂，一塞进盛菜的袋子里，袋子马上就鼓鼓囊囊，被撑得一片碧绿。我每次都摆手：“不要不要。”卖菜人以为我跟他客气，不由分说把袋子递给我，说：“不要钱。”我当然知道不要钱，可是不要钱也不能硬送吧。回家放冰箱里，放着放着叶子黄了，结局只有一个。

有一次又被塞进袋子里一棵大芫荽，我装作漫不经心的样子，问卖菜的人：“你们都怎么吃芫荽呀？”卖菜的摊主根本没注意到我内心的虚弱，一个连芫荽都不知道怎么吃的人，能算一个合格的主妇吗？细细地给我讲了，回家按照卖菜人的方法做了菜，似乎不太好吃，芫荽有股子独特的味儿，不太吸引人。

曾经有一次，跟同学一起吃饭，一大盘炒土豆丝端上来，土豆丝当然是我喜欢的，土豆丝里掺了一截一截碧绿的芫荽，我有点傻眼，土豆丝不都是加上个小红辣椒爆炒？炒得有微微的辣才好吃？这家大厨加上这么多芫荽，看来是超级爱芫荽。同学把他那一面的土豆丝和芫荽都吃了，我把我这一面的土豆丝也吃了，寸把长的芫荽凌乱地剩在盘子里。同学是个有涵养的人，我分明看到他眼里的无奈，却一句话都没说。我心里那个乐，喜欢吃芫荽和不喜欢吃芫荽就是有这么大的区别。

后来父亲做了羊汤，羊肉慢火炖得烂熟，快熟的时候加上芫荽末和小香葱末，再咕嘟咕嘟地煮一番，一层的芫荽末和香葱末飘在汤碗里，汤碗上面都是绿的，要拂开这层绿才能见到下面的羊肉。吃的时候无论你怎么小心，都会吃到芫荽末儿，我原本不吃羊肉也不吃芫荽，可是父亲一个劲地让我尝尝。吃完一回味，羊肉和芫荽在一起竟然这么香这么好吃！喜欢也不过是一瞬间的事儿，难道我以前见过的都是假芫荽吗？为此我专门想了半天，终于明白那些芫荽都是菜快出锅的时候才加上的，比如炒土豆丝，炉火都关了，大厨撒一把芫荽，盛在盘子里芫荽仍然翠绿新鲜，没经过炉火锤炼的样子。可是煮过的芫荽，热锅里脱胎换骨，没有了生涩的味道，有了岁月的醇厚甘甜。

慢慢接受了芫荽的味道，才发觉芫荽的香，真是香得独特，是吴伯箫笔下“散发着脉脉香气的香”。

就像一直不喜欢一个人，烦了那么多年，忽然有一天发现，原来那个人也是有优点的呀。虽然错过了那么多时光，但是总比永远都发现不了好得多，毕竟还有漫长的岁月在后面，还有岁月可回头。《本草》有载：胡荽，辛温香窜，内通心脾，外达四肢，能辟一切不正之气。芫荽的好，真是好得不得了。小的时候，老人们都是“芫荽芫荽”地叫，吴伯箫的文中，也是“芫荽”。芫荽，无论是音还是意，都含着一种古意，让人遐思无限。

反倒是“香菜”这个词，让人觉得平铺直叙没有想象，好像一个清高的神仙般的女子，被人叫了一个俗气的名字。对了，芫荽就是我们平时说的香菜。

忘忧石榴深浅红

却是石榴知立夏，年年此日一花开。初夏时节，石榴开花了，火红的石榴花缀满枝头，在碧绿的叶片间红得像燃烧的火，一树火红就足以让你慢下脚步。那年去石榴园中赏花，树树火红，被耀得睁不开眼，挪不动脚。是陆游诗里说的“忘忧石榴深浅红，草花红紫亦成丛”。眼前是一树红，远望是一片红，石榴树的绿叶都被红花比下去可以忽略不计。石榴枝上花千朵，荷叶杯中酒十分，在此时，适合用荷叶杯盛满酒，对着树树的绚烂醉一回，从此不知今夕何夕。蓝天和火红相接在天尽头，不相干的两种颜色融在一起却没有违和感。它怎么可以开得这么红，这么娇艳，没有第二种颜色，没有任何杂色，只是红，红得像火。皱褶的小花瓣，轻盈薄俏，分明是美人穿的薄纱。那些早开的石榴花，下面已经结了小葫芦样的果，但是花瓣还在，还红着呢。

那年翼同学还很小，只有四个月大，不会说话不会拿东西，院子里的石榴树开花了，树很小只开了几朵花，我抱着他在院子里玩儿，走到石榴树前，他忽然“咯咯”地笑出声来，伸长胳膊指着石榴树，我抱着他凑到树跟前，他伸出手一下握住一朵石榴花，我惊奇地看着他，不敢相信自己的眼睛，可是那只粉嫩的小手分明正抓着那朵火红的花。这是翼同学平生第一次自己做主拿东西，抓住了一朵红石榴花。

过后我想，那么多绿叶子，他为什么不抓叶子只握住了那朵花？别的几朵花也开了，他为什么只抓这朵开得最好看的不握别的呢？这个谜底也许永远都解不开。看来都是石榴花的错，只因为它开得太美太温柔。不是说了嘛，谁言春去花事歇，萱草石榴情更多。

李唐时代，由于武则天的极力推崇，人们对石榴的热爱到了鼎盛时期，一度出现石榴“非十金不可得”和“榴花遍近郊”的盛况。温庭筠诗里说：“海榴开似火，花宜插鬓红”，选那开得灿烂的石榴花插在鬓角，红艳艳的石榴花衬着绯红的脸蛋儿，必定是不一般的美艳。

美人的红裙子石榴花那样火红，杜安世诗里说：“石榴美艳，一撮红绡比。”把石榴花的美艳同美人做衣服的红绡比，美人穿着石榴花样火红的红裙子，更添无穷颜色。

唐寅在《梅妃嗅香》中写道：“梅花香满石榴裙”，石榴红是年轻女子喜爱的颜色。古代妇女着裙，多喜欢石榴红色，染红裙的颜料就是从石榴花中提取的，因此人们把红裙称为石榴裙，石榴裙成了古代年轻女子的代称，梁元帝的那句“芙蓉为带石榴裙”，从此有了石榴裙的典故，石榴裙被用来借指美人，人们形容男子被女子的美丽折服，就称其“拜倒在石榴裙下”。

石榴的榴，原作“留”，被人赋予“留”之意，“折柳赠别”和“送榴传谊”，都是依依惜别之情。石榴籽儿晶莹剔透，红中泛着白，甜的可口，酸的迷人。掰开一个石榴，先咕噜噜滚出一串石榴籽儿，拿起来看，这个石榴籽儿同别的石榴籽儿似乎没有什么分别，分明是一母所生的多胞胎。千百年来，人们认为多子才多福，而石榴就象征着多子多福，不然结婚的时候为什么要摆上石榴呢，多少美好的期盼在里面。

中秋之夜，家家户户把石榴和月饼供在桌子上，亮汪汪的月亮升起来，银辉洒落大地，洒在石榴树上，洒在院子里，洒在团团圆圆的一家人身上。

韭菜美成一道风景

韭菜是让人又爱又恨的。

爱的人老远就能闻到韭菜的香，不爱的人沾一点点边儿都不行，爱也好恨也罢，关韭菜什么事呢。如同“情人眼里出西施”这句话，多丑的女子在对眼的男子眼里都是美女，都要追求了来娶回家当宝贝；多俊的女子在负心的男子眼里，也会沦落为草芥。

况且还可以由不喜欢转为喜欢。比如我，年少的时候有多么讨厌韭菜渐老的途中就有多喜欢韭菜。不知是哪年哪月的哪一天，一下子就不讨厌它了，态度来了个 180°大转弯，如同那些青春期的少年，在逆反的途中折磨得父母死去活来，可是忽然有一天，一觉醒来仿佛变了个人，一下子勤快懂事彬彬有礼爱学习，做父母的擦擦眼睛，再擦擦眼睛，没错儿，就是自家的那个臭小子，昨日的叛逆还历历在目，今天已经成了父母的好孩子了。转变来得太突然，做父母的在惊愕之余，眼角有些湿润。

于是在某一天，一下子觉得韭菜的香是那么香，香得让人垂涎欲滴，尤其是单位食堂的韭菜馅儿大包子。我们单位的食堂，隔一个星期就会在周四那天蒸大包子，那一天只吃各种馅儿的大包子，我一气儿拿上两只韭菜馅儿的大包子，对别的馅儿看也不看一眼，这在以前绝无可能，这得有多深的热爱，我都佩服我自己了。

春天里脆生生的韭菜破土而出，你从菜园子经过，老远就能闻到韭菜特殊的香味儿，韭菜就是香得这么任性大气、不管不顾。春天的韭菜又香又美，嫩嫩的娇羞样儿，很诗意。韭菜是我国土生土长的本土植物，俗称的土著是也。《诗经》里就有“献羔祭韭”的诗句，在漫长的历史长河中，韭菜因了诗人的青睐而长满了诗意。杜甫的《赠卫八处士》里有“夜雨剪春韭，新炊间黄粱。主称会面难，一举累十殇”的句子，而《红楼梦》中，曹雪芹更是写道：“一畦春韭绿，十里稻花香”，在无处不精致的大观园里，韭菜就那么施施然占了一席之地。

韭菜有顽强的生命力，割了又长长了又割，一茬儿茬儿地生长，每一茬儿有每一茬儿的味道，头茬儿韭菜最珍贵，俗称“头刀韭”，春天发芽后的第一次收割，当然味道也特别鲜美。韭菜长到夏天，就有些从云端落到尘埃里的意味，味道也相差较多，当然只有味觉纤细，对韭菜有灵敏嗅觉和感觉的人才能品尝出来，对那些狼吞虎咽的人来说，任何一茬儿韭菜的味道都一样、都好吃，这种热爱才是真爱。

韭菜还有升级版，那就是韭菜薹儿。夏天的韭菜，不可避免地老了，老到要开花结籽，于是就有了韭菜薹儿，韭菜薹儿直直地脆生生地从韭菜枝干中心脱颖而出，很快在顶部长出一个小花球，小花球一天天变大，韭菜开花了。此时，韭菜虽然老了，但是韭菜薹儿正是好时节，每天在上班的路上，就见几个结伴去菜园拔韭菜苔往回走的主妇，她们大清早去菜园，等到太阳升起，已经一人握着一小捆韭菜苔，主妇们喜欢亲自干，菜园主人乐得让她们亲自拔，省不少事儿呢，真是一举两得的好事儿。

其实，好吃的还有韭菜花，把韭菜花摘下来，用小磨细细地磨了撒上盐，就成了韭花儿，韭花儿既有韭菜的味道，更有花的芬芳，舀一勺放在小瓷碟子里，刚刚买的热热的豆腐切成小方块，韭花儿蘸豆腐，我们这里的一道乡间名菜，热气腾腾的夏日里，一盘韭花儿蘸豆腐，满足无数疲惫而饥渴的胃。从韭菜，到韭菜薹儿，到韭花儿，韭菜美成一道风景。

看似无花却有花　道是无情却有情

朋友自新疆出差回来，带来一袋子无花果干，一打开袋子，无花果干带着远道而来的风尘，裹挟着异地的干燥气息和特有的香甜味儿扑面而来。虽然其貌不扬，可是人不可貌相，物也不能貌相不是？

果真，无花果干是有内涵的东西。

晒干的新疆无花果比新鲜山楂还要大，撕开了看，里面如蜜里调油，闪着亮晶晶的光，尝一口，果真没辜负我对它的期望，一直甜到心底里，对我这种嗜甜如命的人来说，这袋子无花果干就是宝贝。仿佛看到有灿烂阳光的远方，大片绿意盎然的无花果树，树叶掩映下的无花果，小黄蜂“嗡嗡”地飞，漂亮的新疆姑娘挎着篮子在无花果树旁穿梭，每一片叶子的腋部，都有一枚无花果，只一会儿，就能摘一篮子，远处，小山样的无花果堆在那里，等着运去加工厂。

还有比这更让人向往的吗？想想就醉了。恨不得立刻跑了去大吃一顿，或者干脆就住在那里好了。新疆的气温，新疆的阳光，注定了那里的水果比别处的甜，人们经常说别人家的孩子好，可是我要说，新疆的瓜果就是好。

从此开启对无花果念念不忘的旅程，对一个吃货来说，最痛苦的事情莫过于想吃吃不到。从超市里买，从某宝上寻，似乎都没有朋友带来的好吃。

日子在对无花果的惦念中一天天过去，才下眉头却上心头，中了蛊一般。

直至春天的某一天，先生下班回来，竟然带回一棵无花果苗，小苗有巴掌那么高，只有四片叶子，满心欢喜地找一个最大的花盆把它种上，边种边想那么小什么时候能结果子呀。谁知过了几天，就在最下面叶片的腋部，发现了绿豆样的小果子，转天就明显见大，两片叶子同时长了两个无花果，太让人惊喜了。原来以为至少要种上两三年才能结果，没想到当年就结果子了。网上说无花果小苗当年就能大量结果子，这在果树中是十分少见的，是目前世界上结果最快的果树之一。无花果就是这么神奇。

无花果是种喜爱肥料的植物，一施肥果子就飞快地长，施肥不足，果子生长就迟缓了许多，确实有吃货品质。隔几天就施肥浇水，每天都去看看果子长什么样了，满满都是吃货对美食的期盼。

第一年，无花果成熟得比较晚，一直到九月还青着，也许是挪动延误了它的生长。转过年来，无花果早早就结了果子，八月底开始陆陆续续地颜色转深，一直到紫红色，泛着油亮的光。这就是成熟的果子。往上长一个叶片，就结一个果子，每一片叶片旁都长了一个果子，从最下面开始成熟，成熟一个摘一个，一直摘了好多天。每天都有新鲜的无花果吃，甜滋滋香喷喷，摘了好几次才想起要请买无花果的人尝尝，人家却连看都不看说自己不爱吃。这么多年来，只要是我喜欢吃的东西，他就一口也不吃。

其实，无花果是有花的，无花果不仅开花，而且花多得不计其数，只不过它们很小很小，躲藏在果皮里不容易看到，无花果的果实像个大肉球。如果把它掰开，再用放大镜观察，就可以看到里面有无数小凸起，它们就是躲藏起来的花朵。我们吃的无花果，并不是无花果的真正果实，而是它的花托膨大形成的肉球，无花果的花和果实都藏在那个肉球里面。

就像有些人的关爱，都藏在质朴的心意里。

夏日，唯有西瓜不可辜负

木心先生的诗里说：从前的日色变得慢，车、马、邮件都慢，一生只够爱一个人，从前的锁也好看，钥匙精美有样子，你锁了人家就懂了。从前的西瓜也不是放在冰箱里，而是浸在井水里。家家户户院子里都有一口井，地里摘来的西瓜，西瓜秧还翠绿着，带着热热的暑气，放在篮子里，用绳子吊着沿着井壁慢慢探下去，听到水“哗啦”一声，就知道篮子浸在水里了，过半天提出来，篮子里的水还在滴滴答答，西瓜已经被湿淋淋地抱进屋里，案板上一放，菜刀一举，上一半儿西瓜是砍开的，下一半儿西瓜自己就脆生生地裂开了。手起刀落，西瓜立刻成了小块，拿起来啃一口，甜甜的凉凉的，啃得腮帮子两边都是，沿着食道往下行，从里到外的舒坦，再热的天似乎也不热了。

炎炎夏日，怎么能少得了西瓜呢。

文天祥诗里说：“拔出金佩刀，斫破苍玉瓶。千点红樱桃，一团黄水晶。下咽顿除烟火气，入齿便作冰雪声。”寥寥几句，吃西瓜时的酣畅淋漓就生动地呈现在我们面前，真个叫痛快。南宋时期中原各地就已经有了西瓜，并且知道西瓜可以用来解暑，一直延续到现在，可见西瓜的好一直被认同。吃西瓜不能小口做淑女状，同周围“咔嚓咔嚓”啃西瓜的声音比起来，翘着兰花指慢慢地用樱桃小口吃西瓜，实在是矫情得很。宜放下架子，扑下身子，同群众打成一片，彻底融入“咔嚓咔嚓”啃西瓜的大军中，最后，手背一抹嘴边的汁水，心满意足地长出一口气。

中学毕业的时候，最是恣意放松的时候，几个同学约好了去找另一个同学玩儿，说好的一起骑自行车去，可是出发的时候我的自行车突然坏了，一个同学说我骑车带着你，他骑着大金鹿自行车，上坡下坡，为了走近路从田野里穿过，弯弯曲曲的田间小路上，玉米叶子探出来，划得胳膊火辣辣地疼却毫不在意，即使是在小路上骑车，同学们个个轻松自如，只吓坏了坐在后面的我。几个人说说笑笑，不觉得累也不觉得热。可是真的热呀，流火的天气毒日头火辣辣地照着，晴空万里没有一丝丝云彩。我坐在自行车后面热得头发都湿透了，骑车的同学整个后背都被汗水浸透，湿了干，干了又湿。到了同学家，同学妈妈一见来了这么多人，从屋里搬出两个大西瓜，切了满满一案板，同学们都渴坏了，几句客气话刚说完，就迫不及待地捧起西瓜，转眼间西瓜皮堆了一堆。西瓜那个甜那个好吃，仿佛是这一辈子吃的最好吃的西瓜。

时光不能重来，历史不能复制。毒日头下骑车跑好远的路，放肆地大啃西瓜全然不顾形象，那样任性恣意的事，再也不可能了。年少轻狂的时候，不管不顾地想到了就去做，现在却是想得多做得少。

可是西瓜一直都在呀，当早春时节西瓜冒出小芽芽，当小黄花在绿叶间闪现，当小瓜妞妞一天天长大，长成大西瓜，夏日里的美好就开始闪现。西瓜子，是我喜爱的零食，西瓜皮，可以做咸菜，还可以炒了吃。西瓜从几千年前走来，翠的衣红的瓤、甜甜的汁水，清凉我们的夏日。

人生在世，唯有美食不可辜负。炎炎夏日，又怎能辜负西瓜的香甜美意。

像佛手的瓜

佛手瓜，是有佛缘的，因形状似佛手，故名佛手瓜，闲来无事细细思量，似乎这名字就带了禅意。有些缘分是与生俱来的，不能强求。能长得像佛手，是老天爷特意安排的吧。

第一次见到佛手瓜，是在朋友家里，他家的院墙上爬满碧绿的叶子，不像丝瓜也不像南瓜，枝蔓比较纤细，叶片似乎比南瓜和丝瓜的叶子都娇弱，可是却长得茂盛，整面墙都被这碧绿遮住，叶片间到处是若隐若现的翠绿果实。走至近前用手托起一个果子，同我的手差不多大，阳光下闪着油亮的光泽，握在手里沉甸甸的，左看右看都觉得这个果子的形状独特，似乎跟什么东西相像。朋友说："看出长得跟什么相像了吗?"我挠挠头，做拼命思考状，朋友笑："是不是像佛手?"我茅塞顿开，果真像佛手，难道这就是传说中的佛手瓜?我试探地问，朋友大笑："对呀，就是佛手瓜。"

佛手瓜可不是一般的瓜，它不用浇水不用施肥，是给点阳光就灿烂，给个笑脸就忘乎所以，逮住机会就拼命生长的植物，满满一墙的枝枝蔓蔓，枝蔓下数不过来的佛手瓜就是明证。在这一点上如同它的名字，既然像佛的手，当然有佛的秉性，有非同一般的生命力，一般的小花小草根本不能同它比。午饭当然就有佛手瓜，先做一个佛手瓜炒肉，瓜切成薄片，在热水里焯过，新鲜的五花肉切成薄片，热热的油里加上花椒，等花椒的香味儿出来，放上切好的五花肉爆炒，切好的蒜瓣撒进去，佛手瓜片倒进去，大火翻炒，加盐、酱油、鸡精，味道特别鲜美。还做一个凉拌佛手瓜，佛手瓜、红椒和青椒洗净后切成丝，热水里焯过，捞出来沥水，加入白糖、鸡精、酱油、醋、香油，搅拌均匀，红的椒丝绿的椒丝，淡绿的佛手瓜丝，盛在洁白的敞口盘里，像一幅水彩画。味道当然也非同一般，佛手脆脆的、嫩嫩的，口感好味道也好。吃得真尽兴。

从朋友家走的时候，当然要带着一袋子佛手瓜，他家墙上满满一墙呢，我若不帮他吃，岂不是都老得不能吃了？与其浪费不如送人。带回来的佛手瓜太多，我也吃不了，邻居家几个，父母家几个，总算帮朋友解决了困难。

认识佛手瓜之后，再去菜市场溜达，一堆堆的各色菜蔬里，一眼就能发现佛手瓜的影子，以前不认识它的时候，似乎从来没见过，甚至以为菜市场没有卖的。可是，分明好几个菜摊上都有呀，以前是什么眼神呢。也许总要有怦然心动的时刻，初相遇时的眼神慌乱，握在手里时的彻骨难忘，才能从路人变成印在心里的人。曾经有一个你，这样来过，即便是千帆过尽，你却根深蒂固，茂盛如一墙的佛手瓜。

从此，隔上几天就要买几个佛手瓜回来，换着花样儿做着吃，似乎从没吃厌过。每次吃佛手瓜的时候，都会想起朋友，想起他毒日头下站在院子里摘佛手瓜的样子，想他亲自下厨在厨房施展细细刀工的时刻，烈火烹油时沿着脸颊流下的汗水，在烟火气和红尘味齐飞的生涯里，这是要让我念他的好念一辈子的节奏，礼轻情意重，送礼要送给能念你好的人，朋友的这一袋子佛手瓜，送得恰恰好。

浪漫主义的大白菜

冬天的菜市场，总是有一车车的白菜整齐地码在大塑料袋里，透过袋子能见到白菜们干干净净的翠绿叶片，白玉的帮。蓦地想起一句“白菜似玉饭如霜，锦衣玉食又何妨”。诗里满是对生活的满足和向往，即便是吃白菜也能吃出山珍海味的感觉，锦衣玉食又能怎样呢。白菜在我们这里俗称“百搭菜”，意思是说，白菜同任何一种别的菜搭配都可以，是性子随和的一种菜，具有“荤也代，素更有”的特色。

我对白菜最早的认识，源于记忆里的囤白菜。小时候每到秋末冬初，寒风一吹，父亲就张罗着挖地窖，那时候住平房，一家一个院儿，父亲在远离家门的院角，挖一个大大的地窖，我们兄妹几个在边儿上跑来跑去地忙活，添的乱比帮的忙要多得多。等到把白菜买回家，整齐地排在屋前晾晒几天，等外表新鲜的叶子变得有些枯黄，就可以入窖了，那时年纪小，力气也小，好大的一棵白菜搬到窖边儿就累得气喘吁吁，更别指望会像母亲那样一下子搬几棵。放好白菜，上面盖上土，什么时候吃什么时候挖，挖出来仍新鲜如初，土地对自己出产的东西有种特别的爱，白菜埋在地窖里，就好像又回到了大地母亲的怀抱。

白菜的吃法有好多，因其普通，因其性格随和，几乎是想怎样吃就怎样吃，如醋熘白菜、白菜猪肉炖粉条、清炒白菜叶……本人因嘴刁人馋，比较喜欢的吃法是凉拌白菜心儿，白菜心儿切成细丝，加上粉丝、海米、木耳，佐以醋、盐、味精、酱油，吃起来清凉爽口，有丝丝甘甜。

“翠花，上酸菜”这句话，早已红遍大江南北，这里的酸菜就是我们说的东北大白菜。想想吧，一棵棵大白菜整齐地码在缸里，经过滚烫的开水的洗礼，再经过时间的浸润，成了东北人日常不可缺少的一道菜，并流传至各地，皆是因为大白菜的缘故。它就在我们身边，那么便宜，那么多，想怎么吃就怎么吃，想吃多少就吃多少。

冬日里的一天，同事拿来一盒腌白菜，打开一看，皆欢喜赞叹，一整棵大白菜板板正正地躺在盒里，一层白菜一层红辣椒末儿，辣椒末儿撒得细致而均匀，红白交替，红点缀着白，很漂亮很养眼，白色的菜帮上沾着点点的红，像干净漂亮的小姑娘穿了带红点的衣裙，忍不住撕一小片来尝，却没有想象中的那么辣，微酸，咸得恰到好处，只一小会儿，这盒白菜就被一帮馋嘴的家伙吃下了一多半，边被辣得直吸凉气，边动手抢，唯恐下手晚了吃不到。

《千金要方》中记载，白菜“通利肠胃，除胸中烦，解消渴”，还有消食解酒、清热止咳的功能。它还可以抑制人体对亚硝酸胺的吸收与合成，有防癌抗癌的效果，在防癌食品排行榜中名列第二，对预防乳腺癌有益，是一种便宜好吃的药用食材呢。

白菜更是一种具有浪漫主义的菜，聂绀弩诗里说：“白菜隆冬冻出奇，明铛翠羽碧琉璃。”它让我们在寒冷的冬天有了春天的气息。在我们年少时，家里没种什么花，到了冬天，更是难得见到绿色，母亲将切下的白菜根儿放在瓶里，倒入清水，几天时间，点点的绿意就从土黄色的根儿上冒出来，越长越大，那样嫩绿的颜色，在冬日铅灰色的天空下，让人眼前一亮。窗外寒风呼啸，窗内的白菜根儿在瓶里绽出新芽，直至开出鹅黄的小花朵，给肃杀的冬天添了许多浪漫的情愫。我每年都有把白菜根儿养在瓶子里的习惯，那种鹅黄和嫩绿，让人的心都变得素净。

在浪漫主义的天空下，白菜如落入凡间的精灵，从北到南，从西到东，温暖人们的胃，激发人们对美食的热爱、对生活的创想。

红了苹果系了思念

我的家乡盛产苹果。喜欢苹果，仿佛天生。每年春天，一树树的苹果花开遍山野，空气中到处弥漫着苹果花甜丝丝的清香，站在山脚往上看，一团团，一簇簇，粉红、淡黄、纯白，一片花的海洋，仿佛七彩云霞落在绿色的山野上，风吹过来，花朵起起伏伏，像一片花海的波涛。苹果成熟的季节，红艳艳的苹果挂在枝条上，泛着成熟诱人的光，再浓密的枝叶也遮挡不了她们的倩影，一筐筐的苹果摘下来，一车车的苹果运出去，苹果从秋天开始采摘，香甜了整个冬季的天空。

在我家的院子里，也种了一棵苹果树。这棵苹果树，是我和弟弟小的时候，父亲领着我们一起种的，刚种下的苹果树，拇指粗的枝干，只比我和弟弟高一点点。几年过后，它就长得比我们都高了。当院子里的苹果树第一年开花，白色的花朵星星点点地点缀在枝叶间，我和弟弟高兴得奔走相告，在我们心里，院子里的苹果树同山坡上的苹果树，总是有点什么不同。院子里的苹果树，我们一起看着它长大，盼着它开花，给它浇水施肥，就如同朋友一般。当苹果花悄然落下，青色的小苹果山楂一样一颗颗地挂在枝头，我们每天都要站在苹果树下，看小苹果长了多少，盼着秋天来临。小苹果从不辜负我们的期望，一天一个样儿，铆足了劲儿地生长。

我和弟弟常常在苹果还青的时候，贴上用纸剪的图案标志，等苹果红了再揭下来，成熟的苹果上就有一个个好看的印儿，我们姐弟两个，就会根据这些图案的形状，争抢自己的苹果。父母乐呵呵地看着我和弟弟，任由我们疯闹。

我们渐渐长大，苹果树也日益繁茂，遮了半个院子，夏天可以在树下乘凉了。那个贴图案的游戏，也随着我和弟弟先后走出家门，离开家乡而中断。

后来我在远离家乡的一个城市工作，为生计忙碌，常常顾不上回家。秋天的时候，妈妈托人给我捎了一袋子苹果。当来人把苹果交到我手上时，我提着沉甸甸的一袋苹果，想苹果到处都有卖的，妈妈真是的，也不嫌麻烦。可是当我打开袋子，忽然惊奇地发现苹果上有字——一个上面是“盼儿归”，另一个上面是“妮子平安”（妮子是我的乳名），我的泪一下子流了下来。迫不及待地把满袋子苹果都倒了出来，“快快乐乐”“平平安安”……每个苹果上都有着不同的祝语。还有两个苹果上有三颗互相连接的心，两大一小，想必那是父母与我吧！我那用心良苦的父母啊——他们虽然不善言辞，却用最浪漫的方式表达了对女儿的爱与思念。

抚摸着这些红彤彤的苹果，它们是那样甜、那样香，一直浸润到心底里，就像小时候我在家里亲手摘的那些苹果一样。所有的苹果，仿佛都长了一颗心，一颗温暖的爱的心。我仿佛看到，我那年过半百的父母，是怎样戴着老花镜坐在树下，用剪子把字一个一个地剪出来，边剪边商量下一个该剪什么字，又拿过梯子来爬到苹果树上，挑选个儿大好看的苹果，把字一个个地贴上，把他们的心意和祝福一一贴上。再日日地盼着，看着，等它们一个个地长大，仔细地摘下来，收藏好，托人千里迢迢地捎过来，这哪里是苹果，这分明是一袋子父母心啊。

我的泪流着流着，落在了苹果上。

紫苏之恋

最早知道紫苏是在论坛里，一个文友的名字就叫紫苏，每次从屏幕上看她的名字就觉得好美，她写细腻柔美的文，更让人对紫苏这个名字多了许多想象。常常在看她文的时候凝视紫苏这个名字，夜深人静，美文如酒，让人微醺。写这样美文的女子，会是怎样娴静如水衣袂飞扬的女子呢，不由得眼神就滞住，目光遥遥地落在不可知之处。甚至，有些羡慕紫苏这个名字，这么美这么让人充满想象的名字，为什么不是我的呢。

从此，紫苏这个名字落在心里，再也没忘记。

可是我们这里没有紫苏啊。每当天气转暖，楼上的人们便把自家的花草搬出来，在楼后空地上摆了一长溜儿，我每次出门，都要一盆盆地看过去，茉莉、三七、吊兰、月季，甚至韭菜、小白菜也种在盆里，楼头的丝瓜架、南瓜架，已经绿荫如盖，丝瓜已经摘了好几次，南瓜也长得小孩的手臂样儿，可是我找不到一盆不认识的花草，问给花浇水的老人，种过紫苏吗？老人摇摇头。看来紫苏只能在我的想象里柔美着，我甚至不愿意百度它的样子，害怕它同我心目中的模样不相符，害怕失望的感觉。

直到有一天，我们去外地的一家“农家乐”吃饭。农家乐里浓荫处处，有许多我不认识的花儿草儿，我们坐在葡萄架下等，抬眼看去，目光停在路边一株紫色叶子的植物上，凝神看了看，确实不认识。走过去摘了片叶子，手上顿时满是清香，这种香以前没闻过，既然种在“农家乐”里，肯定是能吃的植物，我嗅着这紫色的叶子，刚要问这是什么呀，脑海里忽然电光火石般闪过一个名字：紫苏！对，一定是紫苏。

除了紫苏，谁还能有这样紫色的叶子？除了紫苏，谁还能有这么好闻的清香？一定是它。我的心怦怦地跳起来，迫不及待地问经过这里的服务员：“这个叶子是什么叶子？”服务员随意地一瞥：“紫苏呀。”我心里轰然一下，那种激动无以言表，真的是紫苏耶。在心里惦念了那么久，今天终于与紫苏相遇，惊喜来得太突然，一时竟然呆在那里。低下头看着手里的紫苏叶，椭圆形的叶子托在手心盈盈一握，婉转柔美却又似曾相识，前世我们擦肩而过的时候，一定互相凝眸过，不然，为什么如此让人念念不忘。张爱玲曾说：“我要你知道，在这个世界上总有一个人是等着你的，不管在什么时候，不管在什么地方，反正你知道，总有这么个人。”紫苏一定知道，有那么一个人，心心念念地要来看它，哪怕走过万水千山，哪怕隔了大把的时光。

如同当年那个瘦高的少年，穿过厚厚的时光之墙重新站在我面前，让我想起那些青葱的岁月，那双青春的明眸，那些热烈的心跳，那个洒满月光的夜晚，吱吱呀呀的自行车，那本保留了多少年的大学语文。如同我寻找紫苏。

临走，摘了些紫苏种子带回来，有些事情过去了就让它过去吧，有些人就让他飘散在时光里吧，找到了又能怎样呢，往事已走时光不会再回头，人生多了许多身不由己。虽然他们说有一件疯狂的小事，不值得一提的小事叫作爱情。

还是等来年，把紫苏种子种下，一点点地看它发芽、长高、长成想象中的样子，然后把叶子摘下来放进菜里，菜便糅进了怀念和期盼，窗外有风掠过，树叶微微颤动，那菜，一定别有风味。

金秋时节柿子艳

“柿子啊！”周日的街头，一老者用扁担挑了两个筐，边走边叫卖，老者的柿子，金灿灿圆溜溜地堆在筐里，带着刚摘下来的润泽和山村特有的质朴。老者瘦削的脸庞上皱纹纵横，微微佝偻的身材，扁担压在他肩上，仿佛使他的背更弯了些。

人来人往的马路上，蓦地想起小时候，姥爷家有棵大柿子树，是方圆几十里最古老的柿子树，要两个人才能环抱过来，夏日里树荫如盖，村子里的人晚饭后都在树下乘凉。柿子树很高，每到柿子成熟的时节，树叶落得差不多了，老远就能见到满树密密麻麻火红的柿子，某一个天气晴好的日子，姥爷会用扁担挑满满两大篮子柿子，走十几里山路送到我家来，山路弯弯曲曲，扁担在姥爷肩上吱呀吱呀响，走着走着就热了，姥爷放下担子擦汗，却舍不得吃个柿子解渴，自己少吃一个，外孙就能多吃一个。在物质生活匮乏的年代，这两大篮柿子，是天上人间都难得的美味，姥爷来的这一天，就跟过节似的。那时一大家人都住在同一个院子里，姥爷进门不久，一院子的孩子都会围拢来，望着篮子里的柿子垂涎欲滴，姥爷边擦汗边慈祥地笑着说：“别急，都有。”因为是我的姥爷，年幼的我就很自得地先用衣服包了一衣襟的柿子，放在自己家的抽屉里，留着慢慢吃，剩下的都分给了院子里的孩子们，那种欢呼雀跃的情景，柿子吃起来香甜的味道、脆脆的感觉，至今仍常常想起。

街上挑担的老者，依稀同我记忆中姥爷的形象重叠起来。那个疼外孙的姥爷，在忙碌了一天之后，傍晚爬到高高的柿子树上，摘下满满两大篮子的柿子，放在大缸里存几天去掉涩味，清晨早起走十几里山路给外孙送过来，稍微喘口气，再急匆匆地回去。那情景，想想就眼睛发涩。

而柿子，这么多年里，一直给我亲切的感觉，好像一个很亲近的人活在意念里，一想就很温暖。

柿子的美，更给人一种惊艳的感觉。

见过漫山遍野都是柿子树的情景，深秋时节草木大地呈现一种枯黄色，没有叶子的树上挂满金黄的柿子，是一片柿子的海洋，金黄的柿子在枯黄的背景下，火炬一样点亮人的眼睛。置身其中，震撼瞬间袭击全身，人呆呆地要好一会儿才能缓过神儿来，那种金黄璀璨了田野山坡，是大自然浓墨重彩描绘的一幅画卷。

有一年深秋，随朋友去爬山，树都枯了，草也黄了，庄稼也都收割了，漫山遍野的空旷里，只有蚂蚱不甘示弱，在山路上蹦来蹦去。拐过一个弯，一抬头，对面的山坡上，一棵大柿子树孤零零地立在悬崖边，落光了树叶的柿子树上，满树都是金灿灿灯笼样的柿子，你挤着我、我挤着你，高高地挂在枝头，远远地夺人的眼，像是齐齐奔赴一场盛宴。本来已被深秋的枯黄疲倦了的眼，看到柿子的一瞬间，眼睛和心都顿时一亮。

它那么美，美得让人惊艳，又那么孤傲，周围都是枯黄的草，悬崖上没有一棵做伴的树，给人一种绝代佳人遗世独立的感觉，是尘埃落定后的迷人姿态。在这山谷里无人欣赏也无人采摘，让人惋惜而心痛。

你可知道莱菔

莱菔开花的时候，很不起眼儿。在菜畦的一隅，边角旮旯里，大块土地平整后落下的角落，几棵莱菔就那么静悄悄地开花了。有“墙角数枝梅，凌寒独自开，遥知不是雪，为有暗香来”的韵味，在菜园的各种碧绿里，莱菔低调得很，你第一眼不会注意到它。

但是蜜蜂来了，“嗡嗡嗡”从你耳畔飞过，暗香引领着，一直落到莱菔的紫色小花上，你的目光追随着蜜蜂，终于看到那几棵正在开花的莱菔，心下里一喜：呀！竟然开花了。

莱菔开花，演绎的是低调小版本，蓬状花球上缀满淡紫色指盖儿大的小花朵，不狂傲，不张扬。农人也只是在劳作之余，直起腰身歇息的时候，看到这些小紫花 ，才忽一下子想起，春天的时候，那一点点地角，不种作物可惜，种别的又施展不开拳脚，几只越冬的萝卜，随手刨个坑就种下，不过是昨日的事情，竟然转眼就开花了。一个大家庭，总有父母悉心照料的孩子——那些又施肥又除草，需要时时照料的菜蔬就是，也总有被父母疏忽的孩子——比如长在不起眼角落里的莱菔，以至于农人要望着蔚蓝天空上的几朵白云，挠挠头使劲儿想，怎么一下子就开花了呢，没记得施过肥、浇过水呀，真是省心、泼辣。

其实，农人才不会莱菔莱菔地叫，他们说的都是萝卜，咬一口嘎嘣脆的萝卜，绿的裙，白的衣，豆蔻小姑娘般的萝卜。没错，莱菔就是萝卜，是《诗经》里走出来的，阳春白雪的意蕴，低调的萝卜有个清新脱俗的名儿，在世间走一遭总要高调一回不是。

莱菔开花是为了结籽儿。春夏之交它顶了一头的小蓓蕾，像戴了一顶绿色的斗笠，很快就蹿到一尺有余，一天一个样儿。某一个清晨，头顶的斗笠上插了一朵紫色的小花，终是有小蓓蕾耐不住性子，率先开了花，然后噼里啪啦的，小蓓蕾们都绽放成紫色的小花。远看，莱菔顶了一个淡紫色的花球，小花瓣颤颤的，很娇羞。让人不禁想，无论多么乡野老迈的女子，在豆蔻年华的青春时光里，都有惹人怜爱的一面。

然后，做荚结籽，米粒样的籽儿，一畦畦撒在地里，秋冬之交，脆生生的萝卜跃土而出，诗里说：仲夜游西苑，采萝荷锄行。生欢系者何，悠悠女萝地。萝卜的作用大着呢，系着生欢。

莱菔又是个能出奇招的主儿。随手切下的一小片萝卜头，没有水，没有土壤，就能发出新芽；水里浸着，就能蹿出秆儿，顶了一头米粒大的花骨朵儿，再开成淡紫色的花球，在冰天雪地，外面枝枯叶落的肃杀里，菜园里的土都被冻住了的时候，在温暖的室内，莱菔上演一出传奇。

葡萄架下

夏日的雨后，空气一下子变得凉爽，到处都湿漉漉的，树叶被雨水冲刷得油亮碧绿娇艳欲滴，衬着西边的晚霞，给人无限的快意。

在小城，傍晚的路上车辆已经稀少，这样的时候在街上兜风该是无比爽快，心血来潮推出电动自行车，街上溜溜去。路上车少人稀，凉风习习，真是晚霞与孤鹜、思绪与发丝一起飞，雨水共长天一色。正兴奋着呢，就乐极生悲地扎了车胎。

心情一下子就不好了，凉爽的天气也立马就热了。推着车走了几十米，终于在路边看到一个修摩托的牌子，像见了救星。一个黑红脸膛儿的中年男子正在一辆摩托跟前忙活，问能补胎吗，他抬头说行，等等吧。我四下环顾，见一马扎儿，放下电动自行车就直奔过去一屁股坐下，管他呢，先歇会儿再说。

摩托修起来似乎有点麻烦，黑红脸膛儿的汉子扭过头看我一眼，仿佛是看我是否着急，又转回头继续修理。摩托主人在边上踱过来踱过去，很有些无聊，有一搭无一搭地同主人说话，很随意地翻开边上的纸箱看看里面的东西，顺便递个螺丝刀什么的，熟络得很，一看就是老顾客。

旁边的老妇人正在修理一个喷水壶，浇花的那种水壶，拆开、装上，试试不喷水，再拆开，再装上，反反复复，小虫子在边上“嗡嗡”地叫，老妇人很耐心很安详。

有水滴从头顶滴落，我的目光掠过她专注的样子，停在头顶的葡萄架上。葡萄架从门头房的左边横贯到右边，葡萄叶密密麻麻地搭了个棚，雨水冲刷后的葡萄叶湿漉漉的绿着，夏日里在葡萄架下修车一定凉快得很。一串串葡萄从架上垂下来，籽粒饱满，已经快要成熟，正由青转紫，呈现一种生命丰美富足的情形。

忍不住问："修这个喷水壶做什么？"老妇人抬眼看看我说："修理车胎时用。把水喷到车胎上，哪里漏气哪里就冒水泡。"我"哦"一声，心想真是实践出真知，真聪明。

摩托主人踱到老妇人跟前："你种的玉米长得不错。"老妇人说我种的是抗倒伏的玉米。想想又说你怎么知道我的玉米，摩托主人说我那天从路上经过，看到你在锄草。老妇人就笑了："小河边上的空地，闲着的时候开垦出来，种点什么就能收点什么。"我说，你的葡萄结得也很多。老妇人笑："天天炒菜洗锅的水都浇给它了，长得能不好？"

慢慢知道，这两间门头房都是老妇人同儿子自己盖起来的，上下两层，在小城长长的公路边，这样的门头房多得是，只要按照规划的样子盖就好。儿子学了摩托修理后就开始给人修理摩托，生意从开始的稀少到今天的回头客好多，终于还上了盖房子欠的债，日子越过越好了。儿媳在别的厂子里打工，老妇人就一直给儿子帮忙，生意少的时候在路对面的河边开了块地，种了玉米豆子什么的，总之人不能闲着，一闲着心里就空落落的，手脚没地儿放。地虽然不大但是长出来的东西除了自己吃还能送人一些。老妇人说起来很满足。

补好车胎，我说你帮我看看，车头好像有点晃，黑红脸膛儿的汉子麻利地拆开电动车的前车盖，用钳子拧了几下，又用手提起车头试了试，平日里觉得很重的电动车他提起来轻松得很，果然就不晃了。然后说，5 元钱。我不相信地"啊"一声，我知道补胎 5 元钱，那意思就是修理车把不要钱？汉子笑笑，说是。一下子明白他的顾客都那么熟络确实是有原因的，都是回头客嘛。

又一滴水从葡萄架上滴下来，落在我手背上，晶莹剔透。黑红脸膛儿的汉子站起来舒展一下腰身，夕阳那么美，绚烂了远处的山峰，空气静谧安详，现世安稳岁月静好。

莴笋姑娘

小时候的我，没见过莴笋。究其原因，大概是那时候当地没有莴笋这种作物的缘故。

最初知道莴笋是在那本快被我翻烂了的《格林童话》里，莴笋是天底下最漂亮的女孩，有长长的头发，住在没有楼梯也没有门的高塔里，女巫每次来，莴笋就把金丝般浓密的长发垂下来，女巫顺着头发爬上去。莴笋打发寂寞的方式是唱歌，美妙的歌声在森林里回荡，吸引了骑马经过的王子，王子怦然心动，停在塔下不肯离去，莴笋被王子打动，垂下长发让王子爬上去，他们日日在高塔里相会，最终被女巫发现，莴笋被放逐到不知名的地方，王子为了寻找莴笋，两只眼睛都瞎了。结局当然是美满的，莴笋生了一对龙凤胎，王子同莴笋再次相遇的时候，莴笋的眼泪流到王子的脸上，王子的眼睛瞬间重见光明，从此他们过着幸福的生活，永永远远。在我的童年记忆里，莴笋是一种神奇的植物，不知它的小模样，不知它独特的味道，它在我的想象中葳蕤生长着，长成一片神奇的绿。

莴笋在我心目中小仙女一般施施然存在着。直到有一天老妈把一盘菜端上桌，碧绿的薄片同肉丝一起炒，里面加了白的蒜片，无比的清新脱俗，味道也极佳，莴笋竟然这么美味。整棵莴笋如同一棵挺拔的小白杨，淡绿的腰身，头顶几枚嫩叶，袅娜的小模样儿，我见犹怜。终于得见莴笋的真面目，似乎没让我失望。

渐渐地，莴笋不再是什么稀罕之物，仿佛一夜之间，莴笋就从天上的仙女变成了漫山遍野的村姑，价格落到了白菜价。但是莴笋亲民了呀，想怎么吃就怎么吃，莴笋炒肉、莴笋炒鸡蛋、切丝凉拌等，连莴笋叶子蘸甜面酱也无比爽口。

虽然我童年不认识莴笋，但是莴笋也是有悠久栽种历史的老人了，最早记载莴笋的是李时珍，莴笋又叫莴菜、千金菜。莴笋可以治疗小便不通、百虫入耳、腰部闪伤，等，还可以促使产妇乳汁分泌，看来咱家莴笋姑娘真不是一般的小姑娘，还有药用价值呢。

莴笋的吃法多得数不清，莴笋的碧绿薄片儿，要多养眼有多养眼，清爽的味道要多提神有多提神，关键是它同谁配在一起都那么清脆可口，既保持了自己的品性又迎合了别的菜的脾性，作为主菜有主菜的样儿，作为配菜有配菜的风格，不得不说莴笋的情商不是一般的高，能把那些特立独行的菜甩出几条街。

我最喜欢的莴笋吃法是，把莴笋用刀子噌噌地削掉皮，什么调料都不要，任何加工都不用，像吃黄瓜那样拿起来“咔嚓咔嚓”生吃，原汁原味的莴笋味道，清清爽爽的感觉真的好极了，满嘴春光好滋味。在我看来，所有的蔬菜里，除了黄瓜、西红柿，剩下唯一能生吃的就是莴笋了，莴笋就是这么任性，任性的小姑娘在我童年看《格林童话》时，就深深地印在我的脑海里。提起莴笋，也只有姑娘这个称谓能配得上它，青春四溢热情洋溢，有无限的大好时光。

从春天到夏天再到秋天，莴笋一茬儿一茬儿地生长，家家户户的餐桌上，莴笋姑娘的影子就那么一直在一直在。

向日葵般的灿灿笑容

每天下午，我经过那条僻静的路的时候，都会被那一片即将成熟的向日葵震撼。它们已经结籽，脸盘低垂，沉甸甸的有点不堪重负的样子，却又齐刷刷地，朝着一个方向，就像一群朝圣者，踏遍万水千山而来。花瓣依旧在脸盘周遭，它们已经过了盛放期，颜色由原来娇嫩的金黄变得有些暗淡，眼帘低垂，羞羞涩涩的样子，好似孕育胎儿的母亲，小心地呵护腹中的小婴儿。

远远地望，仍是一片金黄。

转过头，我就会看到排了整齐的队伍上岗的武警。每天的这个时候，这个地方，我们就会相遇，他们并不说话，却送我一个灿灿的微笑，我知道我们彼此把对方当作朋友。

一直就相信，这世上有些人，不常来往，不常联系，但心底里把对方当成信赖的朋友待，小小的一个举手之劳，就会让人在心底里常常想起，然后温暖涌上来。

记得有一次，同妹妹骑了自行车出门，妹妹半路有事情坐公交车走了。望望前后左右，没有一个熟悉的身影，正发愁怎么才能将两辆自行车骑回去，远远地过来一队橄榄绿，我知道那是换岗的武警，他们每天都在这条路上巡逻，也知道自己从来不曾同他们打过交道。可是，同路上那些来来往往的陌生人相比，我宁愿相信这些从未打过交道的武警，面孔是陌生的，橄榄绿却是熟悉的、亲切的。

就那么笑笑，就那么随口说出自己的要求，请他们帮我把自行车骑到宿舍大院，放到传达室，他们的营地同我们宿舍大院紧挨着呢。陌生的带着稚气的面庞，脆脆地答应，彼此不问对方是谁，一种信任在空气中流淌。

暮色四合的时候，猛然想起托付给武警的自行车。大半天的时间已经过去，自行车早该回来了吧？果然，还没到传达室，远远地就见我的自行车稳稳地放在那里，甚至，连锁都不用。我知道我信任他们，就像信任我们军队这么多年来的优良传统一样。

有点儿后悔，没有仔细瞧瞧那几个武警的面容，回想的时候，只有略带稚气的笑和一片橄榄绿浮上来。

想必他们记得我，记得我当时窘迫的样子，甚至记得我的那一辆自行车。于是下班的路上，偶然地会有排了队行走的武警向我送以灿灿的笑脸。望着他们，我会心微笑，想记住他们的容颜。渐渐地，有许多武警向我展开笑颜，他们排着整齐的纵队，步伐整齐，看到我，粲然一笑，露出洁白的牙齿。他们的笑容逐渐清晰，他们的面容渐渐模糊，最后隐没在一片橄榄绿里。

然后，我转头，看路旁那一片金灿灿的向日葵，它们在享受成熟的喜悦，灿灿的，如同武警给我的笑。

杏子黄时

每年端午节过后，杏树上就挂满了杏子，微风吹拂，远远望去，点点金黄掩映在绿叶里。没熟透的杏子吃起来又酸又甜；熟透了的杏子，圆圆的、黄黄的，吃起来甜津津的，它的香味，让人沉醉。

今年忽然一下子喜欢上吃杏子。菜市场，街角的拐弯处，常常就有推了满满一小车杏子的小贩，或默不作声，或操着本地口音热情地招徕顾客。骑车经过，杏子熟透了散发的那种香总会吸引我，下车来买上一小兜提着，心里是一种满足。

我的家乡生产陶瓷，各种精致的小瓷器信手拈来，洗上七八个黄澄澄的杏子摆在小瓷盘上，杏是黄的，盘是花瓣状乳白色半透明的，煞是好看，思绪就会瞬间恍惚起来。

桃花红，杏花白，是我喜欢的句子。“桃花来你就红来，杏花来你就白，漫山遍野向阳开呀个呀呀呆。”有一个女友曾经喜欢哼唱这两句，她在某地的杏花节踏青时邂逅一个男子，不可救药地爱上了他，两个人相携去看杏花。山坡上，河岸上，大路两侧一片粉白，如纱、似梦、像雾，馥郁馨香，如他们当时的爱情。女友以为找到了相濡以沫共度一生的人，却不料那男子很快移情别恋，以闪电般的速度爱上了一位上司的女儿，若娶了上司的女儿，很多要奋斗好多年的东西，比如好的工作、房子、车子，就会很快解决，爱情终究敌不过世俗。

女友痛不欲生，几天内迅速消瘦下去，本来他们还约好等杏子熟时一起到杏园摘杏子，却转眼间物是人非。女友从此见不得杏花，吃不得杏子。他的出现，是一场意外，他的离开，更是一场意外，只可惜来了，又去了，并不能简单地归零，没有办法当作什么都没有发生过。想起苏东坡的诗："花褪残红青杏小，燕子飞时，绿水人家绕，枝上柳绵吹又少，天涯何处无芳草。"只有苏东坡才能写得如此旷达与洒脱。

记得以前的自己，并不喜欢吃杏子，未曾吃就已口舌生津，一种难以忍受直抵心底的酸，让人觉得杏子不好吃，明知道熟透了的杏子是香甜的，还是本能地抗拒。时间流逝，大浪淘沙般刷洗，人的喜好是会随时间而改变的，原来不喜欢的会变得喜欢，原本喜欢的会变得不顺眼，就像爱也会变成不爱。

也许是小小的儿子，那天忽然跑过来对我说："妈妈，电视里说多吃杏可以预防癌症，还可以美容，妈妈你要多吃。"忍着笑，轻抚儿子的头，想这么小的孩子，知道什么是癌症什么是美容哦。还是把这话记在心里，谁不想青春永驻，谁不想多领略几年世间的风光呢，况且还有儿子小小的心意在里面。既然儿子这样说，宁可信其有，不可信其无，并且把这话郑重其事地告诉妈。

然后洗上一小盘，杏子黄黄的，熟透的那种软，握在掌心里吹弹欲破，慢慢地，剥了皮吃。

最爱腊八蒜

腊八蒜的独特味道，没吃过的人永远体会不到。

小时候我们家有很大的院子。院子里种了各种蔬菜，丝瓜、黄瓜、油菜、萝卜、白菜。春天的时候地边都要种上向日葵，屏障一样围在菜地周围。每年的十月份，向日葵硕大的花盘沉甸甸地垂下来，金黄色的花瓣若有若无的时候，父母会平整出一小块儿地来，雪白的蒜瓣尖头向上，一瓣瓣地摁到松软的地里，浇上水再盖上一层塑料薄膜。用不了三四天，绿色的小芽就会顶着薄薄的薄膜，用手指一抠，露出尖尖的小嫩芽。

经过一个冬天的洗礼，春天阳光和雨水的滋养，来年的初夏时节，收获的大蒜带着叶子被编起来挂在屋檐下的墙上，像大姑娘身后的大辫子一般。邻家大姐姐就有两根长长的麻花辫，走起路来甩呀甩的很好看。挂在墙上的大蒜辫子，也很好看，排在那里一根根颇为壮观。那时年幼，总要问，大蒜那么辣，为什么要种这么多大蒜。父母总是说，腌腊八蒜呀。

初夏的时候觉得腊八好遥远呀，可是仿佛一眨眼，冬天就来了，腊八节就到了。腊八那天除了熬腊八粥，另一项不可或缺的事就是腌腊八蒜。尘世里经历了三季的蒜辫子从墙上摘下来，经过时光的洗礼有了岁月沧桑的味道，蒜更辣了。我们几个坐在小凳子上，给蒜剥皮，剥好的蒜瓣白生生脆生生很诱人，不一会儿就有了小半盆。可是却不能吃，吃了会辣出泪来。

大的广口瓶被白白的蒜瓣挤得满满当当，醋倒进来了，瓶口被封上了，腊八蒜开启了它的腌制旅程。

等到蒜瓣变得绿莹莹的，就可以打开瓶吃了。被醋浸泡过的腊八蒜，再也没有了辛辣的味道，相反，有了一种独特的香，用来炒菜，菜的味道升华了，用来吃饺子，腊八蒜和腌制过蒜的醋，让饺子的味道变得分外诱人。这种蜕变，是当初辛辣的蒜没想到的，却是腌制腊八蒜的人期盼的。也许生活里的每一种变化，都要经过历练，如同醋历练了蒜，才有了新的口味：腊八蒜。

腊八那天的蒜，总要装好多瓶，每瓶封好口以后，会被我们捧着送给邻居，而邻居也会把他们家熬好的腊八粥端过来，虽然材质都差不多，味道却各异。因为火候、水分的多少不同，更因为每家的粥都被女主人用了心，才有了各种不同的味道。

腌制腊八蒜的习俗就这样延续下来，即便是在自己的小家，很少吃蒜，即便是今年蒜贵得离谱，却依然要腌制上一瓶，只为了重温那种小时候熟悉的味道。

我的一个同事，每年都要腌制好多腊八蒜，因为儿子喜欢吃。即便是那男孩子离家读书，然后又去远方成了一名军人不能回家吃腊八蒜，她依然年年腌，那蒜里是思念，是对远方孩子的祝福。

腊八蒜的味道，家的味道。远方的游子无论走多远，无论离开家多久，想起它就会想起家的甘甜。

|第五辑|

粒粒花生总关情

麦秸小扇

我真怀疑，这小扇是用来扇扇子的吗？分明是工艺品。比一本杂志稍微大些，圆圆的，金黄色的麦秸捋成薄薄的一层，紧紧地贴在一起，针脚都被巧妙地隐藏，几乎看不到，一只小巧的柄，被红色的毛线使劲勒出一个一个小凹槽，是肉乎乎的婴儿手臂上胖出的褶儿，周遭还用小细条子围了一圈儿，绿毛线细细地缝上，手心里盈盈一握，令人爱不释手。

每年麦收过后，村西头的三奶奶就开始编麦秸小扇。三奶奶年龄大了，嘴里的牙稀稀落落，像秋后晚长的玉米，籽粒东一个西一个，这个牙和那个牙之间遥遥相望却不能相逢。三奶奶腿脚也不利索了，走几步就要坐下歇歇。但是三奶奶手巧，三奶奶编的麦秸小扇远近闻名。三奶奶独自住在一个小院里，收过麦子后，三奶奶就央人把地里的麦秸给她运一些回来，邻家的大哥总是不等三奶奶开口，就把边角地里不能用收割机只能用镰刀割的麦秸捆回来送给三奶奶，几个傍晚下来，三奶奶的小院就垛满了麦秸。三奶奶选颜色金黄粗细相当的麦秸，水里浸泡了，织毛衣剩下的红毛线、绿毛线一截截地放好，开始编小扇。

院子里那棵梧桐树下，三奶奶坐在蒲榻上，蒲榻也是三奶奶自己编的，用玉米棒子的外皮，一圈圈编成拳头那么厚，圆圆的，坐下刚刚好。三奶奶的脸已经老成核桃皮样，头发黑少白多，花白着翘在头顶，像蓬草，手背青筋毕露却依然灵活。小孩子喜欢到三奶奶的院子里玩儿，麦秸被小孩拖拉得到处是，三奶奶也不烦，只说：“乖，小心别摔倒了。”几只鸡在院子里踱着步东逛逛西瞧瞧，看到小虫子就拖着笨拙的身子飞快地跑过去，同刚才的慢吞吞判若两样。

光影移动，太阳不知不觉中移到头顶，三奶奶的额头渗出一层细细密密的小汗珠，手指翻动间，一把小扇基本完工。编扇子是个细致活儿，三奶奶年纪大了，一天最多编两把。其实依照我的性儿，根本不用编得这么仔细，差不多就行了，反正扇子只用一个夏天，第二年肯定要买新的。可是三奶奶不，编一会儿就要举起来迎着光瞅瞅，哪里不板正还要拆了重新缝，老花镜挂在三奶奶的鼻梁上，三奶奶从眼镜上面看人的表情真好笑。

院门“吱呀”一声推开，是买扇子的人来了，初夏时节，家家都要为过夏做准备，扇子当然是不可或缺的东西，即便是家里有风扇和空调，总要出门在街上溜达不是，扇子扇风还扇蚊子，用处大得很哩。三奶奶的扇子才五元钱一把，多少年都是这个价，有时候街上买东西问价，卖的就说：“一把麦秸小扇的价。”听的人就会意，这方圆几十里，谁不知道三奶奶的麦秸小扇呢！

有人说：“三奶奶，猪肉都涨价不少了，你的扇子怎么还是这个价？”三奶奶捋一下额前的乱发：“五元不少了，够我这老婆子吃饭就行，再说麦秸不花钱，都是邻居们送的。”

我喜欢三奶奶的麦秸小扇，因为它好看，轻巧别致，根本就是工艺品嘛，金黄色的扇面，把手上缠红毛线，扇子最外面一圈是绿毛线，中间一个针脚都不见，太有个性了。那次我买了五把，三奶奶死活不要那么多钱，不就二十五元钱吗，三奶奶要还给我五元，我扔下钱就跑，三奶奶颠着小脚在后面追，搞得鸡飞狗跳的，最后非要我再拿一把扇子。

那天我翻橱子，看到三奶奶编的麦秸小扇，红的毛线、绿的毛线，金黄色的扇面，用了两三年除了颜色旧一点，依然结实。妈说再也买不到这样的扇子了，三奶奶年龄大眼神儿不好，被孩子接到城里住，麦秸小扇这门手艺失传了。

是啊，一天才编两把，还卖得这么便宜，哪个年轻人会沉下心来做呢？还怎么养家糊口呢？

露水早市

早市，就像清晨的露珠，太阳一晒就飘散了。

早市，之所以能称为早市，全在于一个早字。天刚蒙蒙亮，陆陆续续的摩托车、三轮车就开始往早市聚拢，各色菜蔬、时令水果排在路的两边，都是农人带了自己地里的产品来卖。在我们这里，早市早上八点就开始稀稀落落，就像清晨的露珠，阳光下闪烁一段时间，就化为水蒸气消失在空气中，留下一条空旷的马路。

在早市上，能买到青玉米棒子、刚摘的毛豆、新下的杏子、甜桃，总之所有时令到了该吃的东西，都能买到，能满足吃货们对吃的极大追求。在这里，你会觉得，因为爱吃，所以才爱生命、爱生活。

每个休息日的早上，我都会到早市逛逛，那个老太太每天都在同一个地方守着，一个矮矮的马扎儿，几个小袋子，袋子里是新鲜的蔬菜，还有一个小篮子，半篮子山鸡蛋，身后一辆半旧的三轮自行车，她所有的家当就是这样骑着三轮自行车运来的。

那一次，我买了老太太的芸豆、杏子、甜瓜还有西红柿，在称完付钱的时候，她忽然从身边的筐里拿出西红柿往我袋子里装，嘴里说：“你买了我这么多，送你几个西红柿。”我忙阻拦：“别，做点买卖不容易。”她说话的空当，已经往我袋子里装了两个大西红柿，我赶紧把袋子提起来。她随意地说：“拿着吧，都是自己种的。”价格这么便宜，我知道她根本挣不了多少钱，况且我买谁的都是买，她卖给谁都是卖，只因为我买的多了一点，就要表示感谢，这份善良质朴，像她的甜瓜一样甜。

前些日子慢性咽炎犯了，夜里总咳嗽，吃了许多药都不见好，一咳嗽就睡不着，想起几年前曾经用蒲公英泡水喝，喝着喝着就好了，就想赶紧到早市看看有没有卖蒲公英的，偏早晨多睡了会儿，去得有些晚。路上走得急，汗都出来了。早市的摊位已经有些稀稀落落，老太太还在，抱着试试看的想法，问老太太："阿姨，您知道哪里有卖蒲公英的吗？"老太太说山上多的是，还用买呀？我说我想买点泡水喝。老太太说为啥泡水喝，我说有慢性咽炎，夜里总咳嗽，一咳嗽就睡不着，吃了好多药都不好。以前曾经用蒲公英泡水喝慢慢就好了。老太太说明天给你带点儿来。

第二天，大清早就去早市，果然，老太太的三轮车上满满一大袋子的蒲公英，枝枝叶叶间夹杂着灿灿的小黄花，像小星星。老太太说有几个人问蒲公英卖不卖，不卖，我都给你留着呢。那样一大袋子蒲公英，要花费不少工夫才能拔到吧，虽然说山上有的是，可也要漫山遍野地跑才行。顿时感激得不行，拿出钱包就要给老太太钱，老太太坚决不要，说昨天地里干活的时候顺便拔的，没费什么劲儿。

因为没什么事，就在旁边看老太太卖菜，有一搭没一搭地同老太太说话。老太太每天天不亮起床，骑十几里路的三轮车来赶早市，卖的东西都是自己地里种的。儿女在外地，她一个人守在老家，种几亩地养几只鸡，孩子们劝她去城里住，她住了几天总觉得不接地气儿，手脚没着落，还不如回老家在地里忙活忙活，闲时同邻居拉拉呱自在，老太太花白的头发一晃一晃的，脸上的皱纹笑成一朵菊花："孩子们都给我钱，我不要还不行。我都给他们存着呢，自己花不了几个钱，卖卖菜就有了，花自己挣的钱心里舒坦。"

阳光洒下，在地上印上斑驳的树影，几只小虫子嗡嗡地飞走又飞回来，早市上的摊位渐渐稀少，这条路正在从拥挤嘈杂变回宽敞，空气里有静谧安详的味道。那一刻，我一下子觉得，这个早市，让我留恋的不光是新鲜的瓜果菜蔬，更有这里浓浓的人情味儿，以前遇到的缺斤短两、买到的劣质东西在这人情味儿面前都可以忽略不计。

香喷喷的烤地瓜

深秋时节，地瓜叶开始枯萎变黄，地瓜秧已经呈现生命中的老态，从柔韧走向干枯。一块块地瓜被从土里挖出来，散落在地边，湿漉漉的新鲜泥土粘在地瓜上，有着不忍分离的情谊。

那些品相完好模样周正的地瓜，被拣出来储存在地窖里，一部分来年做种，一部分留着自己吃，更多的地瓜被运去集市上。烤地瓜是地瓜的升级版，寒冷的冬日，烤地瓜的香气在街道上弥漫，有穿透力一般飘散到很远，被香气浸染过的冷，似乎不再那样彻骨，有了丝丝缕缕的温情。

烤地瓜是一种有独特内涵和气质的东西。在你见过烤地瓜之前，你绝不会想到那些看起来很沉闷内敛的地瓜，会在被烘烤后散发出如此浓郁诱人的香气。如同一个女子，经过历练提升了内涵，虽然表面上看起来同以前没什么区别，但是内里的差别大了去了。

最常见的情景就是一辆改装了的三轮车，一个铁皮炉子，一个面庞黝黑、衣衫不甚干净的骑车人，袅袅上升的热气，及这热气腾腾里夹杂的诱人香气。烤地瓜实在是走群众路线的一种食物，不能登大雅之堂，却备受大家喜欢。

一直觉得烤地瓜只有在寒冷的季节吃才更有味道，凛冽的寒风里，街上呵气成冰，远远地，闻到烤地瓜的香气，在清冷的空气里，这香气是一种诱惑，也是一种温暖，真是香，香，香，香得人腿软，让人不住地吸鼻子，似乎要将这香气吸进肺腑里，咽到肚子里，留住不让它跑掉，从灰眉土眼的卖烤地瓜的人手里接过地瓜，热热的手感，是一种妥帖的满足。要是离家近，到家仍是热的。

小时候，做完饭以后，奶奶经常会挑选几块瘦长的小地瓜埋在锅底的草木灰里，草木灰带着燃烧的余烬，冒着火星儿，一堆草木灰的热量比想象的要大得多。等我们笑呀闹呀玩儿得差不多了，奶奶"吱呀"一声掀开门帘，手里捧着几块热热的软软的小地瓜，地瓜的香气让大家顿时安静，不多不少每个孩子都有一块，轻轻剥掉一头的皮，狠狠地咬一口，顿时烫得直抽冷气，却舍不得吐掉，边吸气边咽下去，那个香甜，香了整个童年的冬天。

初秋的一天，先生回家路上买了烤地瓜，斜了眼白看他，心想，这自称吃了十几年地瓜，再也不能下咽的人，难道不知道初秋的地瓜是不甜的吗？要存放一段时间，去去水分，积累糖分，才是好吃的地瓜，况且，香气也不浓郁。忍不住就将在肚子里翻来覆去的这几句话说出来，他一脸的委屈：你不是喜欢吃我才买的吗？只好低下头，慢慢地将他的心意咽下去。结婚这几年，大吵虽不多，小吵却不断，无非是鸡毛蒜皮的小事，大多是我任性使然。磨炼的最大收获就是多说不如少说，少说不如不说。婚姻有时就像烤地瓜，闻着真香，入口反而平淡，它的口感不是所有人都喜欢。

上大学的时候，冬天，吃了晚饭和同学出来在街上溜达 ，明明已经吃得很饱，闻到烤地瓜的香气仍忍不住驻足，不顾形象一人一块拿了在街上边走边吃，街上霓虹闪烁，行人匆匆，没有人会注意悠闲地吃着烤地瓜的我们。夜晚在街上吃烤地瓜不用担心自己的吃相是否文雅，只管随意好了。真怀念那时的美好时光，自由、散漫、想吃就吃。现在不要说让我在街上吃东西，就是吃完饭再吃一大块烤地瓜，只怕已经没那胃口，也没那能力了。

花开时节，有赏花的心情；瓜果应季，喜欢瓜果的人牙好，胃口好，也是一种福气 。

姥姥的高粱

一棵高粱站在堰边，细长的身材，顶着一个大脑袋在低头沉思。一群高粱站在田野里，一个赛一个的细长，大脑袋微微垂下来，专心致志做事情的样子。瘦高的高粱同玉米呀、谷子呀比起来，就是一群长个子的男孩子，顾不上长肉只忙着蹿个子。

在北方广袤的土地上，高粱是很常见的作物。大片大片的高粱地，春风里生长，夏日里拔节，秋日里长穗，一日日长成人们期盼的样子。

作为一个自小在北方生长的人，对高粱无比熟悉，当高粱的脸变得通红，就到了收获的时候。一棵棵高粱被从根部砍断，小推车上堆得老高，一车一车运回家，堆在院子的角落里，院子立刻就拥挤热闹起来，鸡们咕咕叫着围着高粱转，总会有高粱米从穗子里散落出来，对鸡来说，这是不可多得的饱餐机会，傻瓜才会错过。

高粱穗被折下来扔在大洗衣盆里，公鸡母鸡扑腾着翅膀奔过去，这些小生灵对食物有着天生的敏感。姥姥边挥手赶走它们，边忙着整理高粱秆，赶走的鸡转眼又回来，其实姥姥并不是很想赶走它们，它们也就乐得在一旁嘚啵嘚啵地吃散落的高粱米。

高粱收获以后，最忙的就是姥姥。天空飘着几朵缱绻的云，姥姥坐在院子里，鸡们在伺机而动，小黑狗窝在阴凉地里一声不吭，它不屑于跟鸡争抢，它负责看家护院这样的大事，抢吃抢喝这样的小事，它才不屑呢。镰刀搁在洗衣服的大盆里，高粱穗子在镰刀上一下一下地磨，直至磨得没有高粱米了，才换新的高粱穗。只一会儿，大盆里的高粱米就凸起来。

没有了高粱米的高粱穗，那些挺拔高挑又结实的，会被挑选出来制成刷锅用的炊帚，高粱穗子一骨节一骨节地用绳子捆紧，捆出胖娃娃胳膊上的褶儿，下面的末梢呈现毛笔的形状，纯天然植物的炊帚，用来刷锅刚刚好。姥姥绑的炊帚顺滑、结实，自家用不完，拿到集市上去卖，回来就带回一包点心，藏在抽屉里，等我们去的时候拿出来，一块一块分给我们吃。姥姥坐在那里，笑眯眯地看着我们兴高采烈的样子，比她自己吃还要高兴，那种香甜的滋味儿，记忆里芬芳着。

高粱秆剥掉外面的软皮，用刀砍成一截一截，挑选模样周正的留下，姥姥坐在院子里，戴着老花镜一针一针地缝制盖垫，盛放馒头的盖垫。这面缝好了，另一面垂直着再缝一层，左瞅瞅又瞅瞅，老花镜戴在鼻梁上，像要掉落下来，盖垫既要针脚细密缝得结实，又要看不出针脚才好，这是考验水平高低的时刻，姥姥才不跟那些拙妇人一样毛糙，从姥姥手里出来的盖垫，一根根排列整齐，精巧细致看不见针脚儿。每年高粱收获完，姥姥都要缝几个新盖垫。新盖垫鲜亮白净，看着心情就好，馒头放在上面分外好吃，盛放煎饼，煎饼也变得香甜。

剩下的那些边角料，都被划拉划拉，用绳子捆起来抱到柴房，做饭烧火用，仍然是归姥姥管。高粱从地里砍回家以后，就开启了奉献的旅程，似乎没有哪一种庄稼能像高粱这样，从头到脚都被用到。自高粱进门，姥姥在大盆里取高粱米；用高粱穗做炊帚；用高粱秆做盖垫；剩下的抱进柴房当柴烧，都是归姥姥管。

高粱，分明就是姥姥一个人的。

而今那样的场景再也见不到，姥姥早已去世多年，前几年的时候，母亲从橱子里翻出一个炊帚，说这还是那年你姥姥给的呢，母亲的神情有些黯然。

那天从路边走，一排高粱站在那里，高粱穗已经红了。

细麦落轻花

小麦花，是二十四番花信风里最不起眼的花，小麦开花，俗称小麦扬花，可以说是这世上最短暂的绽放。

阳春二月，蛰伏了一冬的小麦率先返了青。天气刚刚转暖，北方大地的花儿草儿还在懵懂中，小麦就已经开始褪去越冬时的沉闷颜色，换上绿油油的新装，你总是很容易就能看到一块麦地，乍暖还寒的时节，别的植物还在冬天的肃杀里没缓过神儿来，大地还呈现一片苍茫的土黄，返青的麦地那么大的一片新绿，饶是你的眼睛想不看也躲不过去。

农人开始浇水灌溉，小麦越发挺直了身躯，颜色也越来越苍翠，春风呼啦啦地刮，小麦一天一个样儿，有性子急的小麦开始拔节，一块麦地总有那么几棵麦子，早早地就蹿了个子，在别的麦子都还在柔软状态的时候，它们长出了骨节儿，鹤立鸡群一般在春风里招摇，得意地看着别的麦子，别的麦子自是不甘落后，心说不信我赶不上你。很快一大片麦子都拔了节。农人来拔草的时候，看看这块地再看看那块地，有些迷惑地摇头，同样的种子同样的播种，土质一样相邻的两块地，麦子高度差别有点大。提前长高拔节的麦子们捂着嘴偷偷笑了，夜里别的地里的麦子都在沉睡，这块地的麦子顾不上休息，夜里也在努力拔节，能长得不高嘛。

每棵麦子心里都有一个开花的梦。天气一天天转暖，柳条儿柔软地在风中显摆自己的腰肢，迎春花开、杏花开、桃花开、梨花开，山坡上的花儿次第开放，整块土地上的小麦都看到了，它们对视一眼，却不说话，说什么都是多余，还不如暗暗努力来得实在。某一天，农人再来看的时候，惊喜地发现小麦抽穗了，农人用手拉过路边的一株小麦，凑到脸前，仔仔细细地看小麦抽的穗，又手搭凉棚往前看，眼里满是惊喜，阳光有点耀眼呢。

小麦开花由不得自己的心情，是由温度决定的。小麦抽穗后如果气温正常，经过三五天就可以开花；晚抽的麦穗遇到高温时，常常在抽穗后一两天，乃至抽穗当天就可以开花；抽穗后如遇到低温，就需要耐心地等，需经过七八天乃至十几天方能开花。

在一个阳光明媚的春日，麦子开花了，那么小，乳白中泛着黄，花蕊也是黄色，小到你不注意就发现不了它。微风吹过，花粉随风飘散，味道很淡很淡，即便是在大片的麦地里也几乎闻不到小麦的花香，小麦就是这么低调沉稳有内涵。小麦是颖花植物，没有花被（花瓣），绿色的是萼片，黄色的是雄蕊，白色的是雌蕊的柱头，萼片舒展开来不到二十分钟就开始发蔫。在二十四番花信风里，小麦花是清明时节的花，只有五到三十分钟的须臾绽放，是最短暂的花事，比起昙花的绽放还要短许多。

可是，最短暂的花事却孕育了最隆重的收获。开花当然是为了结果，小麦花期虽短，结出的果实——小麦，却养育了世界上亿万人口，千百年来，从祖先发现小麦能作为食物，一直到今天，人们仍然把它当作重要的食物来源。所谓人不可貌相，花儿的价值不可用花瓣和花期论短长。那些看起来渺小卑微的东西，却有着不可估量的作用。

前一年白露时节播下的种子，来年芒种时节开始收割，小麦经过世上最短暂的绽放，成长为人们离不开的重要的食物。圆荷浮小叶，细麦落轻花。更不必以色示人——这是农人才懂的密语。

茵陈大枣汤

作为一个自小在部队大院长大的孩子，其童年必定会有什么跟别的孩子不同。比如每年春天的茵陈大枣汤。

你能想象一大水桶冒着热气的茵陈大枣汤被士兵抬到教室的情形吗？满满一桶黑红乎乎的汤，散发着草药味儿，带着神秘的气息，摆在讲台旁的地上，一群孩子叽叽喳喳围着它，每个人都被要求必须喝一碗。端起碗来轻轻抿一口，有点苦有点甜，撇撇嘴互相看看，再看看碗里热乎乎的汤汁，都是听话的孩子，不喝怎么行？眼一闭心一横，咕咚咕咚喝下去，回味到的不仅是苦，还有香甜。茵陈的中药苦和大枣的香甜。药汤是部队医院的士兵熬的，熬好送到小学校来，这样的情形每年春天都要上演一次。现在看来，那时候的孩子多幸福呀。

从此知道茵陈是一种中药，茵陈大枣汤的营养价值非常高，还有很好的清热解毒功效。每天农历二月（阳历三月），春季幼苗长到一巴掌高的时候是春茵陈药效最好的时候，春季采收的称为“绵茵陈”，秋季花蕾长成至花初开时采割的称“茵陈蒿”。民间有“三月茵陈治黄痨，四月青蒿当柴烧”的说法。到了阳历四月，秸秆从菜心蹿出，长到一筷子高，茵陈就不再叫茵陈而叫作蒿，人们采了来当柴草。

所以说采蒿要趁早啊，春天的茵陈嫩嫩的，散发着独有的清香，当药材当食材，都是极好的。一旦采晚了性质就变了，从治病救人的药材变成烧锅底的柴草。张爱玲也说出名要趁早，出名早的好处只有出名了才知道。

茵陈属菊科植物，茵陈蒿经冬不死，春则因陈根而生，故名因陈或茵陈。《神农本草经》里说：茵陈味苦，性平。主治风寒湿热邪气，热结黄疸。全草入药，茵陈清热利湿；退黄。主治：黄疸、小便不利、湿疮瘙痒、传染性黄疸型肝炎等。药理学研究有利胆、保护肝的功能，解热、抗炎、降血脂、降压、扩冠等作用。其散热解表功用，尤胜于薄荷。

每年春天，春风刮过，茵陈同万事万物一起被春风唤醒，迫不及待地冒出小芽芽。茵陈疏落纤细的小叶子，像极了冬天的雪花，叶片颜色微绿泛着白，叶梗毛茸茸的，给人一种温柔顺和的感觉。山路边、田埂上、野草遍布的山坡上，一丛丛一簇簇，因了微绿泛白的叶片，茵陈总是很容易就被人分辨出来。我们这里有吃“春”的习俗，即采摘春天里最先生长出来的东西吃，吃的就是那种新鲜味儿。茵陈是主妇们偏爱的一种植物，老人们说：“白蒿出，百病无。”采摘茵陈嫩嫩的小叶片，洗净，掺上面粉和食盐，搅拌均匀攥成窝头状，上锅蒸，热腾腾的茵陈窝头出锅了，吃的时候拌上蒜泥，真真儿好滋味。

春天的茵陈有很多吃法，但是我们家永远都比别人家多了一种做法，那就是每年春天都要熬上一锅茵陈大枣汤，每个人必须喝一碗。即便是在父亲从部队转业多年以后，即便是我们都从当年的孩子变成了孩子的家长。

粒粒花生总关情

邻居李伯伯退休以后，在附近的小山上开了块地，每天早出晚归的忙，种花生种豆子种玉米，每一种作物都要尝试一下，跟试验田似的，人晒黑了但是精神矍铄了不少。前几天来敲我家的门，递进一袋子新鲜的花生，请他进来坐，他摆摆手转身下楼。

随手剥开一个花生，粉嫩粉嫩的果子仁，手指一掐能出汁水儿，一口咬下去又嫩又脆，嘴里漾出丝丝的甜。这样新鲜的花生当然是煮着吃才好。于是加花椒和大料，热气腾腾地煮，煮熟沥去水再撒上点盐，别样的口感。煮新鲜刚出土的花生，同煮熟透了晒干了的花生味道决然不同。任何事物都是小的时候可爱，小孩子小动物，大了就失去了那种可爱和灵气。花生也是一样的，嫩嫩的时候有嫩嫩的香甜，嫩花生煮出来真是风味独特，那味道，成熟晒干了的花生根本不能比。一盆盐水煮花生，就能撑得肚儿圆。

小时候在胶东，花生收获以后堆成垛的花生秧到处都是，是村子里牛羊过冬的食材。深秋的夜晚同小伙伴们玩耍，月亮慢慢升起来，停在半空中，月色如水，照得大地白茫茫的，不知谁喊一声："月亮真亮啊!"所有玩耍的小孩都停下来，抬起头，呆呆地望着天上的月亮，真的是亮啊！月宫里的桂树，还有嫦娥，都看得见。身旁堆成垛的花生秧上遗漏的小花生，一定是农人嫌弃它小就留在了花生秧上，白茫茫的月光下摘下来，放在嘴里真好吃，花生仁还没晒透，还留有新鲜花生的味道。

如同那天晚上各自散去回家一样，那些小伙伴如今已经消失在时光里，他们也老了吧，他们都到了哪里呀，是不是也像歌里唱的各自奔了天涯。虽然，虽然有些心情在岁月中已难辨真假，但是那种甜现在想来仍能感觉得到。

花生都是一簇一簇地生长，一般在七月开花，先是碧绿的叶子里露出一点点金黄，转天你去看，小小的金黄绽开了，成了一朵小黄花，小蜜蜂“嗡嗡”地飞来飞去，蓝天高远，旷野无边，小黄花在万绿丛中娇小而醒目。几天以后，所有的小黄花都盛开了，翩然顶在绿叶上，像无数黄色小蝴蝶在扇动翅膀。

收获时节来临的时候，都是全家出动。刨花生、摘花生，各司其职。午饭当然就在地里吃，三轮车上架一柄大伞，秋日里中午的日头仍然很毒，一家人坐在伞下，说说笑笑边吃午饭边休息，吃完就要赶紧干，太阳还未升起的时候出门，要到傍黑才能回，一块地刨开了头，天再晚也要收完才能回家。一袋子一袋子的花生堆在三轮车上，人们捶捶酸痛的腰会心一笑，收获的喜悦总抵得过劳累吧。

婆婆家也是种花生的，每年春节去她家，临走总要让我们带桶花生油，花生油是自己地里的花生榨的，味道极新鲜香气极浓郁，还要带上花生仁，花生仁是婆婆冬夜里无事，一粒粒剥出来的，带壳的花生也要拿上一大包，一次次推辞一次次让带上，最终带了一袋子花生离去。不在于带什么走，重要的是心意。一个人的心意其实是她的心，婆婆是恨不得把心都挖出来送给孩子的人。走时她站在街口送，远山和村庄在她身后，她孤零零地站在路上，风吹动她花白的头发，粗糙的手抹一下皱纹纵横的脸，嘴里说：“走吧，走吧。”眼睛却一直看着我们。车已远去，孤单的身影一直站在街头的风里。

带回来的花生，抓一把热油锅里一炒，就是一盘小菜。那些花生吃了好久，每次吃都仿佛看到远方的山坡，路上的那个老人。

芝麻开花节节高

芝麻实在是个天天向上的主儿。

秋天，植物们渐渐沉静，它们已经过了拼命开花拼命汲取营养拼命生长的阶段，经过时光的沉淀，大都硕果累累，安心地等着度过生命的收获期。芝麻不，还在一节一节地向上开花，白色的小花翘翘地向着天空，每往上一骨节就开一圈小白花，而下面已经结荚长芝麻了，这分明是边开花边结籽的节奏，不到最后一刻，决不能停止开花停止结籽。前一阵子路边的那些芝麻我以为它们就那样了，毕竟已经进入秋日，到了等待收获的时节。谁知在一场雨过后，一下子施施然昂起头，又开花又结籽的，焕发了青春一样，真让人刮目相看。

路边的芝麻是小区里的阿姨种的，这条路夹在两个小山坡之间，已经退休了的阿姨不舍得浪费一点点土地，小山坡被阿姨扛着锄头开垦出来，点了芝麻，种了玉米、丝瓜、葫芦、油菜，总之平日里我们吃的菜蔬，每一样都种上，每一样都只占了巴掌大的地儿，每只巴掌上的作物都不同，每只巴掌都耕种得很精致。而芝麻就种在路边当篱笆用，沿着路边一小溜儿，个个翠绿的叶儿碧绿的荚，头顶开着小白花，像小学生排着队去踏青。

宋伯仁的诗里说：“苜蓿重沽酒，芝麻旋点茶。愿人长似旧，岁岁插桃花。”芝麻泡的茶，有浓郁的香，用来待客必是极好的，秋日微凉，蓝天高远，三五好友相聚，谈天说地纵情诗赋，光影一点点挪动，酣畅淋漓间友情一点点浸润心头，这样的好时光，但愿年年有。

芝麻香是一种独特的香。小时候把芝麻炒熟了，在捣蒜的蒜臼中砸碎，撒上一点点盐，做成一道经典民间菜肴，叫芝麻盐。热热的新出锅的馒头蘸芝麻盐，馒头的香同芝麻的香混杂在一起，已经不是简单的一个“香”字能表达的。人们还喜欢用芝麻香来命名白酒的香型，也不知是谁发明的，可见芝麻香有多诱人。

芝麻不仅仅是一种作物，还被赋予传奇色彩。阿拉伯民间故事集《一千零一夜》里，阿里巴巴和四十大盗的故事中，强盗们藏宝藏的山前，开启宝藏大门的咒语就是“芝麻开门”。强盗首领走到巨大的石块前，喊道：“芝麻开门。”巨石应声而开，宝藏被放进大山洞里，强盗们鱼贯而出，首领再喊一声：“芝麻关门。”大石头缓缓地关上，好像从没打开过一样。我曾无数次地想过：为什么开门关门的咒语是芝麻，而不是大豆、花生或者别的什么作物呢？芝麻在阿拉伯故事里，被镀上了一层神奇的光，赋予了魔幻样的风采。

所以，走在芝麻跟前，要轻轻地，不要打扰芝麻的清梦，开花的梦，结荚的梦。芝麻的梦，辽远而深邃，人无从知晓。

芝麻花，洁白有灵气，芝麻荚，无数个新希望在里面，芝麻的味道，无人能比的香。有句民间谚语，芝麻开花节节高，日子像芝麻开花一样越来越好，给我们以希望，让我们的心安静、平和，一步一步引领我们向更好走去。

多么美好的期盼。

枣花香　枣儿甜

中秋节过后，树上的枣儿一天比一天红，红得我仰着头咬着手指，看着树上半红半绿的枣儿流口水。可是奶奶不让打枣儿，说现在的枣儿不甜，要再过些日子。是啊是啊，人们说八月十五枣子红屁股眼儿，八月十五刚刚过去，月饼的余香还在，枣儿怎么可能熟得那样快。杜甫的《百忧集》里说：“庭前八月梨枣熟，一日能上树千回。”如果我能爬树，估计也上树千回了。

一场秋雨一场寒。不经意间，秋雨就淅淅沥沥地下起来，一阵急一阵缓，我被闷在屋里，看着院子里的积水发呆，雨滴在院子里激起一朵朵小水花，一朵归于平静另一朵接着就开了，无数小水花在院子里开放。一阵风吹过，院子里好像有了什么不同，有什么东西三三两两落到院子里的积水上，溅起的水花比小雨滴的水花大多了。我不由自主地站起来，伸长脖子去看，是枣子，风吹落的枣子落到了院子里，溅起水花后又漂浮在水面上，我顾不得许多，抬腿就冲到雨地里，真的是枣子呀！红红的枣子一个个漂浮着，我捡起一个在衣服上擦擦就塞到嘴里，又脆又甜真好吃。手忙脚乱地去捡拾那些枣子，衣服很快就湿透了，头发被雨水粘在脸颊上，奶奶在屋里大呼小叫，让我赶紧回屋，我装作听不到，继续在水里捡枣子，直至奶奶冲进雨中把我拉回屋里。

枣子那么好吃，我捡了一兜呢，衣服湿了根本不是事儿。

打枣子的时候，最是开心的时候。一根长杆在树枝上敲呀敲，枣子们伴着树叶纷纷落到院子里。我拿着盆，大呼小叫，这边儿地上的枣好多呀，那边儿的也不少，边吃边捡，熟透了的甜才是真正的甜，盆满了肚子也圆了。

这么多年来，我百吃不厌永远都吃不烦的一样东西就是枣子，没有第二样。我中了大红枣的蛊。

苏轼的《浣溪沙》里有“簌簌衣襟落枣花，村南村北响缫车，牛衣古柳卖黄瓜。酒困路长唯欲睡，日高人渴漫思茶。敲门试问野人家”的诗句。夏日，路边的枣树开花了，米粒大小的小黄花，星星点点布满枣树，枣花随风飘落，四周静谧安详，听得到枣花落在衣襟上的簌簌声，画面真祥和。

枣花细细密密挤在一起，星星样数不过来，小黄花很淡，淡到只比叶子的颜色稍微黄了些，淡到很不起眼儿，远看，一棵开花的枣树，像绿叶上蒙了一层鹅黄，小家碧玉般朴素、干净，不爱张扬不施粉黛，却幽香细微，小蜜蜂在枣花上忙忙碌碌，枣花蜜是枣树给我们的另一馈赠。

一天，在一家小超市里，一个大桶上红纸黑字赫然写着：纯正枣花蜜。小店主人说蜜是自家亲戚养的蜜蜂酿的，昨天刚送来，今年枣树应了好年景儿，花开得多，蜜酿得就多。看来枣子收成不错。买一瓶回家，勺子舀一点放到嘴里，蜜的甘甜枣花的香气，一点点融在嘴里，浸润到心里，丝丝缕缕长长短短都是甜，果真是好蜜。光影里，那棵多年的老枣树挂满了枣子，奶奶颤巍巍地挪着小脚，把我从雨地里拉到屋里，忙不迭地用毛巾擦拭我的头发，风吹进来，吹动她满头的白发，外面雨仍然在下，在院子里溅起朵朵小水花，半红半绿的枣子在水面上起起落落，如我多年后再回首时的心。

摘绿豆

绿豆采摘是在最炎热的夏日里。八月火辣辣的太阳，万里无云湛蓝的天空下，绿豆成熟了，豆子把豆荚撑得鼓鼓囊囊，阳光下要爆开的样子。俗话说“小暑不算热，大暑三伏天”，天就是热得这样瓷实。摘绿豆的人头戴遮阳帽，身穿长袖衣服，背着包出了门，成熟的豆荚已经从绿色变成黄褐色，甚至黑色，再不摘下来，豆荚就会自己爆开，绿豆散落到地里。无论天气有多热，摘绿豆都是一件不能延误的事。

有一年放暑假，住在姑姑家，日子闲淡而漫长，每日里无事看鸡在院子里“咕咕咕咕”地叫，看小黑狗趴在阴凉里吐着长舌头，蓝天上泊着几朵云，一会儿这个形状一会儿那个形状。某个早早醒来的夏日，见姑姑收拾停当要出门的样子，忙跟过去问姑姑去哪里，姑姑说地里的绿豆熟了，再不摘就落地里了。我连声说也要去，长这么大我还没去地里摘过绿豆。

天色真的早，太阳尚在东边的树梢上，像个大火球。一出门汗就顺着脸颊流下来。姑姑说：“天热，你别去了。”我抿着嘴使劲摇摇头，要去，还没摘过绿豆呢。姑姑递给我一个草帽说：“那我们快点去，中午天太热了。”我一溜儿小跑跟在姑姑后面，绿豆地并不远，很快就到了。绿豆荚一根根地掩映在豆秧间，姑姑递给我一个小袋子，说摘那些颜色变成黑色的豆荚，我俯下身，一根根地往下拽，黑色的豆荚已经成熟，稍微不注意豆荚就会裂开，小绿豆从豆荚里滚出来落到地里，只好放慢速度用心摘。但是汗水，汗水来得好快呀，几分钟就湿透了衣衫，沿着发际不停地滚落，一不小心滚进眼睛里，刺得眼睛火辣辣的疼。

在前面摘豆荚的姑姑，整个后背都湿透了，湿衣服粘在背上，她回过手掀起衣服抖落抖落，弯腰继续摘，水珠一样的汗水擦也擦不完，姑姑用手背抹一下脸上的汗水，轻轻往外一甩，一串汗珠随着手的摆动飞了出去，阳光里在半空中形成一道亮晶晶的弧线。

八九点钟的时候，太阳已经很高，姑姑让我在地边的树荫下等着她，她把盛放绿豆的袋子放在我身边，接过我手里的袋子，她要再摘一会儿。

等姑姑背着两小袋绿豆荚，我俩汗流浃背地往回走，太阳还挂在偏东的天空上。知了无精打采地叫，树叶都灰扑扑的，我们不说一句话，只闷着头往回赶，心里只有一个念头，快些到家，家里凉快。

到家后，姑姑从袋子里抓出些豆荚，飞快地剥出些绿豆，把锅放在炉子上开始熬绿豆汤，绿豆汤是解暑的呀。

摘回来的豆荚倒在笸箩里，没事的时候吹着风扇围着笸箩剥绿豆，一粒粒圆滚滚绿油油的绿豆从豆荚里出来，在笸箩里跳跃，跳得真轻松。

多年后，看到陶潜的“孟夏草木长，绕屋树扶疏”，韦应物的“夏首云物变，雨余草木繁。池荷初贴水，林花已归园”；看到杨万里的“龙眼初如绿豆肥，荔枝已似佛螺儿。南荒北客难将息，最是残春首夏时”。诗人笔下的夏天那么美，美得诗意盎然，美得让人觉得在夏天是一件非常舒适的事。那年暑假同姑姑一起摘绿豆的情形，就那么一直存在记忆里。

青棒子　甜玉米

从初夏到深秋，最让人垂涎的就是青棒子。

青棒子是俗称，就是尚未成熟的玉米棒子，青，是青涩，不成熟。刚掰下来的青棒子，外皮是青绿的，玉米缨子仍嫩生生地鲜亮着，在青绿外皮的顶端，淡紫色或者红色，一根根聚成一束，像发辫的末梢。水煮青棒子有独特的香甜味道，那种香，融会了天地精华，经大自然的滋养，很难用言语表达，但是会一直沁入人的心脾，让人通体舒泰。

小时候，我们最喜欢做的一件事的就是煮青棒子。因为喜欢吃青棒子，姥爷自春寒料峭就点上玉米，一直到麦子成熟，每隔几天种一些，这样从初夏到深秋，一直都会有青棒子吃。每当姥爷说，到地里摘青棒子吧，我们就像过节一样高兴，在玉米地里乱蹿全不顾玉米叶子会划伤手臂和脸颊。从地里摘一篮子青棒子回来，“哗”一下倒在地上，青棒子们立刻蹦跳着四散开来，像调皮的孩子。最外面的老皮剥掉，一下子撕开青皮，三下五除二把还嫩生生的玉米缨子摘掉，露出嫩黄的玉米粒来，玉米粒们排得整整齐齐，像传说中的贝齿，指甲一掐，立刻溅出一股汁液，这样的玉米才符合青棒子的标准。把它们整整齐齐地排放在大铁锅里，添上水，盖上木头锅盖，柴火红彤彤地，映红我们的小脸，汗水沿着脸颊流下，却一点儿都不觉得热，锅里的青棒子早已香气四溢，用柴火煮出来的青棒子有独特的香，那香气是如此诱人，热点儿算什么呢。

姥姥掀开锅盖，用筷子把最上面的玉米夹出来，在手里翻来覆去地颠，边颠边用嘴不停地吹，我眼巴巴地看着，两眼随着热玉米转动，直到吹得不热了，姥姥才递给我说："快尝尝，看熟了吗？"真香真好吃，我边点头边迫不及待地啃，一个玉米下肚，也没尝出到底熟没熟。其实熟没熟真的不重要，即便是不很熟，也香气四溢，生吃也好吃。

每隔几天，我们就会到地里检视一番，找出青棒子来，美美地煮上一锅。这样的快乐日子，可以从初夏持续到深秋。到了深秋，玉米都成熟了，仍会有晚长的玉米还在发育期，但是天已凉，玉米秆从青绿变得枯黄，节气已过，即使是没成熟，也被从玉米秆上掰下来，这样的玉米，个头虽然不小，玉米粒却稀稀落落的，俗称"老人牙"。在剥玉米的时候，这些"老人牙"被单独放在一边，等院子里一半儿是剥好的金灿灿的玉米，一半是小山样的玉米叶子，伸个懒腰站起来，把那些"老人牙"们一股脑儿地放进锅里，加水添上把柴火，一会儿就能闻见玉米的香，这种香，我想我一辈子都不会忘记，它是那么的好闻，又香又甜。记忆里最深刻的是深秋天凉，姥爷清晨从坡里回来，鞋子和裤管都被露水打湿，变戏法儿一般从身上拿出几个"老人牙"，我们立刻从睡眼蒙眬变得欢呼雀跃。

煮出来的青棒子是甜的，煮玉米的水也是甜的，每次煮了青棒子，锅里的水都舍不得倒掉，留着喝，黄绿色的煮玉米水，汪在锅里，喝一口，有玉米的甜和香，炎热的夏季里特别解渴。

青棒子，给我们的童年，添了多少欢乐呀。这欢乐是姥爷用心给的，有哪个人会费那么多心思，隔上十天半个月就种一次玉米呢？那些田边地角，都被姥爷利用起来点上了玉米，只因为外孙喜欢，只为了给外孙一个惊喜。

从初夏时节一直持续着，早市上每天都有拉了一农用车的青棒子来卖的农人，一群人围拢着他的青棒子，他忙得不可开交，他一定是从春寒料峭到小麦收割，隔上些日子就种一次玉米，不然怎么会一直有玉米卖。同姥爷在世的时候做法一样啊。

收获栗子

当我在飘着香甜气味的糖炒栗子的摊位前驻足的时候，我想象不出置身于漫山遍野挂满了毛栗的栗子树中间是一种怎样的情景。

而当我真的站在山坡上，周围是一棵接一棵挂满了刺猬样小球的栗子树，禁不住像孩子一样感叹起来。这是我第一次见到长在树上的毛栗。拳头大小布满了刺的小球隐藏在枝叶中间，秋风起，椭圆形的树叶在秋风里微微晃动，掩映在枝叶里的绿色小球就会羞涩地露出半个脸来。

熟透了的毛栗的栗蓬呈枯草的颜色，往往等不到人们用长杆将它们从树上打下来，它们就自动在树上裂开，里面的栗子滚落到树下的草丛里。村民们采摘毛栗子，都是趁栗蓬还泛着青色的时候，这时候即使从树上用长杆将它们打下来，它们也不会在落地的瞬间裂开，将栗子遗落在草丛里。

栗子树长在山坡上，一般五六米高，有的甚至还高些，满身披挂着草绿的栗蓬，像得胜的将军。站在树下，用长杆就能将毛栗打下来。秋风习习，草依然绿着，绿色的毛栗从树上落下来，掉到草丛里，我大睁着不戴眼镜的近视眼，半蹲在地上，一点点地挪移，用两根树枝筷子一样地将毛栗夹到筐里。不要小看毛栗的刺，冒冒失失用手去拿，肯定会被刺得“哎哟”一声，收获满手的刺。

经过地毯式的搜索，打落下来的毛栗基本被装进了筐里，因为栗子树长在斜坡上，还因为山路崎岖，毛栗都是用扁担挑回家。这个活儿我只试验过一次就彻底放弃，不要说沉甸甸的两筐毛栗担在肩上，就是空扁担放在肩上，走崎岖的山间小路，时间久了，也会压得肩膀痛。

毛栗小山一样被堆在院子里，你挤我，我挨你，刺与刺之间相互交叉着连成一片。把栗子从栗蓬里取出来，是一项细致活儿。栗蓬用木锨拍开，用脚踩开，再用小棍子将栗蓬拨到一边。散落到地上油亮的栗子一个个拾到筐里，仍会有散碎的小刺时不时扎到手指。

人说：遇到栗子收成好，仅将栗子从栗蓬里踩出来，就会用烂一双鞋呢！

用小棍子将栗子从栗蓬里向外拨拉的时候，下午的太阳正斜斜地照着，我忽然想到：是不是该去涂些防晒霜，秋日的太阳依然毒辣，这个想法矫情得可笑，可是，却在我脑海里一闪而过。我不是白皙的那种皮肤，但同周围晒得黑红的脸庞比起来，我反而成了白净的人。尽管如此，我还是将身子转过去，背对着太阳。过后我想，我若真的整日里在山中劳作，会不会同我见到的那些山中妇女一样毫不修饰，大太阳下连个草帽都不戴？

曾想象过，春天的时候，栗子树开花了，白色的、粉色的柱子样的花，漫山遍野都是。青山因此而变成了花的海洋。栗子开花的香气据说很香很香，一直香到人的心底里，十里八乡都被香气弥漫，空气都变得香喷喷的。

一个栗蓬里的栗子个数不等，有的一个，有的两个，最多也就三个。同打算抛弃掉的小山样的栗蓬相比，收获的栗子显得很少，很单薄，散落在地上，发着湿漉漉的光。

收获栗子，就是收获希望。在远离城市没有工业的乡村，栗子就是换取柴米油盐各种生活用品的金钱。

耕耘流出的汗水总是比收获的金钱要多。

我的心在一瞬间变得很痛。

一篮子有缺口的蘑菇

一

多年前，桃子是一名师范学校的学生，曾经在暑期到一个偏远的山区支教。送行的车沿着弯弯曲曲的小路走了好久，在一座小桥前停下，司机说，余下的路，汽车没有办法前行，让桃子自己下车走着到学校去，他指着蜿蜒的上山的路，说："你放心地走吧，这条山路就通往学校。"

桃子背着行囊，慢慢沿着山路向上爬。说是路，其实是很窄的羊肠小道。道两边是密密的不知名的植物，抬眼望，无边的绿色，星星点点的野花点缀着，学校就在半山腰上。走着走着，听到前面好像有什么异样的响声，一个小孩子的身影闪了一下，立刻就不见了。拐过一个弯儿，就见一个脸庞红红的男孩子，正憨憨地笑着站在路中间，桃子看着他，他也毫不畏惧地看着桃子，眼睛亮亮的，笑成月牙儿。

"你是新来的老师吗？"男孩子终于开口了。

桃子回答："是呀。"他满心欢喜地跑到桃子跟前，伸手就帮桃子拿东西。桃子说不用，他仍然坚持着，把桃子手里的包抢了过去，边跑边喊："新来的老师来了！新来的老师来了！"

远山回应着他的喊声，在山与山之间回荡。接着，有许多的欢呼声从半山腰传出来，骨骨碌碌的，许多的孩子从半山腰隐藏在绿树中的校舍里跑出来。

山里的孩子没有暑假，只有星期天。今天是星期天，可是孩子们知道桃子要来，聚集在学校欢迎桃子。桃子看着老校长笑成一朵菊花的笑脸，还有山区孩子们腮边的太阳红，那么多的亮亮的眼睛看着她，桃子的心瞬间热乎乎的。

二

桃子站在讲台上，身后是已经泛白的黑板，桃子知道那天到山路上迎接的男孩叫郝强，他此刻并不好好听课，正在跟身边的同学互相打闹，你戳我一下，我打你一下，郝强一副怒气冲冲的样子。桃子停了手中的粉笔，有点生气地说："郝强，你们在做什么？"桃子走过去，郝强和那个同学停止了动手，郝强低垂着眼帘，汗珠顺着脸颊流下来，并不说话。桃子说："好了，上课不许胡闹。"

下课后，桃子叫过郝强让他留下，想问一下他上课为什么跟同学打闹，他站在那里，眼睛看着脚尖，无论桃子怎样问，都不说话。桃子生气地说："不说话，就不能回家。"

桃子不再理郝强，转过身批改同学们的作业，时间一点点地过去，猛然间一抬头，暮色已经悄悄地降临。郝强仍然站在桃子旁边，一句话都没有。桃子无奈地摇头，这么倔强的孩子，真拿他没办法。

桃子说："郝强，我饿了，要不你留在老师这里一起吃饭吧。"

郝强摇头。桃子想缓解一下气氛，就笑嘻嘻地说："我都听到你肚子在咕咕地叫了，跟老师一起吃饭好吗？"郝强仍然摇头："老师，谢谢您，我还是回家吧，我奶奶在家里等我。"

"你家离这里远吗？"

"不远，翻过那道山梁就到了。"

桃子抬眼看了看，不由得吸了口凉气，小学校离那道山梁已经很远，翻过山梁，不知道要走多远才能到郝强的家。看着渐渐黑下来的天，桃子心里后悔不迭，早知道就不让郝强在学校站这么久了呀，怎么能只顾看作业把郝强忘了呢？路远山深，万一路上有什么野兽出现，那可怎么办？要是不让郝强回家，那他的家人一定会惦记。

“老师送你回家吧。”

郝强坚决地摇了摇头：“没事的，老师，我走惯了，很快就能到家。”他眼里有一种桃子不熟悉的成熟。

郝强用手整了整肩上的书包，说了一句：“我走了，老师。”转身就跑，灵巧的身子很快就消失在暮色中。

桃子翻出郝强的作业，他的作业写得整整齐齐，正面写完了又在反面写。在所有的孩子中，是写得最好的，看得出郝强是个很用功很上进的孩子。夜深了，山风呼啸，同无边的黑暗比起来，人渺小得如草芥。桃子在忐忑不安中度过一夜，心底里一直暗暗祈祷，祈祷郝强不要出什么事情才好，山深林密，郝强还是个孩子。

第二天，郝强准时出现在学校里，桃子悬着的那颗心才放下来。看着他没事儿样的脸，黑黝黝的泛着太阳光，想，真是个倔强的孩子。

三

郝强又跟别的孩子打架了。

是下课短短的几分钟时间，听到同学们的喊声，桃子跑出去，见郝强正同一个男孩子打在一起，两个人在尘土飞扬里滚来滚去。桃子忙拉开他俩，两个人都气喘吁吁，汗水混着尘土，小脸脏兮兮的，郝强眼睛低垂着，一句话都不说。

听别的同学说，同郝强打架的那个同学骂郝强是没有爹妈的野孩子，是他奶奶从山下捡来的，郝强一听，冲上去就把那男孩子摁倒了。

桃子决定到郝强家去看看。

星期天一大早，桃子在清凉的晨风里起身，走了很远的山路，翻过了山梁，沿着弯曲的山路走了好久，才看到郝强说的家，一间低矮的茅草屋，郝强年迈的奶奶正坐在门前的小凳子上择野菜，郝强听到桃子的声音，欢欢喜喜地从屋里跑出来，不住地跟他奶奶说：“奶奶，这是城里来的老师，她对我们可好了，知道好多新鲜事情。”

他奶奶一笑，露出没牙的牙床，赶紧让郝强给老师倒水。趁他离开的空当，他奶奶摇摇头，说：“唉，这孩子命苦，从小不知道爹妈是谁，是我从山下捡来的，他要强，能吃苦，一回家就帮我这老婆子干这干那，总说等他长大了要让我过上好日子。多亏乡亲们帮衬着，才这么磕磕绊绊地过下来。郝强最不喜欢人家说他是野孩子。那天同学说他是捡来的孩子，他忍不住就跟同学在课堂上打起来。让老师生气了，老师你可不要在意呀。”

桃子恍然大悟，怪不得怎么问郝强，他都不说呢。

进了郝强的家，家里除了床，再没有别的什么家具。郝强每天就趴在一个破木箱子上写作业。闲下来，就帮奶奶种庄稼、喂鸡、砍柴，忙里忙外。桃子忍着心里的痛，在城里，这么大的孩子，还跟在父母身边撒娇呢，可是郝强，已经是家里的顶梁柱了。

桃子拉过郝强，让他在身边坐下，他的小手因为劳作，变得很粗糙。郝强问：“老师，山那边是什么样子呢？我从来都没有到山那边去过。”桃子沉吟了一下：“山那边，是一个广阔的世界，有很多你没见过的新鲜事，街道上有来来往往的汽车，有很高的楼和很多工厂，还有大海。你要好好学习，等以后到山那边去念书，念中学、念大学，学习许多本领，让山区的人过上好日子。”

郝强神往地看着远方："我一定要到山外面去看看，长大了挣好多钱，让奶奶每天都吃白面馒头，让所有帮助过我和奶奶的人都过上好日子。"

四

短短的一个月很快就过去了。桃子渐渐地适应了山里的生活，山里孩子的淳朴，让桃子久久难忘。

最后一节课，桃子跟孩子们说："老师明天就离开这里了，同学们一定要好好学习，长大了到大山的外面去看看，外面的世界非常精彩。"

桃子问同学们，你们的理想是什么？郝强站起来，涨红了脸："老师，我长大了要走出大山，学好多知识回来，给咱们的大山通上公路，让大家都能吃上白馒头。"

许多同学都表达了自己的理想。桃子看着这些晒得黑黑的小脸，心里涌动着无法言说的思绪。这里贫穷、落后，山里的孩子不知道什么是麦当劳，没见过世面，甚至连本课外书都没有，但是他们有梦想。

清晨起来，一推开门，就发现门外放了满满一篮子的蘑菇，桃子四下看了看，见郝强的影子一闪，这么早郝强就到学校了，蘑菇一定是郝强送来的。桃子拿起篮子仔细看看，奇怪地发现圆圆的伞状的蘑菇，不知道为什么，每个蘑菇都被掰掉了一块，成了残缺的一把把小伞。

老校长和孩子们都来送行，孩子们抢着帮桃子拿行李。桃子拿起那一篮子蘑菇给老校长看，老校长说，这是山里独有的一种蘑菇，味道非常鲜美，可是因为同一种毒蘑菇长得非常相像，一般人根本区别不开。这篮子蘑菇，一定是采摘蘑菇的人，每个都掰下一块尝了，保证都是没有毒的蘑菇。

桃子心里一热，眼泪忍不住落下来。刚来的时候，桃子把自己当成一个过客，怀着一个月很快就能过去的心态，来度过这同自己平时生活迥然不同的支教生涯。这些日子的苦、累，夜晚孩子们都走了以后的寂寞，没有电视，手机没有信号，好像与世隔绝了一样的不适应，在这一篮子蘑菇面前烟消云散。山里孩子用他们最最朴实的心对待每一个来支教的老师。山里孩子的真诚朴实，是桃子支教一个月最大的收获。

桃子在人群里找寻郝强的身影，他躲在一群孩子里面，正不眨眼地望着桃子。桃子走过去，伸手抚摸了一下他的头："老师会想念你们的，郝强，我知道你是个要强的孩子，记住，快乐是每个人都有的权利。好好学习，只要努力，就一定能走出大山。"

桃子提着那篮子有缺口的蘑菇，像捧着一颗颗纯洁的心，这个地方，这座大山里的孩子们，成了她永远的牵挂。

享一场水果的盛宴

作为一个北方人，从春天到夏天再到秋天到冬天，每一季我都喜欢，每一季都有当季的水果上市，对一个爱吃水果胜过爱吃饭的人来说，每天都有新鲜水果吃，是一件多么幸福的事。水果是每天都必须有的呀，晚饭后散步回来，就是吃水果的时间，雪白的盘子里的小红樱桃、金黄的杏、红红的几块西瓜，一直到秋天苹果上市，都是当季的水果，一直吃一直吃到临睡前，才恋恋不舍地罢手。宁可一日无饭，不能一日无水果。晚上朋友每次问我在干什么，反正不是在吃水果，就是在吃水果的路上。

去菜市场往往都是先看到各色水果，然后才看到蔬菜和鱼肉。围着水果摊转呀转，看着水果们姹紫嫣红、活色生香的小模样，还没吃就口舌生津、神清气爽，有水果吃觉得生活真美好。

一树樱桃带雨红，小樱桃带着香甜的气息来了。后梁宣帝的《樱桃赋》里说："懿夫樱桃之为树，先百果而含荣，既离离而春就，乍冉冉而东迎。"樱桃就是先百果而来的呀。小樱桃只有人的指盖儿大小，圆圆的软软的甜甜的，小樱桃不容易保存，当天摘当天卖，被人一篮子一篮子地挎到菜市场，虽然人们形容女子的时候常常用"樱桃小口"这个词，但是吃小樱桃不能一个一个地吃，那样太不过瘾，都是抓一把一下倒进嘴里，吃完一起把樱桃核吐出来，小樱桃甘甜的滋味沿着食道下行，那个舒畅，是用手指一个一个拈着吃体会不到的。有一年晚饭后在街上溜达，刚巧遇到一个人，挎了一篮子的小樱桃在街上卖，我说别人都是早晨来卖小樱桃你怎么晚上来。她说家里事多没顾上摘，可是樱桃熟了再不摘不行了，只好下午摘了晚上来卖。摘小樱桃特别费事，那么一大篮子小樱桃，要半天工夫吧。拿起一个来一尝特别甜，理所当然地买了好多，回家后吃得撑得直不起腰，谁让小樱桃这么好吃呢。后来晚饭后再去街上，再也没有遇到那个女的，她的小樱桃成了永久的牵挂。诗里说："流光容易把人抛，红了樱桃，绿了芭蕉。"也是惆怅吧。

大樱桃紧随小樱桃的步伐来了，大樱桃同一元的硬币差不多大，皮厚耐储存，可以一个一个翘着兰花儿指拈着吃。淄博盛产陶瓷，有各式各样好看的瓷器，选一个喜欢的盘子盛了樱桃摆在茶几上，放在电脑旁，大红的或者金黄的大樱桃，在精致盘子的映衬下，分外好看。

红红的草莓上市了，一盒盒摆在水果摊上，那么的吸引人的目光，让你见了就挪不动脚步；金黄的杏成熟了，成熟的杏皮软软的吹弹欲破，慢慢地剥了皮吃，甜杏核还可以砸出杏仁来吃；甜甜的桃子来了，不同品种的桃子轮番上阵，让人应接不暇："水晶球带轻烟绿，翡翠笼含冷焰红"的大西瓜来了，碧绿的圆滚滚的大西瓜，是炎热夏季的必备水果。那天同朋友三人吃饭，饭后回来的路上，每个人都说了自己最喜欢吃的东西，我说最爱吃水果。刚巧从一辆卖西瓜的车旁经过，朋友停下车，说请你们吃西瓜。一个大西瓜被瓜贩用刀切成莲花瓣状，我们仨把西瓜放在马路牙子上，一个袋子盛西瓜一个袋子盛吃剩下的瓜皮瓜子，站在路边啃西瓜，边啃边偷笑，这么多年来日渐矫情，路边吃西瓜这样的事儿好多年没干了，个个心里兴奋得很。

"一架葡萄，青得池塘满。"葡萄也是我最爱，紫红的葡萄，绿皮的葡萄，红玛瑙、小提子，各有各的味道，黄庭佐的《水调歌头》里说："应为娉婷一笑，烂醉葡萄新熟，明月满西楼。"这意境一想就很让人向往。我们这里有一种早熟的苹果叫“嘎啦蜜”，同西瓜一起上市，它外形像苹果但是味道却不同，吃腻了西瓜可以吃嘎啦蜜，还可以吃葡萄吃桃子，在夏季有许多选择，只要你牙好胃口好。

汁水甘甜的梨紧跟着上市，猕猴桃也来了。作为猕猴桃的产地，一到八月底九月初，来摘猕猴桃的人都堵了路，边玩儿边吃边摘一些带回去，一天的快乐时光。猕猴桃适合翘着兰花儿指用指甲剥去一端的皮，露出里面绿色的瓤，小勺子慢慢探进去挖出一勺来，开始吃的时候还顾忌吃相，要淑女一些，可是吃着吃着，就盛满勺张开大嘴，酸酸甜甜的好味道，怎么忍得了小口吃。初秋的时候无花果熟，青的皮红丝丝的瓤，独特的香。还有石榴，怎么能忘了石榴呢？五月的时候石榴开花就盼着它成熟的呀，一个个大石榴托在手里沉甸甸的，迫不及待成熟的那些已经裂开口子，“羡他开口处，笑落尽珠玑。”石榴仔晶莹红润，粒粒珠玑。

有个朋友最爱的水果是家乡的苹果。他的家乡栖霞的苹果远近闻名，刚刚九月初，栖霞苹果里的早熟品种就上市了，他从九月一直吃到来年三四月，他的车上、办公室甚至包里，都能见到家乡苹果的影子，熟悉他的人都知道这一点，毫不客气地帮他吃。他对家乡苹果的热爱才是真爱。我们这里也是苹果的产地，苹果熟了的季节，一车车的苹果运过来，一直吃到来年樱桃上市。

以前曾经很羡慕生活在南方的人们，觉得南方四季如春，每一季都有好吃的新鲜水果。可是现在，生活在北方也能每一季都吃到当季新鲜上市的水果，作为一个爱水果胜过爱美食的吃货，幸福来得如此简单，又如此的让人容易满足。

高童鞋种西瓜

高童鞋那天在微信里冒了个泡，给我点了个赞，一瞬间有点恍惚，凝神想了想才记起他是谁。我说童鞋你要勤冒泡，刷存在感，没好意思说我都快忘记你是谁了。他说忙啊，顾不上。我以为他整天朝九晚五地上班，就说瞎忙什么呀。他说姐，我在地里忙活西瓜呢。其实高童鞋是亲戚的朋友，大家都在亲戚建的群里混，然后加了我，之前我还真不知道他是干什么的。恍惚记起前些日子他曾发了个微信，在西瓜大棚里给西瓜对花，当时以为是他老家的西瓜，没想到他真的是在种西瓜。

高童鞋去年春节刚过就在山东的东阿县鱼山镇某小村落了户，天寒地冻草木干枯，一个人住在大队部的房子里，窗关不严，屋里没暖气。暮色刚刚笼罩大地，村子里就一片沉寂，越安静越睡不着，白天的情景历历在目——低矮的民房，靠在南墙根晒太阳的村民，同城区有天壤之别，种种情景在冬日里更显破败，这小村一看就不富裕。

积雪消融的街道一片泥泞，高童鞋走村串巷，考察过蔬菜大棚、鲁西黑头羊、葡萄种植等项目，后来发现村民素来有种植西瓜的习惯，土壤条件适合，村民有种植技术，只是没形成规模，经过多方面考察，高童鞋决定因地制宜鼓励村民种西瓜。经过一番努力，西瓜大棚建起来，大片大片地在阳光里泛着银光，远远地望像波光粼粼的海面；西瓜开花了，小黄花一朵一朵点缀在绿叶丛里晃人的眼；西瓜结小果子了，托在手心玲珑可爱。

种瓜容易卖瓜难，西瓜还没成熟，高童鞋顶着各种压力负债建了西瓜交易市场，那年西瓜第一次大面积丰收，还没上市，毒西瓜的报道铺天盖地，喜欢吃西瓜的人都踌躇起来，西瓜销路受阻，如果西瓜烂在地里，以后还怎么调动大家的积极性？没有人来收瓜，高童鞋愁得辗转反侧夜不能寐，大睁着眼睛在大队部的窗户前数星星：市场建起来，得有瓜贩子来买才行。

高童鞋比瓜农还着急，高童鞋家在济南，周末早晨骑自行车出门，目标是济南的七里堡和八里桥两个蔬菜批发市场，一个在济南的东北角，一个在济南的西北角，一路骑一路瞅寻路上的瓜摊，见到一个卖西瓜的就跟人家拉呱套近乎，把名片给人家留下。一整天跑了大半个济南。盛夏的济南，七月流火的天气，知了叫得人心乱，衣服湿了干，干了湿。晚上刚到家，村里的书记说也到了济南，原来高童鞋刚离开八里桥市场，村书记就到了八里桥，高童鞋马上再回到八里桥市场，夜幕下热乎乎的空气里，几个人站那里观察了半天，见一个瓜贩子拉瓜回来，赶紧过去给瓜贩子递烟、点上，厚着脸皮套近乎，平日里哪干过这事呀，这次是豁上了。请瓜贩子到他们那里去收瓜，瓜贩子都有固定的收瓜地点，瓜产地有熟悉的经纪人，瓜贩子一个一个地挑瓜，要最好的瓜，而瓜农希望所有的瓜都能卖出去。挑出一个瓜，瓜农就心疼得不行，挑得狠了，就会争吵，全靠经纪人从中协调。

几个人好说歹说，把身份证、工作证都给人看了，央着人家去收瓜，拍着胸脯保证不会被讹诈、不会被刁难，最终打动了一个瓜贩。瓜贩说你们什么时候回村里，瓜贩打算凌晨三点从济南走，高童鞋立即决定，大家同瓜贩一起走，五点多到了村里，瓜模样俊俏、甜度高、买卖公正、村民不刁难瓜贩子，很快收瓜的贩子多起来，瓜就这样卖开了。

虽然开始的时候受毒西瓜的报道影响了销路，但是后来的销路非常好，瓜农们都挣了钱。乐呵呵地说明年还要种。

果然，第二年种瓜的瓜农热情不减，高童鞋也忙得不亦乐乎，人家秧上结个果，他乐呵呵地好像是他家的秧结了果。眼看着西瓜上市，高童鞋忙着找销路，怪不得在微信里不冒泡，差点让我忘了他是谁。

高童鞋还做了许多事，比如集资修路，比如整治村庄卫生，安装自来水，比如给村民讲六尺巷的故事、讲弟子规，改善村风民风，鼓励多渠道致富，等等。

其实高童鞋是某机关的工作人员，下派到小村做第一书记，一点架子都没有，一口一个姐地叫我，无比虚心地接受调侃、批评，保证以后在微信上多出勤，让大家看到他村里的新变化。

茄子的吃法

在这之前，我从来不知道茄子能生着吃，直到看到一朋友，从菜篮子里挑选出长得顺溜、面相好肤色年轻的茄子来，水里洗干净了，拿起来啃得“咔嚓咔嚓”响，一会儿工夫一个大茄子就下了肚。作为一个减肥永远在路上的人，她的晚饭就是生吃两个茄子。看来任何东西都能生吃，只要你愿意，只要你的胃接受得了。

茄子在我们这里是常见的菜蔬，菜市场问一圈价格，数茄子最便宜，同样的钱，黄瓜西红柿只能买几个，而大茄子就能买一小堆。你还不能小瞧茄子，它紫幽幽地堆在那里，发着淡淡的光，不知不觉中你的脚步就向它迈过去。有一堆茄子在，整个菜摊就会丰盈，就让人觉得菜量充足，品种丰富。缺了这一堆茄子，整个菜摊都觉得小了。

对平常人来说，茄子不过是一种普通的菜蔬，可是对超级吃货来说，却能把普通的菜蔬做得有滋有味名垂千古，比如大诗人苏东坡。苏东坡无疑是中国历史上知名度最高的美食家。一生数次贬谪升迁，从眉州到杭州、从黄州到瞻州。这位大文豪行尽半个中国，遍尝各地美食。因此中国美食中便平添了“东坡肘子”“东坡豆花”“东坡茄子”等与其相关的美味菜品。茄子同苏东坡联系在一起，就不再是普通的茄子，华丽丽一转身，成了名品。

东坡茄子效仿的是东坡肉的做法，茄子去蒂洗净去皮切成大方块，炸成枣红色捞出沥油，勺内留少许底油，烧热放入猪肉馅炒变色，加葱、姜末稍炒，放酱油、盐、味精、白糖、料酒、汤烧开后倒入装茄块的碗内，上屉蒸十分钟；再把汤沥勺内，茄块扣入盘中，把原汁用湿淀粉勾芡，淋明油，烧在茄块上即好。此菜的要点就是，茄块要切大块，炸成枣红色。我曾经效仿此法做过茄子，味道不如想象中的好，事实说明单有方法是不够的，还要有蕙质兰心。

中国人在吃上总是追求极致，色香味缺一不可，否则就不是一道好菜，更不会成为一道名菜。所谓民以食为天，对吃的推崇到了极致。即便是极其普通的茄子，也要把它做得不普通，从而满足吃货的需求。苏东坡的各种美食，大都是在被贬的时候创出来的，别人眼里的凄风苦雨，到了苏东坡身上，都被用来研究美食了，哪里还顾得上凄凄惨惨。这就是所谓的大胸怀大气度，能对吃孜孜以求的人，必定是热爱生活的人。

茄子最为名贵的吃法是《红楼梦》里的茄鲞 。凤姐向刘姥姥讲解说："才摘下来的茄子把皮去了，只要净肉，切成碎丁子，用鸡油炸了，再用鸡脯子肉并香菌、新笋、蘑菇、五香腐干、各色干果子，俱切成丁子，用鸡汤煨干，将香油一收，外加糟油一拌，盛在瓷罐子里封严，要吃时拿出来，用炒的鸡瓜一拌就是。"说得那么简单，其实做起来一点都不简单，也颇费银子。以至于刘姥姥吃了说："别哄我，茄子跑出这味儿来，我们也不用种粮食了，只种茄子了。"这样的吃法，小百姓怎能吃得起，只能在书里饱饱眼福。

茄子还未成熟的时候，永远不知道等待自己的是什么样的命运。是被红烧了呢还是被清蒸，这一切都要看吃茄子的人的心情。我们单位附近有家小饭店，每次去都要点他的风味茄子。茄子带皮切成长条，热油锅里炸成金黄色，红辣椒切成一段一段，花生炒好拍成花生碎，在锅里加花椒大料和辣椒段花生碎重新炒过，出锅的时候撒上香菜段。辣椒是那种微微辣的辣椒，虽然切成一段段的，却并不辣得你不能下口，一盘风味茄子端上来，金黄色的茄子，红色的辣椒，绿的香菜，香香的花生碎衬着，味道不是一般的好。

茄子其实有很多吃法，比如蒸茄子、蒜擂茄子、红烧茄子、鱼香茄子等。关键是要有吃的胃口，吃嘛嘛香才能对得起各种美味的食材。哪怕是生吃茄子，也要吃出山珍海味的感觉来。

草根萝卜

闲来无事，翻检旧物，从闲置的抽屉里翻出几个陶瓷刻盘，其中一个白瓷盘，上面用细腻的刀法刻了两个红彤彤的柿子和一个青翠欲滴的萝卜，有“事事顺心”之意。萝卜代表着顺心、顺意，这寓意真好。

那天在菜市场，见一菜摊上带着缨子的萝卜摆放得整整齐齐。萝卜洗得干干净净，萝卜缨子青翠欲滴，白玉的裤，翡翠的衣，煞是好看，忍不住买几个回来。

萝卜大概属于菜蔬中最便宜的菜了，买一堆也花不了几个钱。萝卜和萝卜缨子都可以食用。记得以前，母亲将萝卜缨子洗净、切碎，掺上黄豆面熬粥喝，熬熟了撒上一点点盐，萝卜的清香味儿和黄豆的香味随着热气升腾，喝一碗热乎乎、香喷喷，通体舒泰。而在农村，萝卜缨子要么用来喂猪、喂鸡，要么从萝卜上砍下来，扔在田边地头，风吹雨淋地腐烂，成为土地的肥料。

萝卜的吃法有许多种，可以说想怎么吃就怎么吃。最最简单的吃法是洗干净了，抱起来“咔嚓咔嚓”地啃，吃法虽然不雅，但吃得痛快淋漓，汁水四溅，并且营养成分绝不会丢失。还有一种简单的吃法是用刀切成筷子粗的细条，撒上盐，用筷子一搅拌，一盘清脆可口的小咸菜就做好了。

比较复杂的一种萝卜咸菜的做法是将萝卜切成圆片，再将圆片一端切成小细条，另一端连着，院子里或者阳台上扯上几根铁丝，或者原来晾衣服的铁丝就可以，一片一片的萝卜挂在铁丝上，在风里摇摆。等晾晒到半湿不干的样子，取下来用酱油浸了，用花椒面儿和盐搅拌均匀，放到坛子里，封上口，随吃随拿，可以储存很长时间。小时候每年秋天，院子里的晾衣绳上都要晾晒几铁丝的萝卜，白花花脆生生的萝卜片在微凉的秋风里晃动，是秋天的一番别样景致。

曾经听一位朋友讲过关于萝卜的故事。有一年他出差到山东，长途车坐得人昏昏欲睡，天气仍有些热。他晃了晃手中的矿泉水瓶子，瓶子里已经滴水无存，他舔了舔嘴唇，使劲咽了口唾沫，靠在座位上闭目养神，想睡去可是渴得睡不着，迷迷糊糊中听到邻座在“咔嚓咔嚓”吃东西，同时一阵萝卜的清香味儿飘过来。他忍不住睁开眼，见邻座一老农模样的老者正在啃一根大萝卜，那萝卜圆溜溜的，翠绿光滑，匀称、苗条，像一位身姿袅娜的少女，他的两眼立刻睁大了：没有水，能吃根脆生生的萝卜也好啊！那老者像看透了他的心思，从包里拿出一根萝卜递给他，朋友忙不迭地接过来，连声道谢，也顾不了许多，“咔嚓”咬一口，立刻就觉得不是那么焦灼的干渴了。要是在平时，萝卜是他多么不屑的东西啊，可是这会儿觉得真是好吃。老者告诉他，这就是山东有名的潍坊大萝卜，是当地有名的特产。朋友从此记住了“潍坊大萝卜”这个名字，那萝卜的甘甜、滋润，永远留在了心里。

萝卜是属于广大的平民百姓的。它实惠、便宜、方便，有很强的亲和力。不管是炖牛肉、红烧排骨、炖粉条还是炒肉片，都不会让人失望。我最喜欢的一种吃法是将萝卜切成丝，清水萝卜煮大虾，不沾一点点的油腥，等水沸了，虾红了，加点盐和味精，味道清淡，萝卜香甜，大虾的香味丝毫不受影响，别有一番风味。

萝卜有“小人参”的美称，但比真正的人参便宜多了。是我们普通老百姓吃得起的人参，是草根阶层的宝贝。

尊重一棵菜的天赋禀性可以使人成为一个好厨子，尊重他人和自己的情感及禀性可以使你成为一个幸福的人。萝卜就是萝卜，朴实无华地待它，就是对它最好的尊重。

南瓜　南瓜

南瓜的粗犷豪放，真是无人能及。这世上有婉约派，有豪放派，南瓜就是菜蔬里的豪放派。

看它在地角堰边、沟沟坎坎，秧爬到哪里就长到哪里，再不堪的地势，也能把阔大的叶、粗壮的藤蔓覆盖过去，真有种天地任我行的气势。

在农人的潜意识里，南瓜根本就不是需要悉心照料的作物。春风刮过，万物复苏，农人合计种什么的时候，大块平整的土地都是留给玉米呀、谷子呀、红薯呀，小麦早已在去年冬上就占据了大片的沃土，等一切都拾掇妥当，才想起窗台上的那包南瓜子，怎么就把它给忘了呢？赶紧地，堰上刨个坑，南瓜就种下去了，再浇上瓢水，从此开启南瓜自生自灭的人生旅程。

《红楼梦》第四十回行令时，刘姥姥戏言：花儿落地结个大倭瓜。这倭瓜就是南瓜，自刘姥姥这乡野之人的嘴里说出来，可见南瓜上不了台面，与刘姥姥身份相配的，怕只有南瓜了，自是不能同那些金瓜、银瓜、翡翠瓜相提并论。

从生活区到上班的地点有一条小路，汽车什么的都不走这里，我独喜欢这条路的清静，每天清晨早起在这条路上走着上班，路西是大片的菜地，菜地与路之间的缝隙里，被菜园主人种了一路南瓜，眼见着南瓜秧占据了缝隙，又眼见着南瓜叶从路西向东扩展，不长时间水泥路面就被占了一小半，远远地望，路面一半灰白一半碧绿，南瓜真是壮硕得可爱。金灿灿的南瓜花在碧绿的叶子间时隐时现了，小南瓜妞儿开始在叶下潜伏着了。主人不曾说不许南瓜秧在路面爬，路人不曾打扰南瓜的清梦，于是这里成了南瓜的天下，想想每天与南瓜秧为伴，检阅南瓜的成长，心里就很美。

南瓜收获的季节，最是让人欣喜。若隐若现的南瓜在叶底晃人的眼，拨拉开还碧绿着的大叶子，原本以为是个小南瓜，谁知顺着叶子捋呀捋，又长又大的南瓜就呈现在眼前，如我等四体不勤之人，单手拿怕是不行，要双手抱或者肩扛才过瘾。

在街口的路边，一个老人守了一堆南瓜在卖，金黄的南瓜个个闪着成熟的光泽，让人联想到它的口感和味道定是不一般的好。老人眼巴巴地看着我们，随口问一句："南瓜甜不甜?"老人忙不迭地说："又甜又面。"步履蹒跚着起身拿起一个南瓜给我们看，絮絮地说自家种的，好吃得很。原本不过是随口一问，最终决定买几个南瓜，让老人早点回家也好。一口气买了四个，归途却犯了愁，这么多壮硕的南瓜该怎么吃呀！遂决定给爸妈送，给同事送，心下里嘿嘿一笑：礼轻情意重，不收也得收。

其实，南瓜是可以作为礼品相送的。清代盐城的张艺堂，年少好学却家贫，无钱缴纳学费，拜大学问家丁敬身先生为师时，身上的大布囊里，就是两只大南瓜做拜师礼。旁人看了皆大笑，而丁敬身先生却欣然接受，并当场烹瓜备饭，招待学生。张艺堂的好学自是可贵，更可敬的是丁先生的师德高尚，南瓜等同于真金白银，他看重的是张艺堂的勤奋好学，于是"南瓜礼"一直流传，成为美谈。

图书在版编目（CIP）数据

你是一树一树的花开 / 窗外风著．—北京：中国社会出版社，2018. 5
（当代著名作家美文自选集 / 凌翔主编）
ISBN 978-7-5087-5981-4

Ⅰ. ①你… Ⅱ. ①窗… Ⅲ. ①散文集—中国—当代
Ⅳ. ①I267

中国版本图书馆 CIP 数据核字（2018）第 099963 号

丛 书 名：当代著名作家美文自选集
丛书主编：凌 翔
书 名：你是一树一树的花开
著 者：窗外风

出 版 人：浦善新
终 审 人：王 前
责任编辑：张 迟

出版发行：中国社会出版社 邮政编码：100032
通联方式：北京市西城区二龙路甲 33 号
电 话：编辑室：（010） 58124856
销售部：（010） 58124850
网 址：www.shcbs.com.cn
shcbs.mca.gov.cn
经 销：各地新华书店

中国社会出版社天猫旗舰店

印刷装订：北京楠萍印刷有限公司
开 本：165mm×230mm 1/16
印 张：16
字 数：240 千字
版 次：2018 年 8 月第 1 版
印 次：2018 年 8 月第 1 次印刷
定 价：49. 80 元

中国社会出版社微信公众号

解开语文阅读的“金钥匙”

窗外风作品阅读训练

提分策略　答题技巧

窗外风　著

非卖品

目　录

露水早市

（1）早市，就像清晨的露珠，太阳一晒就飘散了。

（2）早市，之所以能称为早市，全在于一个早字。天刚蒙蒙亮，陆陆续续的摩托车、三轮车就开始往早市聚拢，各色菜蔬、时令水果排在路的两边，都是农人带了自己地里的产品来卖。在我们这里，早市早上八点就开始稀稀落落，就像清晨的露珠，阳光下闪烁一段时间，就化为水蒸气消失在空气中，留下一条空旷的马路。

（3）在早市上，能买到青玉米棒子、刚摘的毛豆、新下的杏子、甜桃，总之所有时令到了该吃的东西，都能买到，能满足吃货们对吃的极大追求。在这里，你会觉得，因为爱吃，所以才爱生命、爱生活。

（4）每个休息日的早上，我都会到早市逛逛，那个老太太每天都在同一个地方守着，一个矮矮的马扎儿，几个小袋子，袋子里是新鲜的蔬菜，还有一个小篮子，半篮子山鸡蛋，身后一辆半旧的三轮自行车，她所有的家当就是这样骑着三轮自行车运来的。

（5）那一次，我买了老太太的芸豆、杏子、甜瓜还有西红柿，在称完付钱的时候，她忽然从身边的筐里拿出西红柿往我袋子里装，嘴里说：“你买了我这么多，送你几个西红柿。”我忙阻拦：“别，做点买卖不容易。”她说话的空当，已经往我袋子里装了两个大西红柿，我赶紧把袋子提起来。她随意地说：“拿着吧，都是自己种的。”价格这么便宜，我知道她根本挣不了多少钱，况且我买谁的都是买，她卖给谁都是卖，只因为我买的多了一点，就要表示感谢，这份善良质朴，像她的甜瓜一样甜。

（6）前些日子慢性咽炎犯了，夜里总咳嗽，吃了许多药都不见好，一咳嗽就睡不着，想起几年前曾经用蒲公英泡水喝，喝着喝着就好了，就想赶紧到早市看看有没有卖蒲公英的，偏早晨多睡了会儿，去得有些晚。路上走得急，汗都出来了。早市的摊位已经有些稀稀落落，老太太还在，抱着试试看的想法，问老太太：“阿姨，您知道哪里有卖蒲公英的吗？”老太太说山上多的是，还用买呀？我说我想买点泡水喝。老太太说为啥泡水喝，我说有慢性咽炎，夜里总咳嗽，一咳嗽就睡不着，吃了好多药都不好。以前曾经用蒲公英泡水喝慢慢就好了。老太太说明天给你带点儿来。

（7）第二天，大清早就去早市，果然，老太太的三轮车上满满一大袋子的蒲公英，枝枝叶叶间夹杂着灿灿的小黄花，像小星星。老太太说有几个人问蒲公英卖不卖，不卖，我都给你留着呢。那样一大袋子蒲公英，要花费不少工夫才能拔到吧，虽然说山上有的是，可也要漫山遍野地跑才行。顿时感激得不行，拿出钱包就要给老太太钱，老太太坚决不要，说昨天地里干活的时候顺便拔的，没费什么劲儿。

(8) 因为没什么事，就在旁边看老太太卖菜，有一搭没一搭地同老太太说话。老太太每天天不亮起床，骑十几里路的三轮车来赶早市，卖的东西都是自己地里种的。儿女在外地，她一个人守在老家，种几亩地养几只鸡，孩子们劝她去城里住，她住了几天总觉得不接地气儿，手脚没着落，还不如回老家在地里忙活忙活，闲时同邻居拉拉呱自在，老太太花白的头发一晃一晃的，脸上的皱纹笑成一朵菊花："孩子们都给我钱，我不要还不行。我都给他们存着呢，自己花不了几个钱，卖卖菜就有了，花自己挣的钱心里舒坦。"

(9) 阳光洒下，在地上印上斑驳的树影，几只小虫子嗡嗡地飞走又飞回来，早市上的摊位渐渐稀少，这条路正在从拥挤嘈杂变回宽敞，空气里有静谧安详的味道。那一刻，我一下子觉得，这个早市，让我留恋的不光是新鲜的瓜果菜蔬，更有这里浓浓的人情味儿，以前遇到的缺斤短两、买到的劣质东西在这人情味儿面前都可以忽略不计。

阅读训练及参考答案：

1. 本文记叙了两件令我感动的事情，请简要概括。(2 分)

老太太在卖菜之余还硬给了我两个西红柿；老太太帮我挖来蒲公英却分文不收。(每空1分)

2. 赏析句中的括号词。(2分)

果然，是居然、出乎意料的意思（1分）；写出了老太太第二天为我带来满满一大袋子的蒲公英，让我感动无比的惊喜之情（1分）。

3. 文中的老太太是一个怎样的人？请结合文章内容具体谈谈。(3分)

勤快，从她一大清早就赶来卖菜可以看出；善良、质朴，从她额外给我西红柿，免费帮我带蒲公英可见；诚信，从老太太答应帮我带蒲公英，第二天准时带来，当别人要买时给予拒绝可见。(答出一点给1分)

4. 谈谈你对文章题目“露水早市”的理解。(3分)

写出了早市的时间之早；运用了比喻的修辞手法，写出了早市开得早、散得快的特点；老太太质朴、善良、勤劳的特点就如露水一样纯洁美好；表达作者对老太太的赞美之情。

枣花香　枣儿甜

（1）中秋节过后，树上的枣儿一天比一天红，红得我仰着头咬着手指，看着树上半红半绿的枣儿流口水。可是奶奶不让打枣儿，说现在的枣儿不甜，要再过些日子。是啊是啊，人们说八月十五枣子红屁股眼儿，八月十五刚刚过去，月饼的余香还在，枣儿怎么可能熟得那样快。杜甫的《百忧集》里说："庭前八月梨枣熟，一日能上树千回。"如果我能爬树，估计也上树千回了。

（2）一场秋雨一场寒。不经意间，秋雨就淅淅沥沥地下起来，一阵急一阵缓，我被闷在屋里，看着院子里的积水发呆，雨滴在院子里激起一朵朵小水花，一朵归于平静另一朵接着就开了，无数小水花在院子里开放。一阵风吹过，院子里好像有了什么不同，有什么东西三三两两落到院子里的积水上，溅起的水花比小雨滴的水花大多了。我不由自主地站起来，伸长脖子去看，是枣子，风吹落的枣子落到了院子里，溅起水花后又漂浮在水面上，我顾不得许多，抬腿就冲到雨地里，真的是枣子呀！红红的枣子一个个漂浮着，我捡起一个在衣服上擦擦就塞到嘴里，又脆又甜真好吃。手忙脚乱地去捡拾那些枣子，衣服很快就湿透了，头发被雨水粘在脸颊上，奶奶在屋里大呼小叫，让我赶紧回屋，我装作听不到，继续在水里捡枣子，直至奶奶冲进雨中把我拉回屋里。

（3）枣子那么好吃，我捡了一兜呢，衣服湿了根本不是事儿。

（4）打枣子的时候，最是开心的时候。一根长杆在树枝上敲呀敲，枣子们伴着树叶纷纷落到院子里。我拿着盆，大呼小叫，这边儿地上的枣好多呀，那边儿的也不少，边吃边捡，熟透了的甜才是真正的甜，盆满了肚子也圆了。

（5）这么多年来，我百吃不厌永远都吃不烦的一样东西就是枣子，没有第二样。我中了大红枣的蛊。

（6）苏轼的《浣溪沙》里有“簌簌衣襟落枣花，村南村北响缫车，牛衣古柳卖黄瓜。酒困路长唯欲睡，日高人渴漫思茶。敲门试问野人家”的诗句。夏日，路边的枣树开花了，米粒大小的小黄花，星星点点布满枣树，枣花随风飘落，四周静谧安详，听得到枣花落在衣襟上的簌簌声，画面真祥和。

（7）枣花细细密密挤在一起，星星样数不过来，小黄花很淡，淡到只比叶子的颜色稍微黄了些，淡到很不起眼儿，远看，一棵开花的枣树，像绿叶上蒙了一层鹅黄，小家碧玉般朴素、干净，不爱张扬不施粉黛，却幽香细微，小蜜蜂在枣花上忙忙碌碌，枣花蜜是枣树给我们的另一馈赠。

（8）一天，在一家小超市里，一个大桶上红纸黑字赫然写着：纯正枣花蜜。小店主人说蜜是自家亲戚养的蜜蜂酿的，昨天刚送来，今年枣树应了好年景儿，花开得多，蜜酿得就多。看来枣子收成不错。买一瓶回家，勺子舀一点放到嘴里，蜜的甘甜枣花的香气，一点点融在嘴里，浸润到心里，丝丝缕缕长长短短都是甜，果真是好蜜。光影里，那棵多年的老枣树挂满了枣子，奶奶颤巍巍地挪着小脚，把我从雨地里拉到屋里，忙不迭地用毛巾擦拭我的头发，风吹进来，吹动她满头的白发，外面雨仍然在下，在院子里溅起朵朵小水花，半红半绿的枣子在水面上起起落落，如我多年后再回首时的心。

阅读训练及参考答案：

1. 文章题目“枣花香　枣儿甜”，白的发指的是谁的发？（1 分）

白的发，是借喻手法，指奶奶。

2. 为什么作者说自己中了大红枣的蛊？（4 分）

用来形容枣子香甜好吃。

3. 为什么用“小家碧玉”来形容一棵开花的枣树？（3 分）

小家碧玉指小户人家的美丽女子，活泼开朗不娇气。枣树生长在庄户人家的院子里或者野地里，沥风沐雨，花朵细小颜色淡雅，如同小户人家的女子。

4. 阅读全文，简析下列句子反映的人物心理：半红半绿的枣子在水面上起起落落，如我多年后再回首时的心。（4分）

多年以后再回首，已经物是人非，枣子在水面起起落落，如同作者思念奶奶的心情。

红了苹果系了思念

(1) 我的家乡盛产苹果。喜欢苹果，仿佛天生。每年春天，一树树的苹果花开遍山野，空气中到处弥漫着苹果花甜丝丝的清香，站在山脚往上看，一团团，一簇簇，粉红、淡黄、纯白，一片花的海洋，仿佛七彩云霞落在绿色的山野上，风吹过来，花朵起起伏伏，像一片花海的波涛。苹果成熟的季节，红艳艳的苹果挂在枝条上，泛着成熟诱人的光，再浓密的枝叶也遮挡不了她们的倩影，一筐筐的苹果摘下来，一车车的苹果运出去，苹果从秋天开始采摘，香甜了整个冬季的天空。

(2) 在我家的院子里，也种了一棵苹果树。这棵苹果树，是我和弟弟小的时候，父亲领着我们一起种的，刚种下的苹果树，拇指粗的枝干，只比我和弟弟高一点点。几年过后，它就长得比我们都高了。当院子里的苹果树第一年开花，白色的花朵星星点点地点缀在枝叶间，我和弟弟高兴得奔走相告，在我们心里，院子里的苹果树同山坡上的苹果树，总是有点什么不同。院子里的苹果树，我们一起看着它长大，盼着它开花，给它浇水施肥，就如同朋友一般。当苹果花悄然落下，青色的小苹果山楂一样一颗颗地挂在枝头，我们每天都要站在苹果树下，看小苹果长了多少，盼着秋天来临。小苹果从不辜负我们的期望，一天一个样儿，铆足了劲儿地生长。

（3）我和弟弟常常在苹果还青的时候，贴上用纸剪的图案标志，等苹果红了再揭下来，成熟的苹果上就有一个个好看的印儿，我们姐弟两个，就会根据这些图案的形状，争抢自己的苹果。父母乐呵呵地看着我和弟弟，任由我们疯闹。

（4）我们渐渐长大，苹果树也日益繁茂，遮了半个院子，夏天可以在树下乘凉了。那个贴图案的游戏，也随着我和弟弟先后走出家门，离开家乡而中断。

（5）后来我在远离家乡的一个城市工作，为生计忙碌，常常顾不上回家。秋天的时候，妈妈托人给我捎了一袋子苹果。当来人把苹果交到我手上时，我提着沉甸甸的一袋苹果，想苹果到处都有卖的，妈妈真是的，也不嫌麻烦。可是当我打开袋子，忽然惊奇地发现苹果上有字——一个上面是“盼儿归”，另一个上面是“妮子平安”（妮子是我的乳名），我的泪一下子流了下来。迫不及待地把满袋子苹果都倒了出来，“快快乐乐”“平平安安”……每个苹果上都有着不同的祝语。还有两个苹果上有三颗互相连接的心，两大一小，想必那是父母与我吧！我那用心良苦的父母啊——他们虽然不善言辞，却用最浪漫的方式表达了对女儿的爱与思念。

（6）抚摸着这些红彤彤的苹果，它们是那样甜、那样香，一直浸润到心底里，就像小时候我在家里亲手摘的那些苹果一样。所有的苹果，仿佛都长了一颗心，一颗温暖的爱的心。我仿佛看到，我那年过半百的父母，是怎样戴着老花镜坐在树下，用剪子把字一个一个地剪出来，边剪边商量下一个该剪什么字，又拿过梯子来爬到苹果树上，挑选个儿大好看的苹果，把字一个个地贴上，把他们的心意和祝福一一贴上。再日日地盼着，看着，等它们一个个地长大，仔细地摘下来，收藏好，托人千里迢迢地捎过来，这哪里是苹果，这分明是一袋子父母心啊。

（7）我的泪流着流着，落在了苹果上。

阅读训练及参考答案：

1. 在作者心里，院子里的苹果树同山上的苹果树有什么不同？（3分）

院子里的苹果树是一家人天天看着它从小到大从开花到结果，在树下嬉戏笑闹，如同亲人一般，所以跟山上的苹果树不同。

2. 苹果从秋天开始采摘，一直香甜了整个冬季的天空。"香甜"有什么含义？（3分）

香甜有两个含义，一个是苹果的香甜，另一个是苹果丰收的喜悦。

3. 作者父母表达对女儿的爱与思念的浪漫方式是什么？(2分)

给苹果贴剪纸，让祝福的话语印在苹果上。

4. 阅读全文，解析下列句子里反映的人物心理：这哪里是苹果，这分明是一袋子父母心啊。(5分)

作者看到这一袋子有着祝福语的苹果，仿佛看到千里之外父母的殷切期盼，看到父母那颗牵挂女儿的心。

一朵花的美丽

（1）那一年他十八岁，正是血气方刚的年龄。中学毕业没有考上大学，也没有工作，就在街上游荡。

（2）很快他认识了一帮朋友，学会了吸烟，甚至在街上游荡的时候，随他们打架。他不知道该怎么打发一下子多出来的那些时间。妈妈去世得早，他一直跟着父亲生活。父亲是个长途车司机，在外奔波的时间总是多于同他在一起的时间，脾气暴躁，常常连问都不问，一顿拳脚就揍到他身上。每次父亲发脾气，他就直直地迎着父亲的老拳，眼睛斜睨着脚边的地，一声不吭。他不是不想说，是无话可说。

（3）有时候，他想，要是妈妈还在就好了，妈妈那温柔的目光，柔柔地落在他身上，他就像沐浴在阳光里，暖暖的，暖遍全身。还有妈妈的手，因为劳作变得粗糙，抚摸他的头，就像带毛刺的小刷子轻轻刷在皮肤上，痒痒的。

（4）他在街上混，一副睡不醒的样子，他不知道下面的日子该怎么过。

（5）一个晚上，他随着一帮混混在街上游荡，迎面过来一个人，也没怎么着他的这些朋友，其中一个就说这个人碰着他了，要那个人道歉。他知道这是找碴儿打架呢，反正闲着也是闲着。一群人一哄而上，他跟在后面，也要上前。转身的当儿，他发现身边的冬青旁，垂下来一根花枝，花枝上一朵黄花正散发着浓郁的香气，是一朵可爱的夜来香。

（6）他呆住，像是被是什么牵引着，在乱哄哄的吵嚷中，他拿起那根枝条，俯下身子去嗅那朵小黄花。他蓦地想起母亲活着的时候很喜欢夜来香。以前家门口的两旁，母亲都要种几棵夜来香，一到晚上七点，夜来香就开始绽放，香气一直弥漫到很远的地方，劳累了一天的母亲坐在夜来香旁边，扇着蒲扇。母亲去世以后，家门口就再也见不到夜来香了。他一下子想起，母亲要是活着，一定不喜欢他现在的这个样子。

（7）他悄悄地撤回身，离开了闹哄哄的一群人。回到家里，他躺在床上，翻来覆去地想，想他今后的路该怎么走，总不能总是在街上混吧，父亲是一个普通司机，没有什么门路，不可能给他找到一个比较好的工作。况且，他一个高中毕业生，不会任何技术，能做什么呢？翻来覆去地想了一夜，他决定要去学校复读，暑假还没结束现在还来得及。

（8）当他把这个决定告诉父亲的时候，父亲定定地看了他一会儿，出乎意料地没说什么别的话，只说了一个字，“好”。

（9）复读的这一年，他学得昏天黑地，他什么都不想什么都不管，只想考上大学。他知道，命运掌握在他自己手里。

（10）他终于考上一所还不错的大学。他在学校参加社会实践，在别的同学还沉浸在书本中的时候，他已经开始挣钱养活自己。现在，他已经是一家外企的业务经理，工作干得红红火火。老父亲已经退休，他有足够的能力养活父亲，他不要父亲再那么劳累。

（11）偶尔的时候他会想起以前，想起那朵夜来香，觉得不可思议，确实是因为一朵花，是一朵小花改变了他的命运。

阅读训练及参考答案：

1. 题目《一朵花的美丽》的寓意是什么？（4分）

母亲爱花，对母亲的记忆和花联系在了一起，花的美丽代表了母爱。

2. 第三自然段和第六自然段有什么内在关系？（4分）

第三自然段写怀念母亲，给第六自然段提前做了铺垫，避免了第六自然段的突兀。

3. 写一段40字以内的推荐语，推荐给你的同学朋友。（4分）

一个高考落榜少年在无所事事里遇到一朵美丽的花，回忆起早逝的母亲，重温母爱的温暖，给了他动力，改变了人生轨迹。

尘埃里开出的花

（1）这是一个远离人间烟火的地方。

（2）汽车在山路上疾驶，将一个又一个山头甩在后面，路两边是层层叠叠的绿，而眼前更有一个个的山头错落地显将出来。刚下过雨，雾气笼罩着前方的山头，如罩了一层轻纱，远山的绿就在这轻纱中若隐若现。汽车在这高高低低的绿中行驶，蓦地我想起一句篡改了的唐诗：山深不知处。

（3）路并不宽，却是可以尽情驰骋的路，因着山深而人烟稀少。开始还能偶尔遇到迎面而来的汽车，然后是偶尔的摩托迎面，再后来，无论是放眼远眺还是拐弯时凝眸，都不曾见到人的踪迹，汽车在大山的怀抱里，像一个放纵的孩子。

（4）下得车来，奔向大山，就像奔向一片绿的海洋。有小溪澄澈，小鱼在水中游弋，翻过水里的石头，就可以看到慌忙逃跑的小螃蟹。漫山遍野不知名的野花，在雨雾里开得灿烂。红的、粉的、紫的，朵朵点缀于绿草茵茵的山坡、路边，像繁星。一阵风吹来，也带来了一股异味，接着咕咕噜噜地过来一群山羊，挤满了窄窄的山路，羊群涌动，那感觉就像一堆翻滚的云。羊群后面是牧羊人，戴了斗笠，手里握着一把红。印象里牧羊人都是上了年纪的老汉，可是，及至近前，才发现是个女的，面色黝黑，带了风吹日晒的痕迹，一只手拿了根棍子，另一只手里，竟然是一把野花，一根野草含在嘴里，很悠闲的样子。对这群山外来客，牧羊女并没有表现出多大的惊奇。也许在她看来，这大山、这土地、这羊群才是能真正入她眼的东西，别的都可以不屑一顾。

（5）我惊叹于她手里的那束美丽的花。并不是路边山坡上那些普通的小野花，而是一束复瓣的有着纯正紫红颜色的花，花瓣大而美丽，像一个妖娆的女子那样让人惊艳。我叫不出那花的名字，也许是牧羊女从荒无人烟的山坳里采来，是花的美丽让这见多了漫山遍野野花的牧羊女也动了心。

（6）还有那牧羊女的神态，那束花握在她手里，不带丝毫的矫情，同她戴着的斗笠、披着的雨衣一样，仿佛都是她身体的一部分，没有任何的不和谐，仿佛那花开只为了让她采来欣赏，一种坦然与澄澈写在她脸上。

（7）牧羊女和她的羊群“咕咕噜噜”很快消失在小路的拐弯处，若不是小路上留下的足迹，随风而来的羊的味道，几乎要怀疑刚才看到的是幻觉。

（8）我们都是俗人，俗到没有机缘亲眼看到那花开在枝条上的情景，看到的只是花的形态。而牧羊女终日在山里风里来雨里去，她是懂得那花的，就像那花开在无人处，只为了她去采摘，难就难在彼此的懂得，她与花朵是相知的。

（9）在繁华面前，牧羊女是一朵远离尘世的花，就像春天的野百合，在尘埃里开出花来。

阅读训练及参考答案：

1. 第二自然段，“蓦地我想起一句篡改了的唐诗：山深不知处”，请写出完整的原诗，包括题目，作者以及朝代。(4分)

寻隐者不遇，贾岛（唐）。松下问童子，言师采药去。只在此山中，云深不知处。

2. 第四自然段描述风景有什么特点？分析一下。(4分)

先按照远近的位置分别写溪流和路旁山坡的野花；接下来是视觉、嗅觉、听觉的综合运用。

3. 结尾说“牧羊女是一朵远离尘世的花”，你觉得她和她采的花有什么相通之处？(4分)

牧羊女天真烂漫，恬淡自然，在山里无拘无束，自由安逸。不施粉黛，和大山和自然融为一体，跟她欣赏的花是一个样子的。

你可知道莱菔

（1）莱菔开花的时候，很不起眼儿。在菜畦的一隅，边角旮旯里，大块土地平整后落下的角落，几棵莱菔就那么静悄悄地开花了。有“墙角数枝梅，凌寒独自开，遥知不是雪，为有暗香来”的韵味，在菜园的各种碧绿里，莱菔低调得很，你第一眼不会注意到它。

（2）但是蜜蜂来了，“嗡嗡嗡”从你耳畔飞过，暗香引领着，一直落到莱菔的紫色小花上，你的目光追随着蜜蜂，终于看到那几棵正在开花的莱菔，心下里一喜：呀！竟然开花了。

（3）莱菔开花，演绎的是低调小版本，蓬状花球上缀满淡紫色指盖儿大的小花朵，不狂傲，不张扬。农人也只是在劳作之余，直起腰身歇息的时候，看到这些小紫花 ，才忽一下子想起，春天的时候，那一点点地角，不种作物可惜，种别的又施展不开拳脚，几只越冬的萝卜，随手刨个坑就种下，不过是昨日的事情，竟然转眼就开花了。一个大家庭，总有父母悉心照料的孩子——那些又施肥又除草，需要时时照料的菜蔬就是，也总有被父母疏忽的孩子——比如长在不起眼角落里的莱菔，以至于农人要望着蔚蓝天空上的几朵白云，挠挠头使劲儿想，怎么一下子就开花了呢，没记得施过肥、浇过水呀，真是省心、泼辣。

（4）其实，农人才不会莱菔莱菔地叫，他们说的都是萝卜，咬一口嘎嘣脆的萝卜，绿的裙，白的衣，豆蔻小姑娘般的萝卜。没错，莱菔就是萝卜，是《诗经》里走出来的，阳春白雪的意蕴，低调的萝卜有个清新脱俗的名儿，在世间走一遭总要高调一回不是。

（5）莱菔开花是为了结籽儿。春夏之交它顶了一头的小蓓蕾，像戴了一顶绿色的斗笠，很快就蹿到一尺有余，一天一个样儿。某一个清晨，头顶的斗笠上插了一朵紫色的小花，终是有小蓓蕾耐不住性子，率先开了花，然后噼里啪啦的，小蓓蕾们都绽放成紫色的小花。远看，莱菔顶了一个淡紫色的花球，小花瓣颤颤的，很娇羞。让人不禁想，无论多么乡野老迈的女子，在豆蔻年华的青春时光里，都有惹人怜爱的一面。

（6）然后，做荚结籽，米粒样的籽儿，一畦畦撒在地里，秋冬之交，脆生生的萝卜跃土而出，诗里说：仲夜游西苑，采萝荷锄行。生欢系者何，悠悠女萝地。萝卜的作用大着呢，系着生欢。

（7）莱菔又是个能出奇招的主儿。随手切下的一小片萝卜头，没有水，没有土壤，就能发出新芽；水里浸着，就能蹿出秆儿，顶了一头米粒大的花骨朵儿，再开成淡紫色的花球，在冰天雪地，外面枝枯叶落的肃杀里，菜园里的土都被冻住了的时候，在温暖的室内，莱菔上演一出传奇。

阅读训练及参考答案：

1. 结合全文，谈谈莱菔花有什么特点。(4分)

(1) 很不起眼儿，演绎低调小版本，蓬状花球上缀满淡紫色指盖儿大的小花朵，不狂傲不张扬。

(2) 随手切下的一小块萝卜头，没有水，没有土壤，就能发出新芽，能开花，非常泼辣容易活。

2. 莱菔花“不起眼儿”表现在哪儿？(4分)

生长的地方在菜畦的一隅，边角旮旯里，随手种下；莱菔花蓬状花球不狂傲，不张扬；不被农人注意；不需要特意施肥，浇水（不需要特别照顾）。

3. 请结合实际谈谈本文带给你的启示。能结合实际言之有理即可。(3分)

如清代袁枚的诗里说的：苔花如米小，也学牡丹开。即使身为不起眼的莱菔花，也要努力绽放出自己的光彩来。

最值得留恋最值得回忆的花

（1）清晨，一踏进姥姥家的小院，我立刻就被窗前那棵披挂了一树粉色花朵的夹竹桃吸引了。

（2）那棵夹竹桃有一人多高，长在姥姥家的窗外，微风里葳蕤着，一进入夏天，就枝繁叶茂开出粉粉嫩嫩的复瓣花朵，天蓝得耀眼，几朵流云一会儿东一会儿西，任性得很。我仰着脸看那一树繁花，不眨眼地看，心里只有一个念头：好看，真好看。它是我认识花朵的启蒙老师，是有生以来认识的第一种花，至今我对粉色花朵的想象，都来源于多年前的那棵夹竹桃。伸出手想摘下一朵，却被姥姥一巴掌打回来：千万不能碰，它有毒。有毒二字，比任何劝导的话都管用，那时我已经知道毒是怎么回事，心底里对死亡的恐惧胜过想要有朵花的渴望。

（3）鸡们不知道夹竹桃有毒，在夹竹桃花下的土里刨虫子吃，"咕咕咕咕"地叫着，从这边刨到那边，小尖嘴一甩，小屁股一撅，一条小虫子被发现，立刻被一口吞到肚子里，树下的虫子真多啊，小鸡们东边找一条西边找一条，迈着两条细腿一副得意扬扬的样儿。那条叫小黑的土狗也不知道夹竹桃有毒，懒懒地卧在夹竹桃的阴凉里，日头从东往西移，小黑大张着嘴，长长的舌头伸出来，也随着阴凉地儿的变化挪动，太阳像个火球，洒在地上的水转眼就成了水蒸气袅袅升入半空中，夹竹桃树下的阴凉是小黑的福地，小黑才不管夹竹桃是不是有毒呢。

（4）而我，比小黑傻，先是在太阳地里看水蒸气从地面升腾的形状，又跟在大公鸡后面看它们怎么捉虫子，头发丝粘在汗津津的脸颊上，晒成小黑妞却不知道躲躲火辣辣的太阳。转眼把夹竹桃有毒的话抛到脑后，它的花朵那么美，我偏要用手碰碰它，于是伸出手，轻轻地触摸那些粉色的复瓣花朵。花瓣柔柔地落在我手心，痒痒的、凉凉的，再看看手，没有丝毫异样，夹竹桃的毒呢？我心里闪过一丝疑惑。

（5）多年后看电视剧《甄嬛传》，其中一集里演到，皇后和安陵容暗示齐妃用夹竹桃花粉打掉甄嬛腹中的胎儿，唤起我对夹竹桃的记忆，夹竹桃真的有毒吗？它那么好看，怎么可能？百度了夹竹桃，果真是耶。夹竹桃的毒性自古就有记载，古文诗词里称它为“无常催命客”，《广州植物志》里说它“本种全部有毒，牲畜食之，常可致命”。它全株有毒，叶、茎、花和花粉都有毒，几片叶子就能致一个成人死亡。夹竹桃最大的毒性来自它体液中的夹竹桃苷。看得我倒吸一口凉气，姥姥果真没骗我。

（6）《甄嬛传》播出的时候，姥姥已经去世好多年，老房子早已拆掉翻盖成新房子，那棵花树也不知去向，一切皆已物是人非。屏幕上的花儿朵朵都美得不可方物，看着它，就看见姥姥颤颤巍巍地迈着小脚，在院子里走来走去劳作的身影，花白的头发，脑后的发髻，青筋毕露的手，她坐在马扎儿上，轻轻地唤我的名字，向我招手，我磨磨蹭蹭地走过去，靠在她腿边，她一下子把我揽起来放到她腿上，另一只手里的蒲扇一下一下扇过来。我望着望着，看她渐行渐远，再也看不见，只剩下一屏幕的粉色花朵，那是夹竹桃。泪水滴下来落在键盘上。

（7）记得季羡林写过一篇散文《夹竹桃》，说“夹竹桃不是名贵的花，也不是最美丽的花；但是，对我来说，它却是最值得留恋最值得回忆的花”。每每想到这一句，顿时心有戚戚焉，那些所有关于夏天的记忆里最鲜活的花树，是多年前姥姥家门前的那棵夹竹桃。

（8）夹竹桃也是最值得我留恋最值得我回忆的花。即便是有毒，又能怎样呢？我喜欢。

阅读训练及参考答案：

每小题3分

1. 作者为什么以《最值得留恋最值得回忆的花》作为文章的标题？

（1）因为作者认为夹竹桃花好看，它是作者认识花朵的启蒙老师，又是作者有生以来认识的第一种花，也是作者对粉色花朵想象的来源。

（2）在夹竹桃花上，寄托了作者对姥姥的无比留恋和深情的怀念。

2. 文章三、四段，作者为什么对夹竹桃“有毒”的说法产生疑惑？

（1）作者看到小鸡在树下捉虫吃，小狗在树下乘凉，都没有“中毒”。

（2）作者看到夹竹桃花朵美丽，便用手碰碰它，去触摸那些粉色的复瓣花朵。花瓣柔柔地落在手心，痒痒的、凉凉的，手并没有丝毫异样，所以作者对夹竹桃“有毒”产生疑惑。

3. 文章第五段，写看电视剧《甄嬛传》的情节在内容和结构上有什么作用？

（1）在内容上，它唤起了我对夹竹桃的回忆，同时也印证了夹竹桃“有毒”的说法由来已久，也印证了姥姥的话是正确的。

（2）在结构上，具有承上启下的作用，引起了下文作者对夹竹桃是否“有毒”的探究，用史料、事实再次印证姥姥

“果真没骗我”。

4. 第6段画线句子运用了什么写作手法？表达了作者怎样的情感？

（1）作者运用了外貌描写和动作描写。

（2）写出了姥姥对我无微不至的关爱，表达了作者对姥姥的无限怀念之情。

5. 文章第7段，引用季羡林的话有什么作用？

（1）深化中心，揭示了主题，同时也暗示作者文章题目的由来。

（2）照应开头，进一步表达我对姥姥的怀念之情。

6. 结合全文分析一下，夹竹桃有毒，可作者为什么还是喜欢？

（1）夹竹桃虽然有毒，但它好看，带给我童年许多欢乐的时光，同时也是我认识花朵的开始。

（2）在夹竹桃身上，寄托了我对姥姥所有的怀念与思念之情。

（3）也是贯穿全文的情感线索。